過盡千帆
──向文學園地漫溯

謝淑熙◎著

過盡千帆，江河日夜的召喚與悠遊

林安梧

（台灣師範大學國文學系教授）

「過盡千帆」，一看這四個字，鮮明的意象，讓我想起一九九二年遊長江三峽，讓我想起杜甫「星垂平野闊，月湧大江流」，想起李白「兩岸猿聲啼不住，輕舟已過萬重山」，讓我想起溫庭筠「過盡千帆皆不是，斜暉脈脈水悠悠」。我恁地自然和了，隨口云來「千帆過盡猶未盡，只此江河日夜流」。這日夜流著流著，敲扣著時間之神，但好似沒有流一樣，是「流而不流」；但時間之神把時間散到人間來，卻又「不流而流」了。

語文是工具，但決不只是工具，它更是文化、是教養，是人在天地間悠遊的聲響、悠遊的圖象、悠遊的心音。有了語文才得悠遊，有了悠遊，才得語文。即使「此中有真意，欲辯已忘言」，雖忘了言，也要紀錄下來，是如何的情境下的忘言，就這紀錄還是言了，言而無言，是乃忘言。

語文不只是工具，更是身分，是我踩足於泥、昂首於天，看著白雲、數著日落，想著歷代興衰，兜成了一個環，不可拆解的環，人人都須要的環，就這樣寰圍著「身」，貞定了「身」，有了「身分」。說是族群、說是國家，說是部落，說是區域，總的就是有著這身分，好交往、好戲耍、好悠遊，既是源頭活水，更是悠久無疆；咀嚼之、涵泳之，不知手之、舞之、足之、蹈之。這是語文，是人的戲耍，沒這戲耍，何足稱人。

　　淑熙是個好老師，也是個好學生，更是個好的參贊者、詮釋者、傳承者，她在文學園地的悠遊漫溯，對中國語文這天地有著裁成輔相之功。「過盡千帆」是個里程碑記，是漫溯源頭活水的起點。

　　過盡了千帆，還有千帆，正是這千帆，成得了生意盎然，成得了日明月照。看到她的精進，看到她的熱誠，寫了這篇序，嘉之勉之，獎之勵之！

林安梧序於台灣師大國文學系

乙酉之春孔子紀元二五五六年(西元二〇〇五年)三月廿一日

淑馨化育離離戀，熙韻圓融翕翕龢

賴貴三

（國立臺灣師範大學國文學系教授）

國立中壢高級家事商業職業學校謝淑熙老師，她在臺灣師大國文研究所深造期間，與筆者有一段教學相長的師生情緣，至今印象深刻。淑熙文嘉筆銳，謙沖自牧，深富幽思雅致，可說是一位「積學以儲寶，酌理以富才」的優秀人才，也是國文教育界的尖兵，她服務士林、教育學子，勤奮努力，積極撰述，教學研究，卓然有成，深得為親、為師、為友與為生者欽佩贊美，筆者與有榮焉。

淑熙曾經任教於臺北市私立育達高級商業職業學校，而今執教於國立中壢家商，分別承擔國文課程、圖書館主任、文藝社指導老師與校刊編輯等教學、行政與服務工作，孜孜矻矻，任勞任怨之餘，仍不忘勤於撰述抒論，為校爭光，為生表率。在教學表現上，曾獲得「教育部中學人文及社會學科教學優良獎」（1994），「桃園縣Super教師薪傳獎」（2004）兩項殊榮；在文藝表現上，榮獲「桃園縣社會組愛國徵文比賽」第一名（1991），四度榮獲「中華民國商業教育學會教育徵文比賽」第一名（1992、1996、1998、2004）、五度榮獲第二名（1997、1999、2000、2001、2002），榮獲「中華民國商業教育學會優良著作獎」（1993），以及分別榮獲「桃園縣鄉土語言競賽社會組客家語詩歌吟唱比賽」第一名（1998）、「臺灣省鄉土語言競賽社會組客家語詩歌吟唱比賽」第一名（1998）。由淑熙得獎的光榮紀錄來看，她的教學熱忱與文藝

才華，可說發揮得淋漓盡致了。

　　此書《過盡千帆－向文學園地漫溯》題名取材自溫庭筠〈憶江南〉詞「過盡千帆皆不是，斜暉脈脈水悠悠」，以及徐志摩〈再別康橋〉「向青草更深處漫溯」，古典與現代融攝，中華與西方會通，別出心裁，引人遐想。筆者曾二度「煙花三月下揚州」，兩度「上海蘇吳泛舟迴」，在長江大橋上，驅車俯瞰；在滾滾江水中，乘風破浪；在瓜洲古渡頭，登高凝思；在蘇州、周莊、同里，曲巷尋幽，「小橋流水訪人家」。「過盡千帆」的邈渺，「斜暉脈脈」的悠幽，頗有體會，深有感動。而千禧年秋高氣爽時節，間關萬里航程，拜訪牛津與劍橋大學，在「康河」的舟子擺渡間，在「青草」的綠茵襯托上，遙想當年「人間四月天」的浪漫綺麗，怎一個「美」字了得？淑熙巧心慧思，安篇定題，饒富興趣，筆者心有戚戚焉！

　　此書是淑熙教學、研究、論文與文藝撰述的綜合結晶，且都是長期筆耕不輟，萃精凝神的學思創獲，具有豐富的內涵與精彩的見解，值得細讀推薦。例如：在國文教學與教育問題的啟發上，有〈國語文教育之世界觀〉、〈遊褒禪山記一文的迴響〉、〈淺談現階段高職國文教學的困境〉、〈問渠那得清如許，為有源頭活水來－善用圖書館〉、〈為有源頭活水來－教育的傳承與革新〉、〈從九十三年四技二專統測國文試題－淺談如何提昇國文應考能力〉、〈《尚書》常用成語考徵〉、〈詩詞教學研究〉、〈國文教學與人文素養〉等相關篇章；在中華傳統文化的詮釋上，有〈文化的傳承與創新〉、〈淺談孝道的現代觀〉、〈弘揚倫理道德，應熟讀《論語》〉、〈從「孝弟也者，其為仁之本與」談孝道的現代觀〉、〈過盡千帆－漫溯《論語》故鄉〉、〈中華文化與校園倫理〉等論文；

在文學藝術的分析詮釋上，有〈人生有情淚沾臆－談余秋雨的《文化苦旅》〉、〈天地不全－從《西遊記》看王國維人生三境界的真諦〉、〈質本潔來還潔去〉三篇文章，眾美紛陳，可說漪歟盛哉！

筆者忝為人師，不敢妄自菲薄，時時惕勵，也不敢稍自懈怠；而「後生可畏」，薪傳生生，可欣可慰！細讀淑熙篇篇文華，以得其旨蘊而樂，以觀其義理而樂，以知其情性而樂，《孟子》嘗云：「萬物皆備於我，反身而誠，樂莫大焉。」明儒王心齋〈樂學歌〉頌曰：「人心本是樂，自將私欲縛。私欲一萌時，良知還自覺，一覺便消除，人心依舊樂。樂是樂此學，學是學此樂。不樂不是學，不學不是樂。嗚呼！天下之樂，何如此學，天下之學，何如此樂。」淑熙，重道崇文，樂學、樂教、樂述，得三樂於一，勉學進道，成果斐然，相觀而善，故樂為之序。

　　　　　　　賴貴三　謹序於屯仁學易咫進齋
　　　　　　　　　　　　二○○五年四月十八日

過盡千帆～
向文學園地漫溯

〔自序〕

過盡千帆─向文學園地漫溯

　　沉潛在中國語文的教學天地，有歷史的縱深、有情感的浩瀚，孔子的求仁、孟子的取義、文天祥的正氣，世代相傳，與日月同光。藉由古聖先賢的智慧結晶，引領學生開啟中國文學的堂奧，給他們倫理道德的涵養，引導他們認識儒家思想的精髓，重新塑造固有文化的價值觀。在詩詞的教學上，那綺麗的千古絕唱，導入心田，可以怡情養性，啟迪人生，進而培養學生具有高雅的情操。

　　忝為人師，深感「學然後知不足，教然後知困」之理，並且深切體認到「人生的成功，在於日積月累努力不輟的學習。」，莊子說：「人生也有涯，而知也無涯」因此在自己的工作崗位上，除了傳道、授業、解惑之外，更以「日知其所無，月無忘其所能」的態度，來充實自我的知識領域，期盼能達到教學相長的理想目標。

　　在國文科教學生涯中，自己猶如掌舵之舟子，引領學生駕馭著文學園地之風帆，乘長風破萬里浪，悠遊在中國文學之源頭活水中，漫溯在古聖先賢經典之話語中，期許每位莘莘學子勤啟良書卷，以智慧之語、經典之言，來陶冶心性及增長見聞，進而提昇自己之人文素養。過盡千帆，有航向成功之目標者；有行船遇到礁石而擱淺者。教學之甘苦，細數不盡，如人飲水、冷暖自知，非筆墨能道盡於萬一。

　　筆者在擔任圖書館主任及教授國文課程之餘，並且兼任文

藝社的指導老師及校刊編輯等工作。一路走來，回首前塵，不敢自詡桃李滿天下，但不斷的筆耕，也略有斬獲。曾於八十三年榮獲教育部中學人文及社會學科教學優良獎，九十三年榮獲桃園縣Super教師薪傳獎，這份殊榮，不啻是自己在教學生涯中的一大鼓舞，使我對自己的付出無怨無悔，並且要秉持著「歡喜做，甘願受」的教育理念，發揮所學，以回饋社會國家。

孔子說：「人能弘道，非道弘人。」在教育改革方興未艾的聲浪中，國語文教育不能墨守成規，應該利用科技整合的方式，將優美的中國古典文學重新整理，讓古典文學與現代文學兩者相輔相成，使資訊科技與中國的人文精神相互交流，進而為中國文學開拓新天地，重新塑造中國文化的價值觀。這也是筆者將平日治學、教學心得彙集成篇之旨義，感謝恩師－林安梧老師及賴貴三老師之教誨與嘉勉，使拙著能順利完稿，也期盼將一己之教學心得與同好切磋琢磨。

謝淑熙序於九十四年三月二十三日

目 次

〔一〕
國語文教育之世界觀

壹、前言

中華民族五千多年的悠久歷史，源遠而流長，載浮著古聖先賢的智慧結晶，孕育了亮麗璀璨的中華文化；中華文化的巨流，幾經改朝換代，卻是歷浩劫而彌新。這一力挽狂瀾的力量，端賴「為天地立心，為生民立命，為往聖繼絕學，為萬世開太平」的教育工作者，經由締造、積累、傳承、試煉的工夫（註一），使得中華文化博大而精深。

近年來，由於西風東漸，科技發達，益之以功利主義，升學主義的大行其道，使得中華文化的精髓逐漸式微，而傳承中華文化命脈的國語文教育也不受重視。在考試引導教學的理念下，國語文教育已流於填鴨注入式的教學，而忽略了智能的啟發，情意的陶冶，所以學生的國文程度越來越低落，更遑論開啟中國文學「宗廟之美，百官之富」的堂奧了。當今，我們欲挽救頹靡的人心，端正社會的風氣，當務之急，就是大力推展國語文教育。

「當今，我們欲挽救頹靡的人心，端正社會的風氣，當務之急，就是大力推展國語文教育。國語文教育的內容廣泛，涵蓋了「中國文字」，「中國文學」，「中國文化」三方面。雖然國語文並非萬能，「徒抱遺經不足以救亡圖存」，但是如果不發揚國語文教育的功效，長此以往，中華文化的斷層是指日

可待的。

明儒王陽明的一首〈睡起偶成詩〉：

「起向高樓撞曉鐘，猶多昏睡正懵懵，

縱令日暮醒未晚，不信人間耳盡聾。」

這首詩，足以發人深省，令我心有戚戚焉。」

今天我們不必奢言二十一世紀是中國人的世紀，但是「立足臺灣，胸懷大陸，放眼世界」是全民的共識。身為國語文教師，走過古典文學的蹊徑，邁向現代文學的途程，的確應該有「兩肩負重任，心懷千萬年」的薪傳責任，繼往開來，讓中華文化的花朵，不僅在國語文的天地裡綻放，更須喚醒全國人民的民族意識及宏揚倫理道德，進而使中國語文在全世界的文化中大放異彩。「茲就國語文教育的過去，現在與未來的發展方向及教育的觀點為何？聊抒管見，以求教正。」

貳、國語文教育過去，現在的回顧與省思

國語文教育走過從前，猶如不盡長江天際流，為中國文化的傳承，澎湃奔騰。而今，國語文教育，在邁向現代化的過程中，受到崇洋媚外思想的迷漫，及中共的破壞，這種種衝擊與挑戰，更堅定了我們立足臺灣，胸懷大陸，統一中國的信心。茲述國語文教育的重要性，如下：

一、傳承性

我國的學術文化實以儒家為主流，中華民族憑藉著這種精神力量的維繫，使我們的民族得以繁衍，文化得以延續，更支配了中國二千多年的思想界。儒家的義理，成為歷代聖王治理

國家的圭臬；儒家的經典，作為歷代教育人民的教材。

以高級中學所列的中國文化基本教材為例，四書為其主要內容，涵蓋了孔孟思想的精髓，希望藉著孔子的求仁，孟子的取義，來教導學生「修己善群，居仁由義」以行忠恕之道，進而成為「己立立人，己達達人」，「見利思義，博施濟眾」，「當仁不讓，成仁取義」的君子，易言之也就是成為一個愛國，愛同胞，合群服務，負責守紀，知書達禮，且足以表現中華民族道德文化的中國人。

在課文的選材上，也以能夠發揚民族精神，激勵愛國情操為標準。例如：文天祥的〈正氣歌〉，不但發揚了我中華民族偉大的成仁取義精神，而且也為我千秋萬世的後代子孫，立下忠勇不屈的典型。在〈正氣歌〉一文中寫道：「天地有正氣，雜然賦流形；下則為河嶽，上則為日星。於人曰浩然，沛乎塞蒼冥。」緊接著又是一段感人的詞句：「是氣所磅礡，凜烈萬古存。當其貫日月，生死安足論。地維賴以立，天柱賴以尊。三綱實賛：「孔曰成仁，孟曰取義，唯其義盡，所以仁至。讀聖賢書，所學何事？而今而後，庶幾無愧！」表明他忠貞不二的赤膽忠心與慷慨成仁大無畏的精神，可作為中國青年培養忠勇氣既與愛國情操的楷模。

二、挑戰性

對中華文化的復興，每位國文教師，有無限的期盼與憧憬。我們雖身處臺灣，但卻心繫一海之隔的大陸，因為中共數典忘祖以「學術」，「文化」的幌子，歪曲史實，「批孔揚秦」，「纂改文字」，向海外進行「統戰陰謀」，在文化逆流的衝擊下，我們要做個中流砥柱，接受更多的考驗與挑戰。

而今，我們要振聾發聵，做時代的心聲，加強國語文教育，才能身懷一種抗毒素，才能抵抗外來的邪惡，擇善固執，激濁揚清。

（一）正視大陸簡化字

中共佔據大陸五十六年，其間處心積慮想毀滅中華文化和倫理道德；先是清算鬥爭破壞倫理及孝道；再企圖以羅馬拼音文字，取代優美的中國方塊字，強令國字簡體化，我們幾乎很難辨認。大陸同胞在中共偽政權的威逼下，不得不接受簡體字，時日一久，傳統的國字已逐漸被大陸同胞淡忘了。大陸數萬萬人使用簡化字，已經有四十年了，最嚴重的影響是日常訊息的交往與整個文化的傳承。

我國的文字乃是中華文化的結晶，鞏固了民族的統一，其與中國歷史，更具有一種不可分離的關係。中國文字構成的三要素：形、音、義；而其基本的結構，導源於形體，因為文字的起源，是用簡單的形狀，以代表事物，稱之為象形字。例如日、月、星、山、水等字，都是由物形而演變成今日的字體。隨時代的進展，象形字逐漸擴充，可用以表比較複雜的事物或觀念，於是有指事、會意、形聲、轉注及假借的出現，而且有許多字的形成，包含中國的哲理在內，例如日光呈現在水平之上，即得出「旦」字，以表示「晨曦」。這一個完整的文字系統。不僅優美且實用，如何可以用毫無意義的拼音字來代替呢？有人統計：應用中國文字的人口，較之英語民眾，約三倍以上。除中國以外，其他如日本、韓國、泰國，寮國及越南地區，都或多或少的借用中國字體。甚至他們想免除或減少中國字的應用，也做不到（例如日本與韓國）。

今天，我們要提高一般人對中國文字的了解，當然必須加強國文教育著手。在講解課文時。遇到有特殊形、音、義的字，更需要詳細的分析，使學生了解中國文字的特性，以提昇他們學習國語文的興趣。例如「因」，甲骨文字寫作「因」，席也；「仌」，象席之紋理，「席」，即今草蓆之蓆，說明了古人席地而坐，坐席不定，順著席子紋理而坐，所以引申為順著、隨著、接著的意思，所以〈左忠毅公軼事〉一文中的「因摸地上刑械」的「因」字作「接著」解。

據說，中共為開放臺灣同胞大陸探親，建議將觀光地區的招牌、路標、介紹文字，改用傳統文字；報章刊物的簡體字，也恢復了漢字正體的印刷，由這些事實證明了中國的文字，是經得起考驗的，我們應該以不變應萬變的態度，好好的愛護中華民族文化的遺產－中國文字，並加以發揚光大之。

（二）推行國語的重要

國語是國家統一，人民團結的表徵。臺灣光復後，推行國語工作，辦得有聲有色，績效卓著。以我國幅員的廣大，南北各地語言用字、用亂、語音、腔調各異，雖然鄉土文化不能忽略，但是沒有統一的國語，彼此就不能通情達意，更遑論全中國人民要心連心，手牽手，團結合作使國家統一了。

盱衡目前的政治現況，海峽兩岸互通頻繁，萬一大家仍執著於說自己家鄉的方言，作為拒絕說國語的理由，如何與家鄉父老溝通呢？反觀一海之隔的大陸十二億同胞，仍以流利的國語作為溝通情感的工具。再加上，最近幾年來，遠渡重洋到臺灣學國語的外國人，逐年遞增。所以，我們在國語文教學上，一定要教導學生說正確而流利的國語，並且人人要以身為

中國人，能說國語為榮。

參、國語文教育未來的展望與志事

　　依據教育部所頒定的高級中學國語文教學目標：

1. 提高學生閱讀及寫作語體文之能力。
2. 培養閱讀淺近古籍之興趣，及寫作明易文言文之能力。
3. 輔導學生閱讀優良之課外讀物，以增進其欣賞文學作品之能力與興趣。
4. 灌輸傳統文化，啟迪時代思想，以培養高尚品德，加強愛國觀念，宏揚大同精神。

　　由上述四項教學目標來看，國語文教育未來的任務不僅止於傳遞固有文化為滿足，更應該積極強調創新的功能。

　　在科技文明一日千里的時代中，國語文教育應該具備相當的實用性，才能應付變化多端的大千世界。國語文教育的目標，首先應該訓練學生有犀利的言亂（包括文章的寫作在內），進一層，訓練他們具有敏銳的觀察力和思考力，能深入的探討問題，且要舉一反三，觸類旁通。進而培養他們具有清明的智慧，民主的風度，科舉的精神，能夠以冷靜的頭腦正視問題，以善感的心靈欣賞人生，在社會上成為一個知書達禮，文質彬彬的優秀青年。

肆、國語文教育之世界觀

　　孔子說：「人能弘道，非道弘人。」在國語文教育的天地裡，我們不要只做考古文化的沉箱，只知躲在字紙簍中，去

做古人的應聲蟲，我們要振聾發聵，做世代的心聲，做中國知
識份子的喉舌，讓我們秉著學術良知，冷眼旁觀世變，承百代
之流，而會乎當今之變，共同為中華文化而獻身奮鬥。在一片
革新的聲浪中，國語文教育，不能墨守成規，應該發揚傳統文
化的精華，擷取西方科學的長處，並且要朝著多元化的目標邁
進，使西方的科學精神和中國的人文精神相互交流；讓古典文
學與現代文學兩者相輔相成，相得益彰，為中國文學開拓新天
地。展望未來，放眼世界，邁向二十一世紀，塑造民族文化的
傳薪人，引領中華文化成為世界文化的主流，這就是國語文教
育「適乎世界潮流，合乎人群需要」的世界觀。茲述國語文教
育的世界觀之管見如下：

一、推廣語文教育，以促進中國之團結和諧

國語是民族的共同語言，它包容了各種方言的特色：在語
音方面，由於南方音的影響，捲舌成分變淡，兒化韻消失了，
複音節詞的輕聲也減少了；在詞彙方面，國語更是博大能容，
例如「板條」是自客家話的詞彙，「古早」，「雞婆」是來自
閩南話的詞彙，由此可見，國語不僅是有效的溝通工具，也是
「和諧」，「能容」的表徵。（註二）說明了認識國字音讀的重
要性，因此在推廣語文教育上要使學生瞭解國字的基本結構，
以說國語，寫國字為榮，以促進全國人民之團結和諧。

廣雅疏證段玉裁序：「聖人之制字，有義而後有音，有音
而後有形。故學者之考字，因形以得其音，因音以得其義，治
經莫重於得義，得義莫切於得音」。因此要教導學生認識生難
字詞的形、音、義，而且能深究句法，觸類旁通。師大陳滿銘
教授說：「現在書法課困難在那裡呢？第一沒時間，第二沒教

材，第三沒師資。」這的確是一針見血的高見，所以建議教育部將書法列入必修課程；精印各種字帖，讓學生臨摹，才能收效；並且要訓練大批書法教師，來提倡書法教育，以培養學生具有溫文儒雅的性格，堅忍不拔的剛毅心志。

其次要復興書法，發揚國粹。我國書法從殷商迄今三千多年，發展出篆、隸、楷、行、草等各種書體。漢揚雄說：「書，心畫也，心畫形，君子小人見矣。」唐穆宗問柳公權筆法，對曰：「用筆在心，心正則筆正。（註三）」由此可見書法蘊涵了作者的人格及道德情操，是中華文化的瑰寶，因此提倡書法教育，乃是推動國語文教育之重要課題。

二、闡揚儒家思想，以促進世界和平

首先要弘揚孔孟學說，因為孔孟學說是我國固有文化的精髓，也是學術思想的主流。先總統　蔣公曾經昭示我們：「孔孟學說，博大精深歷劫不磨，光輝永耀者，更在其立身行事的修養，倫理道德的規範，與經世致用的精神。今日吾人固須以時代的觀點，科學的方法，整理，闡發，引起普遍的研究與興趣，尤須窮理致知，篤學力行的精神，提倡實踐，蔚成社會優良的風尚。」今日，我們要遏止邪說歪風，延續民族命脈，恢復國人的自信心，務必要加強思想教育，弘揚孔孟學說，並且將其生活化，具體化，做為我們日常生活的準則，來改善社會暴戾之氣，以造成淳樸安和的社會風尚。

儒家思想是中華文化的主流，自孔子、孟子建立了完整體系以後，迄今已歷兩千餘年，在世界文化史上，一直居於極重要的地位。我們可以從論語、孟子、大學、中庸四書中瞭解到儒家學說不僅具有完整的理論體系，而且提示了切實可行的

為人治事的原則。（註四）例如孔子的學說是以「仁」為出發點，最重要的內涵就是「忠恕」，由愛自己而能愛別人，因此而能「己欲立而立人，己欲達而達人」和「己所不欲，勿施於人」。因此「仁」的思想，是在尊重他人的前提下，來關愛他人，隨時隨地，都設身處地為他人著想，如此便能忍小異而來求大同，能「愛其所同，敬其所異」；如此則世間紛擾可減，和平可期。（註五）由此可見闡揚儒家思想，的確是促進世界和平之基石。

三、重視古典文學，以挽救文化斷層危機

所謂古典文學，是我國古代流傳下來，足為後人典範的文學作品，無論是修身處世的四書五經，抒情寄興的詩詞歌賦，或娛樂教化的戲曲小說等等，都是古聖先賢的智慧結晶，蔚為中國文學不朽的篇章，那字字珠璣滋潤了中華兒女的心靈，增長了我們的智慧。在現今物慾橫流，精神文明日趨低落的時代裡，我們豈可將寶貴的文化遺產棄之如敝屣呢？為了挽救文化斷層的危機，應該重視古典文學往下紮根的重要性，不要一味重科技而輕人文。

我國古籍，浩如煙海，其中蘊藏著頗多優美的篇章，高超的思想，所以大量註譯古籍，甚或加以改編重寫，使我們的下一代，得窺古典文學的堂奧，沾潤民族文化的幽光，尤為一件意義深遠的工作。在教材上應該多選些文學性較高及思想純正、旨趣明確的作品，尤其是古典詩歌一定要加以重視。古代先王原是以詩來「經夫婦，成孝敬，厚人倫，美教化，移風俗」的，正說明了詩教的功效，不但可以培養溫柔敦厚的氣質，更能培養出知書達禮，孝親忠君的好國民，進而移風易

俗，化暴戾之氣為祥和，進而落實古典文學往下紮根的理想，
正本清源，循循善誘，從根救起我國固有的道德智能。

四、加強科際整合，以提昇國語文教育之功能

　　電腦的發明，使人類邁向資訊新世界，電腦網路的出現，
更引領世界成為溝通頻繁的地球村。網際網路（internet）的全
球資訊網，可以傳送文字、聲音、影像、動畫等多媒體資料，
不但縮短了時空的距離，更使得知識的傳播無遠弗屆。（註六）

　　在科技文明日新月異的今日，我們可以透過電腦網路，
將浩瀚的中國文學寶典加以整合，並且建立中國語文教學資料
庫，不僅可以協助教師創造良好的教學品質，更可以提昇學
生的國語文程度。例如在國語文的教材上，可以選錄一些具有
老莊哲理思想，崇尚自然的篇章，以淨化人的心靈，提昇人生
的境界。在現實擾攘的世界裡，一個人想要免除自身的掙扎與
痛苦，以及外界人事的紛爭，歸向山川園林，是一種很美的意
境。以今天的社會風氣看來，老莊思想對人心，對政治仍有許
多正面的意義，比如教我們降低慾望，知足常樂；要把知識智
慧用在反省自己及認清人生的方向上，而不要爭名奪利。（註
五）例如蘇軾所寫的〈前赤壁賦〉，是作者於宋神宗元豐五年
七月十六日，與客泛舟遊赤壁，見江山風月之美，感悟宇宙人
生之無常；文中借曹操來說明宇宙人生「盛衰消長」之理，這
種道理，即是受了莊子「物固自化」思想的影響。（註六）研
讀〈前赤壁賦〉一文，可以培養學生「淡泊以明志，寧靜以致
遠」的襟懷，可以使我們成為真正聰明而快樂的現代人。這也
就是為何許多外國人，喜歡研讀老莊哲學的主因。

參、結論

在國語文的天地裡，我們心湖深處，有名山的靈秀，大川的浩蕩，孕育得我們雄姿英發。孔子的機智，孟子的雄辯，文天祥的正氣：世代相傳，與日月同光。古聖先賢的智慧結晶，猶如長江水滾滾東流，灌溉我們的家園，潤澤充實我們的文化，使中華兒女的慧力定見，在高度文明的國家中首屈一指。中華文化源遠流長，博大精深，深植於每一個人的思想與生活中。儒家學說體用兼備，更是傳承中華文化之中流砥柱。

唐君毅先生在「為中國文化敬告世界人士宣言」一文中也說：「如果中國文化不被了解，中國文化沒有將來，則這四分之一的人之生命與精神，將得不到正當的寄託和安頓；此不僅將來招來全人類在現實上的共同禍害，而且全人類之共同良心的負擔將永遠無法解除。」這一番語重心長的話，猶如當頭棒喝，並且也肯定了中華文化的命脈，有如源頭活水，永不止息，中華文化必經得起考驗，而永放光芒。

孔子說：「人能弘道，非道弘人。」在國語文的天地裡，我們要做一個創造新境界，開闢新天地的拓荒者，應該擔當起文化道統承先啟後的責任，來喚醒國人的理性和良知，並且要以教育家劉真的名言：「樹立師道的尊嚴，發揚孔子樂道的精神」自勉，來推動國語文教育，進而塑造二十一世紀一個政治民主，富而好禮的文化大國。

【附註】

一：參閱蔣故總統　經國先生民國六十二年的元旦文告。

二：參閱中正大學中研所竺家寧教授---國語的來源。

三：參閱熊秉明著---中國書法理論體系，第九七頁。

四：參閱劉真先生---對紀念孔子誕辰的省思。

五：參閱孔德成先生---發揚儒家與佛學思想應促進世界和平。

六：參閱侯志欽---新傳播科技與社會教育，社教雙月刊，第十五頁，一九九八年四月。

〔二〕
中華文化與校園倫理

壹、前言

　　文化是人類智慧的結晶，生命的泉源。它開創了宇宙繼起的生命，使民族命脈得以綿延不斷；更增進了人類全體的生活，使國家強盛不衰。中華文化，經緯萬端，源遠流長。中華文化的巨流，歷經朝代的更迭，卻是歷浩劫而彌新。這一力挽狂瀾的力量，就是「致廣大而盡精微，極高明而道中庸」，「為天地立心，為生民立命，為往聖繼絕學，為萬世開太平」的儒家倫理道德思想。

　　中華文化是什麼呢？就是先總統　蔣公在陽明山中山樓中華文化堂落成紀念文中昭示國人的：「我中華文化之基礎，一為倫理，故曰：『孝悌也者，其為仁之本歟！』其始也，固在「人人親其親，長其長。」其終也，則「不獨親其親，不獨子其子」，且使「老有所終，壯有所用，幼有所長，鰥、寡、孤、獨、廢、疾者皆有所養矣。」

　　二為民主，故曰：『民為貴』，又曰：『民為邦本，本固邦寧。』是以聖人之於內也，則選賢與能，講信修睦；於外則繼絕舉廢，治亂持危；且以為天下遠近，大小若一，乃曰：「大道之行也，天下為公。」

　　三為科學：『此即正德、利用、厚生之道。』故孔子以為政之急者，莫大於使民富且壽。而致富且壽之道，則均無貧，

和無寡，安無傾耳。語其極致，斯貨惡其棄於地也，不必藏於己，力惡其不出於身也，不必為己。」由此可知中華文化是何等高明博大，精進獨造而平實可行。

中華文化，走過從前，猶如不盡長江天際流，為中國歷史的傳承，澎湃奔騰。在教育文化方面，我們中華民國今天的教育方針，有兩大目標：一是普及，二是平等，而這兩個目標可以說都做到了。以普及來說，目前及齡兒童入學率已達百分之九十九以上，差不多已經接近完全沒有文盲的境地。而在平等方面，則任何家庭，不分職業、不分地位，只要有志上進，都可在公平競爭下有絕對平等的機會接受各級教育。因為這種教育文化建設的成果，乃使我們擺脫了貧窮落後國家之林，邁向開發國家之境。這種成就實足令人欣慰與驕傲。（註一）而今，在邁向現代化的過程中，三民主義模範省的臺灣，由於社會結構的轉變，西方文化的輸入，出現了許多「轉型期」的陣痛。急功近利，投機取巧，好逸勞的風氣充斥整個社會，使得美麗寶島被冠上「經濟巨人，文化侏儒」的惡名。以財富作為生活目標的價值取向，導致民族意識、倫理觀念、法治精神的日漸式微，甚至藐視法令，顛倒是非，鬧分裂、搞臺獨，以逸出常軌的政治活動來譁眾取寵。青年學子也受到此種意識型態的污染，以為民主就是自由，有了自由就可以為所欲為，不受限制，這種社會脫序現象，為整個國家帶來動盪與不安，而中華文化的精髓也受到嚴重的衝擊與考驗。

明儒王陽明的〈詠良知四首示諸生詩〉：

> 「人人自有定盤針，萬化根緣總在心；
>
> 　卻笑從前顛倒見，枝枝葉葉外頭尋。」

這首詩足以發人深省，令我心有戚戚焉，起向高樓撞曉

鐘，不信人間耳盡聾，目前，臺灣已締造了既庶且富的社會，所以我們欲挽救頹靡的人心，來建立一個富而好禮的文化大國，當務之急，乃是配合國建六年計劃，以「重建經濟社會秩序，謀求全面平衡發展」的總目標，讓教育奠下紮根的基礎，以匡正人心，改善社會風氣，進而推動國家的各項建設。因此，教師獻身教育，的確應該有「兩肩負重任，心懷千萬年」的薪傳責任，體察時代的需要，掌握歷史的動向，使今後我國教育的推展，能夠往下紮根，向上結果，一方面傳承並延續民族文化；一方面更能適應多元化社會發展的趨勢，同時培育身心健全，具有現代化國家的人力素質與國民生活的品質為鵠的。（註二）

貳、儒家教育思想的精義與啟示

　　教育是百年樹人的興國大計，也是民族精神文化的標竿，負有綿延發皇文化傳統與推動國家進步的神聖使命。展閱歷史的長卷，可知中國數千年的教育思想實以儒家的倫理道德思想為主流。梁啟超先生曾說：「中國民族之所以存在，因為中國文化存在，而中國文化離不了儒家，若把儒家抽出，中國文化恐怕沒有多少東西了。」美國前哲學家愛默生（Emerson）也說過：「孔子不但是中國文化的中心，亦為世界民族的光榮，孔子的倫理道德，和社會觀念，實為世界大同的象徵。」由上述可知儒家的學術思想，不僅是我們精神生活的全部，而且是我們修齊治平的準繩。「天不生仲尼，萬古如長夜」至聖先師孔子猶如一顆慧星，照亮中華文化的前程，開啟我國私人講學的先河，樹立為人師表崇高的地位，並且集三代學術思想

的大成，奠定了儒家學說的理論基礎，而孔孟學說更是垂教萬
世的金科玉律及為人處世的典範。於清末國勢危急之際，　國
父高瞻遠矚繼承中華文化一脈相承的道統，並擷取西方文化的
精華，創造了三民主義，使我國傳統教育的精神，由專重「倫
理」思想演進到兼重「倫理」、「民主」、「科學」的三民主
義教育思想，使中華文化更博大精深，而臻於適乎世界潮流，
放諸四海而皆準的理想境界。孔子是「聖之時者也」，儒家
思想具有「時」的特色，所謂「時」，就是不斷的求進步，不
斷的再革新。儒家思想是我國傳統文化的基礎，乃是因其具有
日新又新的特性。在今日多元化的時代裡，我們對儒家教育思
想應有的體認，就是每位從事教育工作者，要能結合時代的使
命與社會的需要，貫徹中華民國的教育宗旨：「我國之教育，
根據三民主義，以充實人民生活，扶植社會生存，發展國民生
計，延續民族生命，務期民族獨立，民權普遍，民生發展，以
促進世界大同。」以引導青少年正確的人生方向，進而擔負起
移風易俗的重責大任。茲將儒家教育思想的精義及給予我們的
啟示，簡要說明如下：

一、人文精神─「以人為本」的教育思想

　　人文精神是中華文化的支柱，也是維繫倫理道德的基石。
人文一詞，最早見於《易經》，所謂：「觀于人文，以化成
天下。」尚書舜典上說：「帝曰：契，百姓不親，五品不遜，
汝作司徒，敬敷五教，在寬。」傳：「五品：謂五常（即五
倫）。遜，順也。布五常之教在寬，所以得人心。」《孟子‧
滕文公上篇》說：「人之有道也，飽食煖衣，逸居而無教，則
近於禽獸。聖人有憂之，使契為司徒，教以人倫，父子有親、

君臣有義、夫婦有別、長幼有序、朋友有信。」又說：「夏曰
校，殷曰序，周曰庠，學則三代共之，皆所以明人倫也。」因
此自至聖先師孔子以來，歷代的思想家，都特別重視「以人為
本」的教育思想，認為人而無教，則行為近於禽獸。孔孟學說
是中庸的，平凡的，實際的，是人人日常應用的大道理，他絕
不講怪、力、亂、神，更不談與人生無關的空洞之言，因此他
的人生觀，是積極的，入世的，以人為本位的。我們既然生而
為人，就應該盡到為人的道理。所以孔子說：「性相近也，習
相遠也。」《論語‧陽貨篇》以及「弟子入則孝，出則弟，謹
而信，泛愛眾，而親仁，行有餘力，則以學文。」（學而篇）
孟子主張「人性本善」，認為「人皆可以為堯舜」《孟子‧
告子篇下》；中庸首章說：「天命之謂性，率性之謂道，修
道之謂教。」大學開宗明義章上說：「大學之道，在明明德，
在親民，在止於至善。」可知中國幾千年來的儒家教育思想都
以發展人性，培養人格為基礎。　國父曾昭告國人要以「人格
救國」說：「我們人類的天職，是應該做些什麼呢？最重要的
就是令人群社會，天天進步。要人類天天進步的方法，當然要
在合大家的力量，用一種宗旨，互相勤勉，彼此身體力行，造
成頂好的人格。人類的人格既好，社會當然進步。」的確只要
人人自己肯努力，接受教育的薰陶，把天賦的善性充分發揮出
來，就可以達到「內聖」、「外王」的至善境界了。

　　目前我國各級學校的校園倫理，也隨著多元化社會變遷，
已亮起紅燈，班級學生人數眾多，師生感情不易深入，改變了
傳統和諧的師生關係，因此加強人文教育，乃是重建校園倫理
之首要目標。人文教育就是一種生活態度、人生觀及人格修養
的教育；目的在陶鑄人文精神、培育人文素養。（註三）因為教

育是以人為對象，教育的過程便是師生之間適切的互動，所產生的涵育成果。（註四）所以人文教育，主張為人師表者應該秉持著「經師」秉為「人師」的古訓，及敬業樂群的精神，發揮愛心與耐心，教導學生成為一個身心健全的人，重視學生的人格、尊嚴，了解學生的興趣與個別差異，因材施教、循循善誘，使學生在充分感受教師的尊重與關懷之下，作最有效的自我學習，了解自己、認識自己。以發揮自己的天賦才能，追求完美的生活，進而實現創造自我、服務他人的理想。

二、倫理道德—以仁為立身處世之本

孔子的教學理念中，最重視個人品德性情的修養，以及倫理道德的實踐。在個人品德性情之修養方面，孔子稱述最多的是「仁」，如孔子說：「富與貴，是人之所欲也，不以其道得之，不處也；貧與賤，是人之所惡也，不以其道得之，不去也。君子去仁，惡乎成名？君子無終身之間違仁，造次必於是！顛沛必於是！」《論語‧里仁篇》又說：「志於道、據於德、依於仁、游於藝。」（述而篇）子張問仁於孔子，孔子說：「能行五者於天下為仁矣，恭、寬、信、敏、惠。」《論語‧陽貨篇》；顏淵問仁，孔子回答說：「克己復禮為仁。」〈顏淵篇〉，孔子告訴子貢說：「夫仁者，己欲立而立人，己欲達而達人。」〈雍也篇〉孟子也說：「仁者愛人。」由以上所引述孔子的言論，可以知道「仁」是孔子的中心思想，包涵了立身處世的各種美德。而所謂的「克己」、「己立」，是指自我品德的完成，正是「忠」的表現；「復禮」、「立人」，乃是社會群體和諧的表現，也是「恕」道的發揚。可見仁是一個人圓滿人格的表現，而人格必須在人群之中才能彰顯出

來。一個能愛人的人，一定能夠在人群中和別人維持良好的人際關係。所以孔子說：「德之不修，學之不講，聞義不能徙，不善不能改，是吾憂也。」孟子說：「親親而仁民，仁民而愛物。」《孟子‧盡心上》這是儒家倫理道德最偉大的思想，乃是把小我擴充到與天地萬物為一的境界，把仁愛的精神由父母之愛推廣到全人類及普天下的萬物，孔子曾說：「我不欲人之加諸我也，我亦欲無加諸人。」這種「己所不欲，勿施於人」的恕道，其蘊意是何等的博大精深。我們中國歷代聖王之所以能夠「濟弱扶傾，興滅繼絕」的種種懿行，都是由恕道而來。這正是中華文化精神的所在，也是中華民族所以悠久綿延的根基。

　　《中庸》謂：「知、仁、勇三者，天下之達德也。」孔子說：「智者不惑，仁者不憂，勇者不懼。」《論語‧子罕篇》凡是三德兼備的人，就可以稱為人格完美的君子。儒家教育學生，也就是以培養三達德為目標。所以孔門以「禮、樂、射、御、書、數」六藝為教材內容，以「禮樂」培養仁德，以「射御」培養勇德，以「書數」培養知德，目的就是希望養成學生具有完美之人格。（註五）孔子說：「君子不重則不威，學則不固。」《論語‧學而篇》，以及大學上所說的：「格物、致知、誠意、正心、修身」的一貫道理，都是在告訴我們，一切做人的道理必須從自我做起，然後才能推己及人。人人心地純正，國家自然有光明的前途，人民才能生活在安康幸福中；反之，社會紊亂，是非不明，真理不彰，失去公平正義，人民必定生活在煩惱的深淵裡。

　　管子說：「倉廩實，然後知禮節，衣食足，然後知榮辱。」在當今社會變遷迅速，「利字擺中間，道義放兩旁」充

斥人心的時代裡，青少年正處於青春期，情緒不穩定，是非辨別能力薄弱，容易導致道德認知的衝突。而學校訓導工作已落在因循的舊規中，缺乏理性的說服力，也激揚不起情意的感染力，因此加強儒家倫理道德教育，才是正本清源之道。

三、有教無類、因材施教──促進教育機會平等

　　至聖先師孔子以有教無類的精神，開創我國私人講學的風氣。他所收的三千弟子當中，有貨殖廛中、生活富裕的如子貢；有簞食瓢飲、安貧樂道的如顏淵；有世卿弟子如孟懿子；賤人子弟如仲弓，這就是孔子實施「有教無類」的最好證明。孔子說：「入其國其教可知也，其為人也溫柔敦厚，詩教也；疏通知遠，書教也；廣博易良，樂教也；絜靜精微，易教也；恭儉莊敬，禮教也；屬辭比事，春秋教也。」《禮記‧經解篇》孟子說：「天之生斯民也，使先知覺後知，使先覺覺後覺，予天民之先覺者也，予將以此道覺此民也。」《孟子‧萬章篇下》又說：「得天下英才而教育之，三樂也。」〈盡心篇上〉由此可見，孔子、孟子對於教育的普及是多麼的重視。國父中山先生，也特別重視教育機會的平等，使人盡其才，所以　國父說：「質有愚智，非學無以別其才；才有全偏，非學無以成其用。有學校以陶冶之，則智者進焉，愚者止焉，偏才者專焉，全才者普焉。」（註六）　國父這種「量智施教」的主張，和孔子「因材施教」的教學方法有異曲同工之妙。孔子曾說：「中人以上，可以語上也。中人以下，不可以語上也。」《論語‧雍也篇》孟子也說：「教亦多術矣，予不屑之教誨也者，是亦教誨之而已矣。」又說：「君子之所以教者五：有如時雨化之者，有成德者，有達財者，有答問者，有私淑艾

者；此五者，君子所以教也。」《孟子・盡心篇上》這就是說明人的天賦才智各有不同，教師必須以啟發誘導的方式，來教導學生，以發揮其所長，補救其缺點，不可以揠苗助長，更不可以敷衍塞責而埋沒人才。如孔門弟子問孝、問仁、問政，孔子的答語並不相同，茲舉孔子的中心思想「仁」為例，顏淵篇樊遲問仁，孔子答以「愛人」；里仁篇：「仁者安仁，知者利仁。」憲問篇：「仁者必有勇。」又說：「智者不惑，仁者不憂，勇者不懼。」子路篇：「剛毅木訥近仁。」顏淵篇顏淵問仁，孔子答以「克己復禮為仁，一日克己復禮，天下歸仁焉。為仁由己，而由人乎哉？」又說：「出門如見大賓，使民如承大祭；己所不欲，勿施於人。」由以上所引《論語》中孔子的言論，可知道孔子對學生的才質均頗了解，所以同一問題，卻有多種相異的答案，使學生受益良多，因此而培植了身通六藝的七十二賢才。

在科技文明日新月異的時代裡，我國的教育制度，脫離不了升學主義的窠臼，在考試引導教學的情況下，使得教育理念偏重智育的灌輸，而忽略了情意的陶冶。在教學方面，一味地採用灌輸填鴨的方式，只重結果不重過程，使得學生斤斤計較「分數」，好學生盲目地向前走，而成績較差的學生，卻以打架、逃學、吸食安非他命等事端，來尋找刺激與解脫，這的確是教育當局不可掉以輕心的嚴重問題。因為教育是為全人的發展，教育目標如果偏執、狹窄，使人限於一隅、無法施展才華，就無法將精力投注在天賦特長之處，結果造成假相的失敗者。（註七）因此為人師表者，應該發揚孔子「有教無類」、「因材施教」的教育理念，循循善誘學生，使他們建立自信心，進而發揮自己的潛能。

四、尊師重道—以發揮傳承文化道統之功能

　　中國自古君師並尊，把教師列為五倫—天、地、君、親、師之一、又說：「一日為師，終身為父。」所以《禮記‧學記篇》上說：「凡學之道，嚴師為難、師嚴然後道尊，道尊然後民知敬學。」這句話的涵義是說，教師必先受到尊敬，然後所傳授的真理才能受到重視。尊師重道，乃是中國傳統的教育精神。韓愈在〈師說〉中說：「師者，所以傳道、授業、解惑也。」說明了教師除了教導學生修己治人之道，經邦濟世之方，更須培育學生由率性粗野變成文質彬彬，由懵懂無知變成知書達禮。在我國的傳統社會中，師生之間大都有極和諧的關係，更可見到古代學生對老師的推崇與尊敬。如至聖先師孔子，以學而不厭，誨人不倦的精神，有教無類、因材施教的方法，化育了三千名學子，造就了七十二賢才。而學生們對孔子的推崇與敬愛，也是大家耳熟能詳的，如顏回曾經讚美孔子說：「仰之彌高，鑽之彌堅，瞻之在前，忽焉在後。夫循循然善誘人，博我以文，約我以禮，欲罷不能。既竭吾才，如有所立，卓爾，雖欲從之，末由也已！」（論語子罕篇）因此孔子死後，子貢廬墓而居六年，這就是「一日為師，終身為父」的表現。又如程門立雪；朱熹對於周敦頤就說：「風月無邊，庭草交翠。」從這些實例，足以證明古代師生之間，關係深厚，其樂陶陶。

　　反觀今日，由於物質水準的不斷提升，功利主義思潮的激盪，促使青年學生的思想繁複，只知道追求自我的理想，考一所好學校，將來能求得一分好的職業，賺取更多的金錢為終身目標，或許是孤傲自尊的驅使；所以許多學生都自以為是，不

滿現狀，而忽視了在求學的途程中，諄諄教誨你的老師，所以
尊師重道的風氣是每況愈下，也是當今推展國民教育不容忽
視重大問題。尊師與重道是一體的兩面，一個不尊重老師的學
生，當然他也不會認真去吸取老師所傳授的知識，或許他想學
習徐志摩的灑脫與豪情，「我悄悄的踏入高中（職）大門，正
如我悄悄的走出高中（職）大門。我揮一揮衣袖，不帶走一片
雲彩」，請問，三年的高中（職）生涯，其他的同學都滿載而
歸，而你卻兩袖清風，入寶山而空歸，不是太可惜了嗎？「縱
有千金，千金難買年少」啊！所以希望青年學子不要迷失在自
我的漩渦裡，應該設身處地為父母，師長想一想，美國總統甘
迺迪先生曾說過：「不要問國家能為你做什麼？而是要問你能
為國家做什麼？」這的確是至理名言，同理，每一個同學也應該
深思，不要只問父母、師長能給你什麼？而要問你是否將老師
所傳授的修己治人之方，進德修業之理、經邦濟世之道，加以
融會貫通，身體力行，進而學以致用，回餽給國家、社會呢？

「良師興國」，教育的進步與革新，以師資為重要關鍵。
而師道的尊嚴，多繫於教師自己，不假外求 Fisher（1976）曾
探討師生關係的問題及改進師生關係的方向，提出五點見解是
十分值得注意的：

1. 學生認為教師對學生的行為控制太多。

2. 學生認為教學方法過於呆板，應給學生較多的學習彈
   性及個別學習機會。

3. 學生認為教師缺乏對學生的尊重，許多教師不信任學
   生、譏諷學生、不理學生。

4. 學生認為教師缺乏社會性角色、學生希望和教師之間
   協同的關係而不是順服的關係。

5. 學生認為教師應多關心學生的需求。（註八）

由上述五點可以了解教師之期許，對於學生之自我觀念、成就動機與學生成績、社交關係、人格適應均有極大的影響力。因此教師本身要有可尊之道，如：慈祥、友善、喜歡學生、公平、不偏心、學識淵博、解說明白、幽默、風趣……等特質，學生自然由衷敬仰，相率以從，社會也必相觀而善。因此教師不僅要有受業、解惑的專業知能，而且要有堅定不移的傳道樂道精神，師法孔子「學而不厭，誨人不倦」的精神，及孔子「以身教者從，以言教者訟」的方法，來感化學生，使學生心悅誠服，樂於受教。

每一位青少年也應該培養欣賞別人，看重自己的襟懷，「欣賞別人，看重自己」這與至聖先師孔子所主張的「忠恕之道」有異曲同工之妙。「盡己之謂忠，推己及人之謂恕」，所謂盡己，就是指凡事要反省自己對這件事是否盡了全力沒有？所謂「恕」就是不把自己的嚴格要求，求備於人。這也就是孔子所說的「己所不欲，勿施於人」之意。所以希望青年學子以善感的心靈去欣賞大千世界的人、事、物，並且常懷著知足、感謝的心去愛他人，因為孟子說：「敬人者，人恆敬之，愛人者，人恆愛之。」一顆感謝的心，能夠使人不會憎怨、怨尤或嫉妒他人，也是邁向優雅生活的踏板。而一個人要修養良好的品德，要使自己做人處事樣樣得宜，就必須不斷學習自我涵育，也就是肯定自我，忠於自我的理想，並且吸取他人的經驗來自我磨練。體認自己進學校求學的目的，也正是要學習做一個光明磊落，品德完美，獨立不移，通達事理的人，學習犧牲奉獻，並且尊重師長，敬愛他們也鼓勵他們，更要秉持師長的教誨，繼續努力，將所學回饋給社會國家。

參、當前校園倫理的探討與省思

　　回顧並檢討政府在復興基地四十多年的教育政策與教育建設，雖然在質與量方面均有顯著的成果，但仍有許多亟待解決的問題存在。根據學者專家指出：臺灣當前最急切解決的二大社會經濟問題是：「為儘速扭轉教育功能，其次是暢通投資管道。」針對教育問題的報導中說：「過去念書是為了做大事，現代青年對升學的追求卻是為了賺大錢，如果教育功能不儘速重新加以定位，社會治安惡化現象難望改善。」閱讀至此，的確值得國人及教育當局深思與警惕。近年來由於工商業發達，功利主義思潮的激盪，以致民風日漸衰頹，社會脫序的現象，也衝擊到平靜安穩的校園內，使得傳統的校園倫理面臨嚴重的挑戰。從目前青少年犯罪案件統計分析來看，青少年犯罪日增，犯案年齡日趨下降，這些正說明了學生受到社會的引誘日趨嚴重。青少年學生已失去純真善良的本性，取而代之的是強烈自我意識，驕矜自滿，罔顧倫常，以致校園暴戾事件屢見不鮮，尊師重道的思想已日漸式微，而學生越軌的行為卻日益增加，使得傳統的校園倫理面臨挑戰，這的確是值得我們痛下針砭的教育問題。

一、校園倫理的意義及內涵

　　學校教育是家庭教育的延伸，也是莘莘學子們學習各種知識、培育健全人格、發展良好人際關係的重要場所。而校園裡諄諄教誨學生的師長，猶如家庭中的父母，以愛心、耐心、細心及適時、適性、適切的方法，引導學生發揮人格特質，以開創自己光明的未來；其次筆硯相親的同學，又如家庭中的

兄弟姊妹，在互相切磋，共琢磨的影響下，左右了青少年的認知與價值判斷。所以柯溫（R.C.Corwin）在其「教育社會學」一書中，曾分析學校的社會組織說：「學校是一種複雜的組織系統，它是具有互動、關係、地位、規範、角色等社會關係的一種組合體係。」具體地說，學校這種組織是由師生關係、學生同儕關係、教師與家長的關係所形成的社會組織體系。易言之，維持適當的師生、學生同儕、教師與家長三項關係的社會規範，稱為校園倫理。師生關係是學校校園倫理的核心，也是奠定校園倫的基礎。校園倫理是維繫學校秩序的綱紀，也是發揮教育功能的原動力。（註九）

二、當前校園倫理的危機

　　成長中的兒童與青少年，其人格與行為的發展乃現代社會特性的反映。由於社會急遽變遷，使得現代社會具有下述八點特性： 1. 科技迅速發展，2. 資訊社會的發展，3. 人口集中都市，4. 升學競爭劇烈，5. 物質生活豐裕，6. 精神生活鬆散，7. 知識的爆增，8. 價值的多元化。這些社會特性對於兒童與青少年人格、思想與行為的發展，均具有決定性的影響。（註十）根據臺北市警局少年觀護局的資料，前年（八十年）與去年（八十一年）入觀護所及交付保護管束的少年高達四萬五千一百二十七人，單以入觀護所兩年總人數兩萬七千一百九十六人，就佔全臺北市國小、國中及高中職學生的十七分之一，顯示青少年犯罪的嚴重性。今天青少年的犯罪情形，非但日增其界面與縱深，更突顯其犯罪動機之惡性幾乎與成人一般無二：偷、賭、色、暴力之外，吸服禁藥毒品的情形，且有日益蔓延的趨勢。成長中的國家民族幼苗，在社會

污染，大眾傳播媒體的影響和家庭、學校之管教方式未能盡善的情況下，竟然遭到如此嚴重的身心傷害，由觸犯校規而至於犯法犯罪，實在令人憂心痛心，這的確是值得國人及教育當局省思與警惕的嚴重問題。茲述當前校園倫理的危機及癥結，如下：

（一）社會風氣的不良影響

當前自由中國寶島臺灣四十多年來，在大有為政府及英明領袖的領導之下，全國軍民萬眾一心，同心協力，國家各種建設都有卓越的表現，尤其是經濟繁榮、民生富裕兩項，使得世界各國對我們刮目相看。行政院主計處在八十二年三月十八日發布了「八十一年國情統計分析」之資料得知我國的國民所得在去年時已突破了一萬美元，居世界第二十五位，可以顯示我國已具有「躋身富裕國家之林」的經濟實力，然而在追求經濟高度發展、各種漂亮的經濟數據背後，我們的社會卻不斷的有新的社會病變產生。社會風氣日趨功利，民俗奢華怪誕，走在大街小巷，觸目皆是櫛比林立的歌廳、舞廳、咖啡廳、電動玩具店、卡拉ＯＫ……等場所，充分暴露出國人精神層面的匱乏。青少年偶一不慎，涉足其間，往往難以自拔，甚且染上吸毒的惡習，而有「一失足成千古恨，再回頭已百年身」的遺憾，也使得社會犯罪率節節昇高，大家生活普遍缺乏安全、祥和及尊嚴，遠離了傳統樸實、儉約、安和與奮發的社會模式，一切文化建設流於河漢空言，倫理道德日益淪喪，形成社會的最大隱憂。

立委王建煊憂心的直指國人過的是「富裕中的貧窮」的生活。而且認為臺灣的經濟奇蹟可以說是「無中生有」，四十多

年來由於國人體會到臺灣土地狹小又缺乏天然資源，因而每個人都產生了危機意識，所以辛勤的工作，再配合以充沛的高教育程度的人力資源，創造了舉世注目的「臺灣經濟奇蹟」。然而，年輕一代的青年學生，由於未經歷過動盪的生活，從小在富裕生活中成長，所以逐漸喪失為自己生存而努力打拼的危機意識，而傳統的勤儉美德如今也逐漸的在消逝中。這的確是一段發人深省的言論。

　　由於青少年的身心尚未成熟穩定，心智仍不健全，且意志力薄弱，對於道德的認知與價值的判斷，容易受到社會不良風氣的引誘，加上新的道德標準尚未建立，傳統禮教流於形式，使青少年不知何去何從，於是代溝的名目興起，自我意識過強，隨心所欲，不願被教條束縛，因而做出許多違反倫常的事情來，也使得純樸的校園受到嚴重的污染。

（二）大眾傳播媒體負面報導的影響

　　在科技昌明的時代裡，大眾傳播事業已成為影響人心最深遠的社會教育的媒介，假如能夠善加利用大眾傳播事業，則足以發揮社會教育的功能，提高人民文化水準，進而使社會風

　　俗祥和純正。反之，大眾傳播事業若以營利為目的，枉顧道義，而傳播淫靡頹廢的內容，將危害社會，腐蝕人心，製造社會問題。

　　最近由於黑道分子劉煥榮遭處決，媒體不斷報導及黑道電影的充斥，將黑道人物作不當的英雄化，已經使得涉世未深的中、小學生因為錯誤的認知，而參加黑道犯罪活動。又如：各種傳播媒體對色情新聞，繪聲繪影，電視娛樂性節目之內涵意識低俗卑下，以致暴力色情激盪，青少年耳濡目染這些不當的

文字聲光，生理心理受到嚴重的污染，因而導致青少年行為的怪誕乖張，這也是校園倫理日漸式微的最大誘因。

環顧國內的青少年學生，他的休閒生活大半浪擲在電視機的萬花筒面前、電玩的按鈕和分數的競技上、以及錄影帶悠悠旋轉的歲月中；他們在MTV的畫面剪貼中尋找自己身影、出入KTV的麥克風為了捕足自認為優美的喉音；明星歌星排行版占據了他們空虛的心靈，為了一睹偶像的丰采，竟使得交通堵塞，人潮擁擠。雖然大眾傳播媒體也有發人深省的口號在空轉，如：「讓文化走在經濟前端」、「讓書香充滿我們整個社會」，但是有志之士仍然可以看出，台灣的書香濃度，仍然不及十大明星、十大歌星、十大電視節目搶眼，根據行政院主計處在八十一年九月十九日公佈的「臺灣地區文化調查需求面綜合報告提要分析」中顯示，若我們寬鬆的將雜誌也包括進調查內容，我國經常閱讀圖書及雜誌者只占國民人數的百分之十四。由於讀書風氣的低落，使得社會人心正陷於「心靈閉鎖」、「精神貧窮」的困境，進而導致文化匱乏的現象，令人慨嘆。

（三）青少年犯罪問題日趨嚴重

近幾年來臺灣地區青少年犯罪人數不斷增加，且年齡有向下延伸的趨勢，質、量上更呈現惡化的現象。探討青少年犯罪的因素：（1）是由於我國經濟突飛猛進，人們競相追逐金錢的遊戲，賭博性的電動玩具紛紛出籠，青少年在耳濡目染下，首當其衝；（2）是由於社會結構的變遷，婚姻問題及單親家庭日漸增多，以及父母管教方式的不一致，導致子女無所適從；（3）是學校訓導工作的偏差觀念，只訓而不導，一味

採高壓政策的管理，而不加以疏導，傷害青少年的自尊，因而反抗、逃學的行為接踵而至。（4）交友不慎—許多青少年由於家庭的破碎，尤其是父母的離異或分居，使他們得不到溫暖與關心；在學校團體中因個性的孤僻，得不到同伴的支持與接納，就挺而走險，參加不良幫派，為非作歹，甚且染上吸毒的惡習，不但戕害自己的身心，也擾亂了社會的治安。（5）缺乏正當的休閒娛樂場所，使得血氣方剛、精力旺盛的青少年，無法將充沛的精力宣洩在正當的娛樂場所，及良好的休閒活動上，只好涉足在校園附近林立之電玩場所中，或沈溺在玩物喪志的不正當休閒活動上，據統計目前學生越軌行為可分為三個層次——這是屬於違反道德行為，例如荒廢學業。就是違反校規，例如藐視師長、逃課等。這是違反法律規範，如結夥滋事、吸食安非他命等。（註十一）而少年犯罪人數從民國七十年的一萬四千七百多人，增加到八十年的兩萬四千七百多人，十年之間增加了百分之六十五，顯示青少年犯罪日趨嚴重，實為我國現階段社會的一大隱憂。（法務部統計處的資料）美國社會學家帕森思認為：「犯罪是社會進化的副產品。」所以李總統語重心長的昭告國說：「在犯罪的案件中，未成年犯罪率有日益增加的現象，並提示根本解決之道，就是『要每個為人父母、師長的、能以身作則，教導子女正確人生觀與行為規範。』」由此可見，青少年犯罪的問題，不僅是危害社會治安，甚至動搖國本，所以加強法治教育、家庭親職教育及學校輔導教育，是導正社會風氣，減少青少年犯罪刻不容緩的重大任務。

（四）升學主義的弊害

　　自從民國五十七年國民教育延長為九年之後，受教育人口倍增，人力素質提昇，對國家社會及經濟發展，有其實質的貢獻。但由於功利主義的影響，萬般皆下品，唯有讀書高的觀念，再度深植人心，升學主義仍然存在。在考試引導教學的情況下，學校教育偏重「智育」的發展，而忽略「生活規範、倫理道德」的陶冶。青年學子的心目中只有數、理、英文等科目，而對傳承中華文化命脈的國語文教育卻抱著「等閒視之」的心態，上課時，老師讀、講學生光「抄」，多半不專心聽講，老師稍微不注意，就低頭偷看其他科目的書籍，真的是「言者諄諄，聽者藐藐。」考國文時，一個個學生就變成了「背多分」，只要背背注釋，看看參考書就可以應付了。禮記學記上說：「記問之學不足以為人師。」但反觀今日聯考的國文題目中有百分之六十屬於記問之學，於是國語文教育便流於填鴨式的教學，而忽略了智能的啟發，情意的陶冶，所以學生的國文程度越來越低落，更遑論開啟中國文學「宗廟之美，百官之富」的堂奧了。

　　在教學方面，一味地用灌輸填鴨的方式，只重結果不重過程，缺乏彈性而呆板；再加以學業成績來分班，使得成績較差的學生，以逃學、打架等事端，來尋找刺激與解脫。青少年在團體中得不到同伴的支持與接納，在家庭中得不到溫暖與關心，因此就挺而走險；甚至參加不良幫派，為非作歹，擾亂社會治安。升學主義與功利主義互為表裡，在二者相互激盪下，沖淡了校園中的人文主義，助長了社會上競利之風，使得人性尊嚴低落。教師為了惡補，不惜教學生如何說謊；校長為了升學率，不惜暗中改變課程，因因相襲，誠實運動早已化為紙上談兵，流於口號而已，尊師重道的風氣也隨之蕩然無存。冰凍

三尺，非一日之寒，當前我們希望消弭升學主義的弊害，當務之急，就是要落實教育革新，以重建校園倫理，培養學生健全人格。

（五）尊師重道的風氣日益衰微

教育是百年樹人的興國大計，而每位教師卻是推動教育進步的原動力。所以我國傳統文化，最為尊師，比之如父，尊之如天，與天地君親並列。尊師重道的精神，乃是維繫師生倫理的先決條件。近年來由於社會價值多元化，教師的地位日益低落，而且時下一般青少年的心態是自我意識過強，隨心所慾，不願被教條束縛，或許是由於父母師長呵護得太週到了，使得青少年只知道要求別人對他們如何好，偶而不順心或者是犯錯被師長責罵，就引致他們的怨憤不滿，令人感慨年輕善感的心靈，竟是如此難以馴服，抑是疾言厲色，苦口婆心，傷了那孤傲的自尊，也許過多的愛，使他們只記得自我，而忽略了父母師長也是有血、有肉、有感情的人。雖然傳道授業解惑的責任不變，但各級學校班級學生人數眾多，師生感情不易深入。益之以升學主義仍然主導教育風氣，惡補風氣仍然存在，誠實運動無法大力推行。教師採高壓式、權威式的管理，往往忽視個別輔導的重要性，因而傷害到青少年的自尊，造成師生感情的破裂。殊不知尊師與重道是一體的兩面，一個不尊重老師的學生，當然他也不會認真去吸取老師所傳授的知識。身為教師若無孔子傳道的使命感，只是把學校當作知識技術的訓練場，如此，不但扭曲了校園倫理的品質，也勢必造成嚴重的社會問題，良好的校園倫理建立在學生尊敬老師、老師關愛學生、教育當局和校方尊重老師的人格尊嚴上，這樣彼此敬愛、互相

尊重、信任之下，當然校園內就會充滿和諧安樂的氣氛了。因此每位教師必須為校園倫理的重整，肩負起全部的責任，為師生的和諧關係，搭起可以溝通的橋樑。德國大哲學家康德強調「好教育即是世界上一切善的泉源」，由此可見教師的確是任重而道遠。

肆、落實教育革新，重振校園倫理，重新塑造文化大國

「風俗之厚薄奚自乎？一二人心之所嚮。」環顧國內社會的發展，功利之風猖獗，價值體系低俗，暴戾之氣甚囂塵上，多數人民身陷於「心靈閉鎖」及「精神貧窮」之困境。因此李總統在「活水」雙周報發刊詞中語重心長的說：「當我們的社會享有高度經濟成長所帶來的富裕時，我們必須回頭飲取文化的活水。遠離了文化活水，我們的社會將在富裕中迷亂，人心、人性也將沈淪在功利與物欲中。」當今，我們欲挽救頹靡的人心，刻不容緩的要途，乃是大力推行文化建設，以提高國民素質，達成行政院連院長所大力倡導的「祥和社會」之目標。在因應未來更具開放性與多元化的社會發展趨勢，革新我國當前教育的缺失，乃是推動國家進步的原動力，學校為復興中華文化的精神堡壘，學校是改造社會的主導力量。（註十二）我們應該通過教育的革新，引領全國國民進入傳統優良文化的領域，給他們倫理道德的涵養，並且開啟儒家思想精髓的堂奧，重新塑造中華文化的價值觀，為每一個中國人尋找安身立命的地方，進而恢復民族的自尊及自信心。因此教育部長部為藩先生剴切的指出：「廿一世紀將是高科技的時代，但高科技的發展必須配合人文的省思，隨時從整體的利害檢視其對人類福祉的影響，因此，人文素養的陶治將是廿一世紀教育最重要

的課題。」今後十年在我國教育史上將是一個蛻變的階段,由
客觀環境的驅使與人文教育理念的導引,未來的升學競爭將逐
漸緩和,中小學教學逐漸正常化,人文主義教育理念抬頭,學
生的文化陶冶更受重視,我國將從貿易大國昂首闊步邁向廿一
世紀的文化大國。」(註十三)茲述如何落實教育革新,重振校
園倫理,以塑造文化大國之管見,如下:

一、加強社會教育,以導正社會價值觀

　　環顧當前我國社會的發展,經濟目標高懸,人文精神沒
落,教育功能的逆文化取向導致倫理道德的低落與社會價值
觀的偏頗。因此行政院長連戰先生擔任省主席任內,大力倡導
「祥和社會」,以提高全國人民的人文素養與生活品質,這也
是文化建設的最高目標。加強社會教育與學校教育,同樣是推
行文化建設的根本工作。我國憲法第一五八條規定:「教育文
化,應發展國民之民族精神、自治精神、國民道德,健全體格
與科學及生活智能。」因此導正社會價值觀的重點,不僅要加
強社會教育,從推行「國民生活須知」及「國民禮儀範例」著
手,以端正社會人心,改善國民生活習性;更需要倡導善良風
俗與公正輿論,使人人只見一義,不見一利,義之所在,悉力
以赴,毫無反顧,以發揚固有文化與民族正氣。其次,大眾傳
播媒體,對導正社會價值觀也具有重要功效。各種傳播媒體所
傳播的新聞、言論及娛樂節目,乃至於廣告,無論是用聲光文
字畫面,在表達方式所作的安排,即為社會大眾造成了一種價
值觀,應該謹慎從事,不可譁眾取寵,而破壞了社會秩序。所
以大眾傳播媒體,應該本著仁愛心宣揚主題正確的節目,例如
闡揚倫理道德,民族正義的內容,以端正社會風氣,使中華文

化植根於每個國民內心深處。

　　曾任美國國會圖書館館長的一位美國學者，最近撰文指出：「像電視、廣播這些媒體所提供給我們的，往往只是短暫的資訊；惟有書本，才能提供給我們長期的智慧和知識。」這的確是發人深省的言論。目前政府有關單位，天天呼籲地球只有一個，人人要做好環保，在空氣、大地的環保工作上，台灣社會已逐步推展，但在心靈的環保上仍然是留白天地寬，宋朝儒者黃庭堅說：「三日不讀書，便覺言語無味，面目可憎。」的確，在這科技新知日新月異的時代裡，不讀書，不追求新知，又如何迎向國際，作一個現代的國民呢？我們不禁要高聲疾呼大眾傳播媒體應該多傳播「書香文化」，點燃書香的火燄，並且響應國立中央圖書館館長曾濟群教授所呼籲的「讓我們一起來讀書」的運動，來推動「書香社會」，以淨化人心、移風易俗，重振文化大國之美譽。

　　要如何「推動書香社會」呢？首要之途就是廣建圖書館及加強圖書館軟體設施，如圖書資料全面電腦化，使讀者借書還書、查閱資料，都能節省時間。圖書館對國家社會而言，它蘊藏了國家豐富的文化資源，所謂「大漢文章出魯壁，千秋事業藏名山」正說明了圖書館是發揚文化，傳播知識及推動社會教育的基石；「人生也有涯，而知也無涯」，對個人而言，它是指導讀書門徑和研究學問的最佳場所。目前台灣各縣市都興建了頗具規模的圖書館，但除了學生及從事學術研究與教育工作者經常查閱資料外，一般民眾幾乎與圖書館絕緣，以致於面目可憎、談吐粗俗，更遑論發揚民族文化了。教育行政單位應該努力從中、小學開始培養年輕學子閱讀課外書籍的良好習慣，「愛讀好書的孩子不會變壞，因此有心的家長們，讓大家一起

關掉電視，引領全家人，走進浩瀚無邊的書香世界中。長此以往，青少年可以在良好的讀書環境中，發展完美的品格，而減少了逗留在街頭巷尾和穿梭在電動玩具店的時間。記得林語堂博士在勵志文集中勉勵青年人的一段話說：「一般青年人，無意多讀書，多思想，而不想在報紙雜誌、書籍中，盡量攝取各種寶貴的知識，真是最可憐，最可惜的一件事，他們不明白，他們所拋擲去的東西，在別人得之，可以成為無價之寶，可以使生命成為無窮豐富的種種資料呀！」因此每位青年學子應該抱著「學到老，活到老」的精神，多以新知充實自己，使自己「日知其所無，月無忘其所能」，如此才能日新又新，超越自我。不過要提昇青年學生閱讀課外讀物的興趣，必須減輕學生考試的壓力及課業的負擔。因此教育的全面革新，似乎是書香社會能夠真正實現的一個充分且必要的條件。

二、落實人文教育，以重建校園倫理

我們中國自孔子以來的歷代先哲，大都主張心物並重，而且認為心為物主，役物而不役於物。　國父說：「有道德始有國家，有道德始成世界。」先總統　蔣公更昭示倫理應為民主與科學的基礎，都在闡明人文精神足以指引科學發展的方向，更進一步說明在發展科技文明時，必須重視人文教育的價值。（註十四）所以美國現代歷史哲學家杜蘭博士說：「中國歷史可以孔子學說影響來撰述。孔子著述，經過歷代流傳，成為學校課本，所有兒童入學之後，即熟讀其書而領會之。此一古代聖哲的正道，幾乎滲透了全民族，使中國文化的強固，歷經外力入侵而巍然不墜；且使入侵者依其自身影響而作改造。即在今日，猶如往昔，欲療治任何民族因唯智教育以致道德墮落，個

人及民族衰弱而產生的混亂，其有效之方，殆無過于使全國青年接受孔子學說的薰陶。」這一段深中肯綮的言論，證明孔孟學說中的倫理道德，的確具有新時代的意義，而我們的文化復興運動，絕非抱殘守缺，固陋不通，而是要讓人文與科際二者合流，以實現三民主義的新文化。（註十五）

目前我國的中等教育，受到「升學掛帥」、「知育第一」的影響，只重視知識的傳授，而忽略了學生人格的陶冶、情意方面的鼓舞、群體意識的啟發、社會道德的培養以致於青少年心浮氣躁、犯罪問題層出不窮，因此人文主義教育思想必須落實於當前教育行政措施上。基本上人文主義教育涵蓋了文學、哲學、歷史、美學等方面的課程。在教學方面，則著重在創造力的啟發、經驗的學習以及情意的陶冶，其最終的目的，是達到個人之自我實現，使個人更富人性化，以增進人際之間的關係。（註十五）

今後中等校應該如何落實人文教育，以重建校園倫理呢？茲述管見如下：

（一）加強民族精神教育

首先各級學校應加強有關民族精神、倫理觀念與民族文化方面的課程，可經由國文、文化基本教材、歷史等課程，使學生了解我國民族傳統文化的精深與博大，我國歷史的演進與悠久　長；我國疆域的遼闊，物產資源的廣博與豐碩；進而激發學生忠勇愛國與努力進取的精神。依據教育部所頒定的高級中學國語文教學目標：

1. 提高學生閱讀及寫作語體文之能力。
2. 培養閱讀淺近古籍之興趣，及寫作明易文言文之能力。

3. 輔導學生閱讀優良之課外讀物，以增進其欣賞文學作
   品之能力與興趣。

4. 灌輸傳統文化，啟迪時代思想，以培養高尚品德，加
   強愛國觀念，宏揚大同精神。

由上述四項教學目標來看，國語文教育未來的任務不僅
止於傳遞固有文化為滿足，更應該積極強調創新的功能；因
此，教育必須培養學生創造思考的能力，才能面對未來充滿
挑戰性、新奇性的社會。如以高級中學所列的中國文化基本
教材為例，四書為其主要內容，涵蓋了孔子思想的精髓，希
望藉著孔子的求仁，孟子的取義，來教導學生「修己善群，居
仁由義」之理，進而成為「己立立人，己達達人」，「見利思
義，博施濟眾」，「當仁不讓，成仁取義」的君子，易言之，
也就是成為一個愛國家、愛同胞，合群服務，負責守紀，知書
達禮，且足以表現中華民族道德文化的中國人。又如：文天祥
的正氣歌，不但發揚了「凜列萬古，貫通日月，不顧生死」的
民族正氣，也為我千秋萬世的後代子孫，立下忠勇不屈、捨生
取義的典型，更激發青年學生忠勇愛國與努力進取的精神。如
果每位學生都能深入的研讀中國歷史，就可以了解到我們中華
民族炎黃子孫，綿延大江南北與五湖四海，加上中華文化的博
大涵容，使得中國已成為一個博大而整體繁衍的東方民族，血
緣親情是一脈相承的，臺灣同胞的根是海峽對岸的大陸先民從
大陸飄洋過海，來臺墾殖，篳路藍縷，以啟山林的心路歷程，
可從臺南鄭成功祠的陳列館中，保存有沈葆楨的一幅對聯「開
萬古得未曾有之奇，洪荒留此山川，作遺民世界」的上聯中了
解，今天臺灣能夠經濟繁榮，民生樂利，都是拜受先民胼手胝
足，開創草萊所賜的成果。但卻有一小撮臺獨分子，他們居心

叵測，創造了一種荒唐的謬論，硬說臺灣同胞不是中國人，這種數典忘祖，妄圖分化中華民族的根源，真是其心可誅，其行可恥，歷史的根源，豈是台獨陰謀分子三言兩語就可以抹煞的呢？所以加強青年學生的愛國教育，也是振興民族精神教預的要項之一。

其次要加強倫理道德教育，使學生體認我國固有道德的重要性，並且應該將倫理與道德涵泳於日常生活中，除了理論的灌輸外應該重視潛移默化的重要性。「工欲善其事，必先利其器。」，要想使青年學子了解中華文化，而不致數典忘祖，就必須培養學生閱讀古籍─四書、五經、唐詩、宋詞、元曲……的興趣，教師必須使學生對中華文化的寶典由知之、好之而進昇到樂之的地步，如此學生涵泳於優美的古典文學中，久之定可培育出溫柔敦厚、端莊典雅的氣質。當然此項工作並非立竿見影的事，所以在教材方面，應該由教育廳（局）請專家學者將精深的古籍加以整理、重新加注標點、斷句，並且應多引用對社會人心有助益之人物傳記為典範，且以實際生活作直接的編譯，切忌陳腐教材，免得學生有隔靴搔癢且陳義過高的感覺。透過傳記文學優美生動的妙筆，將偉人的人格狀貌、行誼、功業、人生理想等項，一一呈現讀者眼前，使學生由認知層次，提升為篤實踐履，以培養自律、自發的性格及健全的人格，進而成為明義理、知廉恥、孝順父母、尊敬師長、友愛同學的好學生。

在物慾橫流，人心陷溺而倫理道德日趨衰頹的現代過程中，我們應該通過中國文學的理念，教育的觀點，帶領青年學生進入傳統文化的領域，給他們倫理道德的涵養，引導他們認識儒家思想的精髓，重新塑造固有文化的價值觀，為每一個中

國人尋找安身立命的地方，進而恢復民族的自尊、自信心。

（二）加強美育教學

　　要改善現代社會人心庸俗、物質、功利等特徵，為了挽救文化斷層的危機，就應該重視古典文學往下紮根的重要性，各級學校就應該加強美育的教學以發揮文化傳承的功能。給予學生豐富且純正的文化薰陶，以美化人生，進而促進五育的均衡發展，以達成培育健全人格之目標。因此教師在教學活動上，應該採用欣賞教學法，英國牛津大學副校長黎芬司東（LIVINGSTONE）在他所著「一個動盪世界的教育」一文中說：「教育應以養成德操為第一要務；而德操的養成在使學子多看人生中偉大的事情，多識人性中上上品的東西。人生和人性的上上品，見於歷史和文學中的很多，只要人們知道去找。（註十六）也就是孔子所說的：「知之者，不如好之者；好知之者，不如樂之者。」使學生了解讀書的重要及知識即是力量的道理，由被動轉到主動，引導學生進入「讀書之樂樂無窮，綠滿窗前草不除」的境界，如此才能融會貫通所學的知識，提昇到「佈乎四體、形乎動靜」的理想目標。尤其中國語文的教學上，可藉由古聖先賢的智慧結晶及字字珠璣，引領學生開啟中國文學的堂奧，了解到張潮所說：「文章是案頭山水，山水是案頭文章」之真諦，例如李霖燦所寫的「山水與人生」，說明山水是大自然的代表，古代高人雅士，賦性澹泊者，無不以嘯傲林泉為樂。物質文明發達之今日，仍應該偷得浮生半日閒徜徉在山水林泉間，因為山水不但能醫病，兼可醫俗，細細欣賞山水，時時出外旅行，山高水長，海闊天空，有益於境，有美於人生，小可達於一身，大則兼善天下，所以孔子說：「仁者

樂山，智者樂水；仁者壽，智者樂。」的確欣賞這篇文章可以引起學生對自然的鑑賞，及愛好青山綠水的共鳴，對於文化的鑑賞，在教材上應該多選些文學性較高的作品，尤其是古典詩歌一定要加以重視，古代先王原是以詩來「經夫婦，成孝敬，厚人倫，美教化，移風俗」的，中唐大詩人白居易說：「詩者，根情、苗言，華聲、實義。」說明了詩歌乃是言情、達義而具有音樂性、感染性的韻文。的確沈潛在詩詞的領域中，那綺麗的千古絕唱導入心田，可以怡情養性，啟迪人生。孔子說：「溫柔敦厚，詩教也。」所以在詩詞的教學上，鑑賞與分析不但可以陶冶學生的性靈，並可以使學生在潛移默化中，培養高雅的情操及思古的幽情，更能培育知書達禮，孝親忠君，具有民族意識，愛國情操的好國民。例如：李白的〈送友人〉：

「青山橫北郭，白水繞東城，此地一為別，孤蓬萬里征。

　浮雲遊子意，落日故人情。揮手自茲去，蕭蕭班馬鳴。」

　這首詩的關鍵詞語是「孤蓬」、「浮雲」、「落日」，都有典故。作者借物抒懷，從用典的角度去欣賞這首詩，全篇充滿安慰、惆悵、勉勵之情懷，相當感人。可以引起學生情感和意志的反應，以達到潛移默化的功效，進而培養溫柔敦厚的氣質。

　　音樂的功用能夠調和人的性情，而我們處在今日緊張的社會裡，要想使身心平衡，情感與理智和諧，音樂教育是不可忽視的一環。所以先總統　蔣公說：「純正高尚的音樂，可以陶冶性情、敦厚風化、慰藉哀怨，激揚志氣，使一般人的精神有所調劑，而消除種種禍亂於無形；更能使整個社會煥發生機，漸漸向上發揚，其有助於政教的實施與革命的進展，效力

尤為顯著，古人無論治國教人，禮樂是首要之兩件事情。」這就是說明高雅純正的音樂可以影響人心，使之和樂安祥，怡情養性，激揚志氣，化暴戾為祥和，反之不良的靡靡之音，卻會腐蝕人心，甚至淫亂墮落。所以《禮記‧經解篇》上說：「廣博易良，樂教也。」由此可見樂教之興廢與民族之盛衰，實息息相關。因此靡靡之音泛濫的今天，各級學校應該加強藝術歌曲、愛國歌曲及民謠的教唱，並且多加提倡國樂的演奏及組織合唱團，以發揚大漢心聲，培養學生具有發揚蹈厲的氣概及蓬勃的朝氣使「玉樹後庭花」的亡國之音消弭於無形；使遠古以來中國幽雅、正心的音樂，不再被塵世的喧鬧煩囂所淹沒，進而使中國文化的藝術活動大放光芒。

（三）發揮輔導功能，以建立學生自信心

　　青少年正處於青春期、狂飆期，往往從父母、師長及同學的肯定中，找出自己的定位，而自己與同學的關係，更是他們所重視的，所以他們渴望被了解、受重視，卻不願受到過多的保護與束縛，因此在情緒上常有失控的現象。益之以是非辨別能力薄弱，血氣方剛、好勇鬥狠，行為莽撞，比較容易發生暴力行為。這個階段的學生，由於自我意識的發展及判逆性強，對現實社會的種種現象，常常無法接受，而父母與師長因為自身生長的文化背景有差異，對年輕人的心態缺乏認識，因而代溝的名目興起，對立與衝突的事件迭起。由於升學競爭的激烈，使得國中、高中學生終日被一連串的大小考試和堆積如山的參考書、作業，壓得喘不過氣來。視茫茫（近視眼）、心茫茫（祇知升高中、大學為目標），身心疲累，茫然若失，缺乏生活目標及遠大理想，以致於四體不勤、五穀不分。再加上教

育行政單位注重升學率，老師以成績好壞衡量學生的優劣，賞罰不公平，使部分學生自暴自棄誤入歧途，師生對立的問題因此產生。

教師是青少年在成長過程中的一盞明燈，也是青少年在學業與發展健全人格之重要指導者。韓愈說：「師者，所以傳道、授業、解惑也。」因此教師在輔導學生方面是任重而道遠的；教育是活的，也是千變萬化的，所以在輔導學生問題時，不可忽略師生互動的空間，應考慮個體所處的環境與心態的差異（註十七），因材施教，可掌握學生的動向，予以諮商並協助其改過自新，以減少青少年的犯罪率。教師深入探討學生問題的癥結所在時，應把對學生的成見、偏見和刻板印象捐棄，並且要紓解學生的心理壓力，充分發揮輔導功能，注重機會教育，循循差誘，不可一味責罰，要顧及學生的自尊心，使他們了解「形象是客觀的，印象是主觀的」真諦，並且培養「欣賞別人、看重自己」的襟懷，然後肯定自我，提昇自信心，朝著自己高遠目標前進，並且吸取他人的長處來磨鍊自我。

「天不生無用之人，地不長無根之草」因此教師教導學生的重要目標，就是使「人盡其材」鼓勵學生發揮自己的特長，不以成績分數的高低衡量學生的成就，幫助學生了解自己，建立自信心，並且強調人的可貴，在於肯定自己，我是我，你是你，他是他，除了你自己，沒有人能做你的詩，你也不能做別人的夢，所以生命的第一步要先認清自己，了解自己本身的優缺點之後，再肯定自己，保持自己的特色，並且提昇自信心，以開創人生的光明面。因此鼓勵學生創造發展自我，不妄自菲薄，是為人師表者，應該具備的教育信念。

三、落實「有教無類」、「因材施教」的教育理念

　　教育的成敗，實繫於教師的良窳，所謂「良師興國」，洵非虛言。教育家劉真勉勵每位老師，「要端正教育界的風氣，達成良師興國的使命，就要樹立新的觀念，表現新的精神，抱『振衰起弊』的宏願，作『盡其在我』的努力，不憂不懼，立己立人，起碼先要做一個負責盡職的教書匠，更進而要做一個為人師表的教育家，只有這樣才能使中華民族的優良傳統文化，發皇光大、宏揚於世界。」也就是希望為人師表者，除了以經師自我期許外，更應負起「人師」的責任，修養完美的人格以表率群倫，充實自我的知識，以啟迪學生，並且要發揚至聖先師孔子「有教無類」、「因材施教」的教育理念，以犧牲奉獻、無怨無悔的精神，循循善誘學生，並且改變教學方法，不放棄每位學生，使他們邁向人生的光明面，以重建校園倫理，落實「教育機會均等」的目標。

　　如何落實「有教無類」、「因材施教」的教育理念呢？首先要突破升學主義的窠臼；注重五育均衡發展的教育不能忽視藝能科目的教學，使教材彈性化，評量多元化，實施適性而有效的教學法，不可一味揠苗助長，只訓練出上課時「講光抄」，考試時「背多分」的機器人，教師對於學生的課業要熱心指導，對於成績較差的學生，要善用輔導技計巧，使教材、教法生動活潑化，以引發學生學習的興趣，避免急躁求速成，以合理的期望，來輔導學生紓解情緒困擾，使所有學生不論上智或下愚都能受到適性的發展，進而確立正確的人生觀。如：在文史學科的教學方面，除了採行講述要點、綜合討論問題、作業的習作等活動外，更應該注重時事教育，指導學生每日

閱讀報紙，關心國家大事，並且提出心得報告，使他們能做到
「家事、國事、天下事，事事關心」的境界，人人能「日知其
所無，月無忘其所能。」在指導學生獲得知識以後，進一步要
培養他們的信仰和理想，由認知的層次及價值的判斷，產生情
意方面的鼓舞，例如：蘇軾所寫的前赤壁賦，是作者於宋神宗
元豐五年七月十六日，與客泛舟遊赤壁，見江山風月之美，感
悟宇宙人生之無常；文中借曹操來說明宇宙人生「盛衰消長」
的道理，即是受了莊子「物固自化」思想的影響。高中學生
研讀赤壁賦一文，可以培養「淡泊以明志，寧靜以致遠」的襟
懷，可以使我們成為真正聰明而又快樂的現代人。

其次學習孔子啟發式的教育方式—「不憤不啟，不悱不
發，舉一隅，不以三隅反，則不復也。」《論語‧述而篇》
指導學生疑難問題，能夠因材施教，循循善誘」使學生產生濃
厚的興趣，而欲罷不能，也就是要激法學生多樣化的潛能。在
現代多元化的社會裡，學生的思想行為，已不是我們成人以平
常心就可以判斷的，因此要實施個別化的因材施教，注重學生
的個別差異，發掘出學生的天分，並且要鼓勵學生「見賢思齊
焉，見不賢而內自省也」，促使他們發揮所長，以彌補自己的
缺點，進而發展出健全的人格。

發展學生的思考能力是學校教育的主要目標之一，早在
二千多年前，至聖先師孔子在《論語》一書中便說：「學而
不思則罔，思而不學則殆。」宋儒程頤也說：「博學、審問、
慎思、明辨、篤行，五者缺一不可」這是勉勵學生求學時務
必學思並重，杜威（John Dewey）也說：「學由於行，得由於
思。」美國教育家克柏萊強調，優良的教學貴能培養學生良
好的讀書習慣以及獨立思考的能力。的確，思考方法是可以學

習的，思考能力可以經由教育而予提高，因此創造思考教學是
非常重要的。發問技巧與思考教學有密切的關係，因為發問之
後，學生作答須運用心智，尋求答案，這也就是孔子所說的：
「不憤不啟，不悱不發，舉一隅，不以三隅反，則不復也。」
因此每位教師要突破傳統注入式教學法的瓶頸，運用創造思考
教學法來提昇學生對問題的思辨能力。

四、確立正確的休閒觀念，以發展健全的身心

　　休閒教育在我國傳統教育內涵當中，佔有非常重要的地
位，例如：《論語》中記載：「志於道，據於德，依於仁，游
於藝。」〈述而篇〉禮記樂記篇上也說：「安上治民，莫善於
禮；移風易俗，莫善於樂。」以及禮、樂、射、御、書、數的
六藝，可見自古以來，中國人即把休閒教育和個人修心養性以
及社會教化結合為一。近代美國教育大家杜威（John Dewey）
認為：「教育的重大責任之一，在於能適當地為學生提供利用
休閒的時間，享受休養精神的愉快。」（註十八）因此在今日物
質文明發達，而暴戾之氣高漲的時代中，為使青少年學生在課
餘身心得到均衡的發展，不致於涉足不良的場所，學校必須與
家庭、社會密切聯繫，輔導學生課外生活，透過休閒教育的薰
陶，以培育身心健全的好國民。

　　根據治安機關的統計，近年來青少年的犯罪案件逐年增
加，推究原因，電視暴力節目是罪魁禍首，而依據師大社教
系陸光教授的調查研究，百分之三十二的家長，反對自己的孩
子，從事休閒生活，可見休閒生活的正面價值，似乎還沒有被
國人全面接受。所以有正確的休閒理念，才能進行實際的休閒
體驗。（註十九），因此為人父母及師長豈能坐視此問題的日益

嚴重，應該確立正確的休閒觀念，使血氣方剛的青少年，將充沛的體力宣洩在良好的休閒生活上，以調適自己的心性，使自己獲得成就與滿足感，以增進身心的健全發展，對於社會的安定也有莫大的助益。

健全的體魄，寓於健全的心靈，首先在靜態方面，如：可經由藝術、文學、音樂等心靈的交流活動，使學生充實生活內涵，以陶冶心性，鬆弛精神壓力，增加生活情趣。動態方面，可走出室外，接觸大自然，藉著登山郊遊、旅行……等活動筋骨，擴展視野，嘯傲於青山綠水間，可以滌盡煩憂，學習山的包容與海的豁達，進而使身心保持平衡、情感與理智得到和諧發展，重新燃起奮發向上的生命力，以開創人生的光明面。

五、落實五育並重的正常化教育，消弭升學主學的弊害

國民中、小學教育是我國各級各類學校教育的主體，也是目前問題較嚴重的教育階段，因為國中教育發展不正常，直接影響到高級中等以上教育的良窳，當前最急切的改革方針就是要落實五育並重的正常化教育。（註二十一）教育部長郭為藩先生面對沈痾已久的教育問題，在胸有成竹下，銳意改革，為了讓學生有開闊的思維空間，及快樂的求學生涯，所以郭部長強調：「今後十年在我國教育史上將是一個蛻變的階段，由客觀環境的驅使與人文教育理念的導引，未來的升學競爭將逐漸緩和，中小學教學逐漸正常化，人文主義教育理念抬頭，學生的文化陶冶更受重視。」

首先教育部提出「邁向十年國民教育」的教育改革計畫，全面積極推動國中技藝教育，這項計畫將從八十二學年度開始規劃 獄移沙 願升學的國中畢業生，再接受一年技職教育。

第一階段將完全由學生自由選擇就讀。同時針對課程研擬結構性變革，並決定大幅修改國中課程標準，自八十五學年度起，正式將技職教育納入國二、國三的選修課範疇。並增加選修課時數，以落實職業認知、職業試探和技藝教育。這一個計劃的目標是延長國中學生的技藝教育，讓一些不升學或升學意願不高，或是身心殘障的國中學生，在念國中三年級的時候，接受比較完整的技藝教育，並且輔導他們在國中畢業之後，進入高職學校的實用技能班，繼續接受延長一年的技藝教育。（註二十二）

此外，高中課程即將有重大變革，教育部預計在八十六學度實施新課程規劃案，未來高中二年級的自然、社會學科將打破界限，改用新科目來區別，同時分組將延至高三實施。並重新安排高二文理專業學科的內容，將自然學科改分為地球科學、物質科學、生命科學；社會學科改為世界文化、現代社會；藝能科包括音樂、美術及藝術生活。換言之，傳統的高二歷史、地理學科即將廢除。學生到了高二可以選修第二外國語，每學期可選修二至四個學分。學生不分性別，一律必修「家政與生活科技」。這種以跨學科領域的課程代替傳統史地理化，為通識教育奠下紮根的基礎。並且指示國立教育資料館調整工作方向，全力配合國立編譯館中小學課程的編定，製作高水準的各種教學教材，帶動活潑生動的教學風氣，並且減輕教師收集教學資料的繁重壓力，加速推動教育改革工作。（註二十二）

郭部長學養豐富，作風穩健，大刀闊斧的革新教育方針，配合國家需求培育人才，暢通進修管道以紓解升學的壓力，使教學正常化的理念能夠完全落實。全面修訂各級學校課程標準

及重編教科書，調整課程內容，減低教材難度，並且以愛心做為教學的出發點，有教無類，因材施教，以啟迪學生的好壞，且重視學生為獨立的個體。行行出狀元，因應社會需求，暢通進修管道，使得學生能以多元化的方式來進修。這些興革措施，不僅使學生能坐而言，而且能起而行，發揮學以致用之功效，更為我國教育界帶來蓬勃的新氣象。

六、落實民主法教育，奠定憲政基礎

實施民主憲政是民權主義的主張，也是三民主義的理想。近年來，由於政治的解嚴，加上社會結構的快速變遷，人民對民主思想認知的不夠，造成濫用民主的亂象。假民主之名，而做出違法、違害社會安寧的行為，為所欲為造成社會脫序的現象，也為社會、學校帶了衝擊與不安。民主的基礎在法治，民主和法治是一體的兩面，相輔而且相成，因而校園民主不能脫離法治。前任行政院長郝柏村先生指示：「如何培養學生們愛自己國家的民族，熱愛自己的家鄉，認同我們的國家民族，加強民主法治和民族精神教育，尤其要落實學生生活和倫理道德教育，著重於日常生活的實踐力行，應該是當前教育工作的努力重點。」

的確，民主法治教育的落實，貴在從生活教育中去體驗實踐，從生活行動中指導學生崇尚理性，各守分際，尊重他人，守法負責的精神，與合群互助的習性。以往我們的民主法治教育，過於偏重知識的灌輸和理論的闡述使得學生只知記誦法規條文，坐而論道，不知起而力行，以致面對時下多元化的社會，無所適從，甚至為邪說蠱惑而誤入歧途。

民主法治教育是生活教育的根本，因此各級學校首先要

加強公民與道德教育，強化生活與法治的重要性，及法治觀念
的宣導，使學生了解要以「守信」來發揮政治的道德精神，以
「守法」來保障民主的精神，以「守分」來確定自由的分際，
強調「守信、守法、守分」以培養民主自由的實質，使政治、
經濟和社會以及人民的生活，均能在政局穩定、國家安全的軌
道上運行，以提昇學生對法律常識的認知能力，期能經由學校
民主法治教育的落實，以匡正時弊，進而提昇國民素質；並且
了解選賢與能的道理，使人盡其才，為國家社會竭智盡忠，建
設安和樂利的社會以奠定憲政的良好基礎。

其次要推展誠實教育，為人師長者，要師法孔子「以身
教者從，以言教者訟」的精神，除了以「經師」自我期許，
更應負起「人師」的責任，以身作則，教導學生不說謊、不取
巧，誠誠實實的做人，光明正大的做事。對學生說謊不誠實的
行為，也應該適時加以糾正。學校的行政措施，應該公開、公
平，如此才能建立校園誠實文化，讓學生認識民主是一種生活
方式，真正的民主，不僅是把民主作為一種生活方式，而且還
須具備民主素養和人格，這樣才能達到完美的境界，進而培育
光明磊落健全的好國民。（註二十三）

李總統登輝先生於於第二屆國民大會第三次臨時會開會
致詞時，明確地向世人宣告：「只要能務實，中國人有能力發
展經濟，使民生富裕；只要有公義，中國人可以力行法治，使
社會安定；只要有決心，中國人可以實行民主，使國家長治久
安。」這三句話，鏗鏘有力，不僅顯現了作為現代的中國人應
具有的胸襟與氣魄，更展示了中華民國因應時代挑戰所應具的
理想與發展方向，因此落實民主法治教育，乃當務之急，也是
引領國家邁向中國歷史上新時代的開端。

伍、結論

　　中華文化源遠流長，博大精深，深植於每一個人的思想與生活中。儒家學說，體用兼備，更是傳承中華文化之中流砥柱。文化是立國的基礎，立國於世，不可忘本。對於文化理念，　李總統曾強調：「文化不是復古，而是創新；是以傳統文化中的倫理道德為基礎，以創造符合時代需求的生活方式為鵠的。經由我們的努力，使古老的文化，綻放出新的光芒。」這的確是發人深省的至理名言。唐君毅先生在『為中國文化敬告世界人士宣言』一文中也說：「如果中國文化不被了解，中國文化沒有將來，則這四分之一的人類之生命與精神，將得不到正當的寄拖和安頓；此不僅將來招來全人類在現實上的共同禍害，而且全人類之共同良心的負擔將永遠無法解除。」這一番語重心長的話，令我們感愧良深，也肯定了中華文化的命脈，有如源頭活水，永不止息，中華文化必經得起考驗，而永放光芒。

　　先總統　蔣公闡釋中華文化的精髓，特別強調倫理道德，易言之，要把倫理道德涵泳於日常生活中，並且著重個人內修自律的工夫，使人人成為正人君子，並且教育不肖者成為一個正正當當的國民。環顧國內各級學校的校園倫理隨著社會變遷，已日益式微，尊師重道的風氣亦每下愈況，這是不容掉以輕心的教育癥結。我們必須全力予以撥正。因此，行政院長連戰先生提倡「祥和社會」的目標，來補偏救弊，教育部郭部長也提出人文素養的陶冶將是廿一世紀教育最重要的課題。而教育新生代重視人文主義，應從下列五個方面著手：

　　1. 培養鑑賞文藝的能力。

2. 協助了解其它社會的文化。

3. 具有優雅而清晰的表達能力。

4. 關心人類福祉的重大課題。

5. 對事務判斷具有統觀全局的能力。

　　將文化與教育結合起來，使我國未來學校教育的發展，不僅止於傳遞固有文化為滿足，更應積極強調創新的功能，使青少年在理解自己的傳統文化之後，也應該培養恢宏的世界觀，才能面對未來充滿「挑戰性」、「多樣性」、「新奇性」的社會，而成為一個身心健全的時代青年。（註二十四）

　　李總統登輝先生在八十一年國慶文告中昭示國人：「文化的復興與社會的再造正在我們鍥而不捨的努力下逐步實現。今後我們當繼續致力於倫理道德的重整與社會風氣的改善，培養國人優雅的文化氣質與敦厚的倫理觀念。」因此每位教師應肩負起「為天地立心，為生民立命，為往聖繼絕學，為萬世開太平」的薪傳責任，來加速教育革新的腳步，並且以教育家劉真的名言：「樹立師導的尊嚴，發揚孔子樂道的精神」自勉，不僅要有受業、解惑的學識，更要發揮樂道的精神，使教育的事業向下紮根，向上發展，來化民成俗，為國家培植人才，以推動國家各項建設，進而塑造二十一世紀──一個民主政治、富而好禮的文化大國。

【附註】

一：見李建興撰「　蔣總統經國先生對教育之昭示與實踐之道」，社會教育與國家建設，文景出版社，七十四年三月，第六一──七一頁。

二：見黃銘俊「札根在今日，結果在未來──教育部工作的回顧與展望」，國魂月刊，八十年八月，五四九期，第二五──二六頁。

三：見李建興「展望教育的新紀元」，教育與人生，三民書局，第三三四頁。

四：見李同立「文明以上，人文也─以人文提昇精神層次」，師友月刊，八十二年二月，第二十三頁。

五：見吳鼎「儒家思想如何輔導青少年」，中央日報學人論學，六十九年三月廿四日。

六：見　國父民國前十八年「上李鴻章書」。

七：見王淑俐「好導師」的教育信念，師友月刊，八十二年三月，第四十頁。

八：見張德聰「如何透過溝通建立師生關係─青少年篇」，學生輔導通訊第二十五期，第四十頁。

九：見林清江「重振學校倫理的途徑」，教育的未來導向，臺灣書店，第二二一至二二二頁。

十：見李建興「兒童、青少年與社會」，教育與人生，三民書局，第三三頁。

十一：見林清江「重建學校倫理的途徑」，教育的未來導向，臺灣書店，第二二三頁。

十二：見故總統　蔣經國先生嘉言。

十三：見教育部長郭為藩光生「廿一世紀人文教育與教育新藍圖」。

十四：見劉真「科技發展與人文教育」，人文教育十二講，三民書局，第一七四頁。

十五：見陳立夫「孔孟學說與人文教育」，人文教育十二講，第六頁。

十六：見江雲鵬「郁郁乎！人文教育」，師友月刊，八十二年二月。

十七：韓靜遠「民族精神教育之理論與實際」，臺灣商務印書館，第一〇八頁。

十八：見林微微「鄭石岩教授　談師生間互動的空間」，國語日報，八十一年三月十六日，第十三版，青少年問題與輔導。

十九：見陳淑莉、張霹霞、林美珍「試論學校辦理休閒教育」，中等學校第四十四卷，第一期，第七十七頁。

二十：見陳淑莉、張霹霞、林美珍「試論學校辦理休閒教育」，中等學校第四十四卷，第一期，第七十八頁。

二十一：見李建興「展望教育的新紀元」，教育與人生，三民書局，第三三六頁。

二十二：見國語日報「時事一週」，八十二年五月十五日。

二十三：見呂士明「談校園民主」，中國文化月刊，第一頁。

二十四：見教育部長郭為藩先生「二十一世紀人文教育與教育新藍
　　　　圖」，八十二年五月二十四日，中央日報。

〔三〕

天地不全─從《西遊記》看
王國維人生三境界的真諦

壹、序言

　　王國維在《人間詞話》中說：「古今之成大事業、大學
問者，必須過三種之境界『昨夜西風凋碧樹，獨上高樓，望
盡天涯路。』此第一境也。『衣帶漸寬終不悔，為伊消得人
憔悴。』此第二境也。『眾裏尋他千百度，驀然回首，那人卻
在燈火闌珊處。』此第三境也。」這三種人生的境界，正說明
了在天地不全的人生裏，在擾攘不安的紅塵中，想要邁向人生
的光明面，除了要執著自己的理想，突破自我的掙扎與痛苦，
更要以披荊斬棘的毅力勇往邁進，即使遇到山窮水盡的處境，
仍要努力不懈；縱使衣帶漸寬，為伊消得人憔悴，也是無怨無
悔，等到「柳暗花明又一村」之際，才頓悟到「是非成敗轉頭
空，青山依舊在，幾度夕陽紅。」

　　任何文學作品的創作、小說人物的塑造，都與作者有內
因外緣的關係。如：《西遊記》的作者吳承恩，生當明世宗
昏庸誤國的時代，世宗殺戮忠良、任用奸佞、迷信仙道，使
得朝政腐敗。而他本身性敏多慧，博學才高數奇，科舉不得
意，四十五歲為歲貢生，六十歲任長興縣承，七年苦折腰，
拂袖歸，放浪詩酒，玩物傲世的態度，形成幽默詼諧豪縱奔放
的風格，浪漫有如青蓮（李白），愛好俗文學，年高失意，憤

世嫉俗江湖放浪，有窮愁潦倒的文學環境，因此產生西遊記傑作。（註一）

　　文學是情感的表現，而情感是由於現實的刺激所產。從吳承恩的詩句中可見其性情：

　　　　「平生不肯受人憐，喜笑悲歌氣傲然。

　　　　風塵客裏暗青袍，筆硯微閒弄小刀。

　　　　祇用文章供一笑，不知山水是何曹？」（註二）

　　而作者在《西遊記》一書中，敘述唐僧師徒一行漫長的取經朝聖歷程，旅途中接二連三的魔難，不管是來自外界的挑釁或內心慾望的湧現，都反應出在天地不全的現實人生裏，為要達成人生的第三種境界──「驀然回首，那人卻在燈火闌珊處。」必須經過心智的試煉與成長，這也是西遊記一書在詼諧的筆調中，令人悵惘良久的困惑。

貳、貪嗔痴妄──西遊記眾生相（人生第一境）

　　西遊記中所塑造的人物都是活龍活現的，尤其是特寫人物如唐僧、八戒、沙僧、悟空，他們各具特色，可以說得上是小型社會的縮影，值得仔細玩味。

一、唐僧的性格特點

　　優柔寡斷、信仰不堅、既固且陋的懦弱個性，他固然一心要往西天取經，但他的出發點不是因為熱烈的宗教信仰，而是因君命在身。三藏道：「心生種種魔生，心滅種種魔滅，我弟子曾在化生寺對佛說下誓願，不由我不盡此心。這一去，定要到西天見佛、求經，使我們法輪回轉，皇圖永固。」（第十三

回）這就是三藏入竺求法的大祈願。他為取經，念茲在茲，只
能說他有負責之心，但乏虔誠之意。所以常思念家鄉，又悲嘆
路途遙遠，稍有不順遂，又怨天尤人。而且耳根軟，不能明辨
是非，如第三次打死屍魔後的描寫：「那僧在馬上，又諕的戰
戰兢兢，口不能言。……唐僧正在念咒，行者道：『他是個潛
靈作怪的僵屍，在此迷人敗本，被我打殺，他就現了本相。他
那脊樑上有一行字，叫做白骨夫人』，唐僧聞說，倒也信了；
怎奈那八戒旁邊唆嘴道：『師父，他的手重棍兇，把人打死，
只怕你念那話兒，故意變成這個模樣，掩你的眼目哩！』唐僧
果然耳軟，又信了他，遂復念起。」（第二十七回）

　　總之，唐僧他雖慈悲為懷，有佛家的善心，有儒家的仁
心，但也只是要悟空多行善事，他本身決沒有佛陀「我不入地
獄，誰入地獄」的情操。

二、八戒的性格特點

　　八戒是一個注重現實的標準小人，名為八戒－（不殺生、
偷盜、邪淫、妄語、飲酒、坐高廣大床、著華曼纓絡、習歌舞
伎樂），實則無一能戒，他的貪吃好睡，常叫讀者捧腹，他的
迷戀俗情，貪慕美色，也是令人詬罵的。例如八戒的風流故事
起自高家莊，他為了迷戀高家小姐，鬧的高家神鬼不寧，高員
外不得已只好央請唐僧和孫行者來捉妖除怪，破壞了八戒的一
樁好事，在離開高家莊時，他還對高老道：「丈人啊！你好生
看待我渾家，只怕我們取不成經時，好來還俗，照舊與你做女
婿過活。」「不是胡說，只恐一時間有些兒差池，卻不是和尚
誤了做，老婆誤了嫁，兩下裏都耽擱了！」（第十九回）

　　由此可見八戒的好色及畏難，在取經的途程中，他常臨陣

不前，好吃懶做，學烏龜「得縮頭時且縮頭」（二十一回）。貪小便宜，存私房錢，愛在軟弱的師父前，說悟空的壞話，且儘量表現自己的長處，來逢迎唐僧的喜愛。總之，把八戒的自私自利的毛病累加起來，足以使他成為小人之最。但是，八戒有個最大的優點，就是他憨厚的本性，他編謊話總是敗露、做手腳永不成功，捉狹悟空老是弄巧成拙，這些都說明了八戒原我的表現，受了慾望的支配，率性而貪小。

三、沙僧的性格特點

　　沙僧木然的性格，是標準的牆頭草兩面倒的鄉愿，他一意的守拙，所以個性含蓄內斂，不表現也不出醜，隨遇而安，默默的挑負重擔，隨師父、師兄往西天取經。

　　以上三人的造型，各有千秋，是人間世中人人追求小我、原我的反映；他們身上的種種執著，都是人類七情六慾的表徵。作者以象徵的手法來寫現實，突顯出人性受制於食色之慾而使得意志不堅，又被外在環境所羈絆，而成為隨波逐流，缺少主動性思考與作為的人。正如同西遊中的唐僧、悟空、八戒、沙僧四人，在未發宏願去西天取經時，個個都不離貪嗔痴妄的本性，為所欲為，等到他們目標一致時，就收斂起貪欲的私心，同心同德，跟隨師父去西天取經。如第五十九回所記載：「話表三藏遵菩薩教旨，收了行者與八戒、沙僧，剪斷三心，鎖籠猿馬，同心戮力，趕奔西天。」

　　對小我而言，西行是求知與長生的追尋；對大我而言，西行又是普渡眾生的追尋。（註三）這一主題一直貫串全書，也是西遊記闡述人生三境界的緣起，而使得本書的內容更多采多姿。

在現實的人生裏，要想開拓心靈的天空，伸展無邊的眼界，首先就要去掉自我的執著，做到「毋意、毋必、毋固、毋我」的境界；其次要接受知識的洗禮，憑藉古聖賢哲的智慧結晶，來充實自我、陶冶心性，進而立定更遠大的志向，以追求人生的光明面。

參、千錘百鍊—經得千磨的悟空（人生第二境）

《西遊記》中一個家喻戶曉的人物，就是能使一條重一萬三千五百斤的金箍捧，會七十二路變化的齊天大聖－孫悟空。西遊記全書中，就用七回的篇幅來介紹美猴王孫悟空的出身，也是有用意的。作者塑造他的性格有三大特色：充沛的生命力、篤實的天性、高度的英雄慾。（註四）

一、充沛的生命力

孫悟空本來是一頭猴子，修煉成仙，在水簾洞稱王。後來到海龍王及閻羅王那裏搗蛋，玉帝動怒，本來要拿他，後來採用金星的建議，封他做弼馬溫的職位。悟空嫌「官兒最低小，只可看馬」生氣起來，大鬧天宮，闖下彌天大禍，被壓在五行山下五百年。當三藏剛到兩界山，就聽到山腳下如雷的叫喊聲：「我師父來也！我師父來也！」（十二回），可見他被如來壓在五行山下五百年之久，充沛的生命力未嘗稍有虧喪。

二、篤實的天性

悟空最令人感動的是篤實的本性，對師父的忠心耿耿、拳拳服侍。如第二十難屍魔三戲唐三藏的描寫，聖僧恨逐美猴王

說：「猴頭，執此為照，再不要你作徒弟了！如再與你相見，
我就墮了阿鼻地獄！」八戒小人挑撥，悟空含冤被逐，忍耐
賡續西行。這段話裏，表現了孫悟空對師父忠真不二的篤實本
性。

三、高度的英雄慾

　　征服天下的野心在每一位英雄人物的心中都存在著，所以
悟空也有過「皇帝輪流做，明年到我家」的念頭（第七回）。
但在鬧天宮失敗後，他放棄征天的慾念，接受護法的任務，但
英雄慾以另一形態出現，傾力降妖蕩魔，好名爭勝。例如：賽
城掃塔、取寶救僧等等。（註五）

　　吳承恩寫作《西遊記》以悟空自況，描寫一個智勇負責、
有個性、最受壓抑、飽受屈辱仍願放棄職守的讀書人。（註六）
作者恥折腰一生，所以認為讀書人在不全的天地中，要想立
德、立功、立言，一定要走過「經得天磨方鐵漢」的人生坎坷路
程，才能達成「家事、國事、天下事，事事關心」的理想；也
要度過「不遭人忌是庸才」的悲創心路歷程，除了「風聲、雨
聲、讀書聲、聲聲入耳」外，塵世的悲歡已經不足以影響他的
鬥志，反而像一把鑿刀，日夜不停的雕鑄他的靈魂。「不經一
番寒徹骨，怎得梅花撲鼻香」。走過悲歡歲月縱使形銷骨立也
無怨無悔，應該把握住人生的方向，勇往邁進，以開創光明的
未來。

肆、形圓性全—五蘊皆空的頓悟（人生第三境）

　　〈悟空歌〉寫道：

「天也空，地也空，人生渺渺在其中；

　日也空，月也空，東昇西墜為誰功？

　金也空，銀也空，死後何曾在手中！

　妻也空，子也空，黃泉路上不相逢！

　權也空，名也空，轉眼荒郊土一封！」

　　悟空的強勢作為是為任者不得志心理的補贖，作者寫下了
悟空的歷難，證明人類的不全性與歷鍊必要性。（註七）因此還
得在現實生活中接受磨鍊，從實際經驗中體察世情，才能真正
領略「悟空」二字的真諦，及頓悟「五蘊皆空」的道理。

　　悟空的人格因蒙師的頻頻教導而逐漸成熟，他的蒙師主要
是佛祖、觀音和三藏。三藏跟他最接近，給他的教誨也最多。
如時時以戒殺的佛律相誡，再三勸告悟空：出家人應以「慈
悲為本，方便為門」；「行善如春園之草，不見其長，日有所
增；行惡之人，如磨刀之石，不見其損，日有所虧」；「救人
一命，勝造七級浮屠。」有時，悟空要去降妖，三藏就勸他：
「遇到方便時行方便，得饒人處且饒人。操心怎似存心好，爭
氣何如忍氣高！」然而，悟空生性潑頑兇野，光用耳提面命，
還不足以叫他遵奉佛門戒律去「體好生之德，為良善之人。」
為了他的好殺，唐僧曾把他氣走一次，趕走兩次。悟空受了
委曲，蒙師則以其良好的默契，叫他三番兩次忍辱吞聲，正
是要他學知「做小伏低」的道理。經過多番的歷練和蒙師的教
導後，悟空的野性果然逐漸潛移默化，消滅六賊－眼看喜、耳
聽怒、鼻嗅愛、舌嘗思、意見慾、身本憂，嘗盡現實社會的折
磨，領略到「使氣爭名總是空」的道理，終於功成行滿，受封
為戰鬥勝佛，正式成為「大人」社會的一員，無須再由外力加
以約束，這正是人格塑造完成的明證。（註八）人生於世，在

學海中勤讀了數十年，一旦學有所成，有些人獻身杏壇，以作育英才為樂；有些人浮沉宦海，以仕宦顯達為榮；有些人爭名逐利，終日汲汲營營，等到功成名就，閱盡人間的悲歡歲月、紅塵的滄桑後，才知道萬物之靈的人類，應該有所領悟念與割捨，以平靜的心情來觀照宇宙的無限生機，從「海闊從魚躍，天空任鳥飛」中，頓悟出「是非成敗轉頭空」的道理，進而培養「澹泊明志，寧靜致達」的襟懷。

伍、結論

　　《西遊記》敘述唐僧師徒取經的緣起與過程，甚至成功行滿，處處都顯示了「天地不全」的普遍存在。而全書中所塑造的人物，除了悟空外，很少對這種「不全」有自覺性的反省。悟空在書中一再被稱為「心猿」，須菩提祖師命名「悟空」時，作者又直言「打破頑空須悟空」，這便意味著悟空原屬奔馳衝擊的野性生命，必須透過不斷的精神啟迪，才能進入超然的境界。（註九）

　　李商隱〈錦瑟詩〉：

> 「錦瑟無端五十絃，一絃一柱思華年。
> 莊生曉夢迷蝴蝶，望帝春心託杜鵑。
> 滄海月明珠有淚，藍田日暖玉生煙，
> 此情可待成追憶，只是當時以惘然。」

　　的確，在似水的年華中，我們豈能留住鏡中的紅顏，我們會走過多愁善感的年輕歲月，走過哀樂參半的中年，走向鬢髮星星的晚年。所以，在不全的天地中，我們不可以心猿意馬，應該坦蕩蕩地走在人生逆旅上，接受各種考驗與磨鍊，使自己

具有智者的慧眼，才能明辨是非；有堅毅的心志，才能遠離迷
惑；有淡泊的襟懷，才能寧靜致遠。所謂「經得天磨方鐵漢，
不遭人忌是庸才」的至理名言，更使我頓悟到人生於世，莫
汲汲營營於虛幻的榮華富貴，人生唯一永恆不變的是自我的磨
鍊，與日新又新的期許，如此才能在衣帶漸寬終不悔的執著與
迷茫中，了悟人生「是非成敗轉頭空，青山依舊在，幾度夕陽
紅」的真諦。

【附註】

一 ：參見楊師昌年〈西遊記專題研究〉講義 第32頁。

二 ：同註一。

三 ：見鄭明娳《西遊記賞析》。

四 ：同註三。

五 ：參見楊師昌年〈西遊記專題研究〉講義 第32頁。

六 ：同註五。

七 ：參見楊師昌年〈西遊記專題研究〉講義 第32頁。

八 ：見張靜二論西遊故事中的悟空。

九 ：見吳達芸《天地不全─西遊記主題試探》。

過盡千帆～
　　向文學園地漫溯

〔四〕
《尚書》常用成語考徵

　　中華民族五千年的悠久歷史，源遠而流長，載浮著古聖先賢的智慧結晶，孕育了字字珠璣的古籍，更憑添中華文化綠意盎然的色彩。在文化建設大力推動之際，我們的確應該大量註譯古籍，讓中華文化的光芒，照耀寰宇，讓莘莘學子成為溫柔敦厚，知書達禮的時代青年。

　　《尚書》是我國最早的一本散文書，內容包括有關唐、虞三代的史事，全書的體例是典、謨、貢、歌、訓、誥、誓等等，所記載的不外乎是君王施政的常法、君臣之間的嘉言懿行，軍隊出征的誓師詞。唐朝孔穎達說：「尚者，上也，言此上代以來之書。」由於時代久遠，所用字詞的奇古、文意的艱深，不易讀通，所以韓愈說：「周誥殷盤，詰屈聲牙。」但如果仔細研讀，不難發現書中頗多佳句，成為今日我們常用的成語，所謂為學須務本，捨本逐末，則離道日遠。因此筆者不揣譾陋，將出自《尚書》中的常用成語，加以摘錄於後，並且探其源流，使大家引用成語時，知其所本，而不會斷章取義。

壹、虞夏書
一、堯典

△浩浩蕩蕩
　　【出處】《書・堯典》：「湯湯洪水方割，蕩蕩懷山襄

陵，浩浩滔天上。」

【註釋】屈萬里註：「浩浩，廣大貌；蕩蕩，廣大貌。」
亦即指此成語為「水勢廣大貌」之意。

1. 人眾簇擁聲勢盛大貌，如紅樓夢第十四回：
「只見寧府大殯浩浩蕩蕩，壓地銀山一般從
北而至。」

2. 大軍進行時之雄壯氣勢。如水滸傳第五十四
回：「馬步三軍人等，浩浩蕩蕩，殺奔梁山
泊來。」

【案】此成語之三種用法，今人皆採用之。

△滔天大禍

【出處】1.《書‧堯典》：「象恭、滔天。」疏：「共工貌
象恭敬，而心傲恨，其侮上陵下，若水漫天。」

2.《書‧堯典》：「蕩蕩懷山襄陵，浩浩滔天。」
疏：「天者無上之物，漫者加陵之辭盛，甚
其盛大，故云漫天也。

【註釋】孫星衍《尚書今古文注》：「史遷象作似，滔作
漫。」

【按】浩浩滔天與象恭滔天二語，為一人同時之言，前
後相去祇三數句，一言水之盛大！勢若漫天，一
言共侮上陵下，若水漫天，意本一致。

【用法】此成語用以形容罪惡極大，禍事闖得不小。亦可
以云「滔天之禍」、「滔天大罪」。

【案】滔天大禍今日用作「滔天大罪」，與尚書堯典之
本意相同。

△洪水滔天

【出處】《書・堯典》：「湯湯洪水方割，蕩蕩懷山襄陵，浩浩滔天。」

【註釋】言大水氾濫；勢若漫天。

【案】此成語之用法與浩浩蕩蕩雷同，唯「洪水滔天」僅採其本意。

△璿璣玉衡

【出處】《書・堯典》：「在璿璣玉衡，以齊七政。」

【註釋】《尚書正義》：「璿、美玉。璣、渾天儀。衡、渾天儀中觀察星宿之橫箭。」

【案】璿（音ㄒㄧㄢˊ）。璣玉衡，漢世以來謂之渾天儀，今採此說。

△扑作教刑

【出處】《書・堯典》：「扑作教刑。」

【註釋】言傳：「扑、榎、楚也。」

【疏】「榎楚二物，以扑撻犯禮者。」謂以夏木、楚木所作的戒尺責撻不聽教誨之學生。

【用法】「扑作教刑」乃說明學校教育，可用教鞭來督促和教訓不聽話之學生，即今之體罰，所謂「不打不成器」。薑舜是位有遠見之君主，故提倡學校教育之列罰為扑作教刑。

【案】今日我國學校教育，尤以國中生良莠不齊，若不「扑作教刑」，則壞學生之品德實難以力求日益精進，頗值 得教育工作者深思。

△怙惡不悛

【出處】《書・堯典》：「怙終賊刑。」

【註釋】詔傳「怙姦自終，當刑殺之。」屈萬里注：「怙
　　　　（ㄏㄨㄟˋ），依恃；此謂怙惡。終，永。怙
　　　　終，謂永怙惡不悛（ㄑㄩㄢ）。悛，改過也。」

【用法】此成語是用以表示一個人只知作惡，不知悔改。

　【案】此成語古今用以法均同，皆知一意作惡，不知悔
　　　　改之人。

△如喪考妣

【出處】《書·堯典》：「二十有八載，帝乃徂落，百姓
　　　　如喪考妣。」

【註釋】「徂落」，徂音（ㄘㄨˊ），死亡之意。考妣，
　　　　妣音（ㄅㄧˇ），指死去之父母。」

【用法】比喻思念痛切，有如父母之喪。

　【案】此成語古今用法均同，皆指帝王，領袖之崩
　　　　逝，百姓哀痛如喪考妣。

△遏密八音

【出處】《書·堯典》：「帝乃徂落，百姓如喪考妣、三
　　　　載、四海遏密八音。」

【註釋】書傳：「遏，絕也；密，靜也。八音：金、石、
　　　　絲、竹、匏、土、革、木。」

　【疏】帝堯死，百官感德思慕，如喪考妣，三載之
　　　　內，四海之人，皆絕靜八音，而不復作樂。

【用法】此成語即是言帝王崩逝，全民哀掉，停止音樂之
　　　　演奏。

　【案】此成語今鮮見。

△明目達聰

【出處】《書·堯典》：「明四目，達四聰。」

【註釋】　《書・洪範》：「視曰明，聽曰聰。」四，謂四
　　　　　方，明四目二句，謂四門既開，見聞益廣。

【用法】　此成語是說明說達民隱，使視聽無壅塞也。

　【案】　此成語古今用法均相同。

△拜稽首

【出處】　《書・堯典》：「禹拜稽首、讓于稷、契、臯
　　　　　陶。」

【註釋】　跪而俯身，以兩手撫地曰拜；叩首至地曰稽首。

【用法】　此成語表跪拜並叩頭之意。

　【案】　此成語之用法與「三跪九叩」之意雷同，均表至
　　　　　敬之禮。

△庶績咸熙

【出處】　《書・堯典》：「允釐百工，庶績咸熙。」

【註釋】　庶，眾。績，功績。咸，皆。熙，興。

【用法】　此成語是說國家一切之功業皆興起來。

　【案】　此成語之用法與「百廢俱興」之意思相同。

△詩言志，歌永言，聲依永，律和聲。

【出處】　《書・堯典》：「詩言志，歌永言，聲依永，律
　　　　　和聲。」

【註釋】　詩，謂表達意志之歌亂。永，長也。歌永言，謂
　　　　　歌聲婉曼長。聲依永，謂樂聲之曲折高低依此長
　　　　　言。陽聲六為律（黃鐘、太蔟、姑洗、蕤賓、夷
　　　　　則、無射），陰聲六為呂（大呂、應鐘、南呂、
　　　　　林鐘、仲呂、夾鐘），此諱字乃統律呂言之也。
　　　　　宮、商、角、徵、羽五聲，必中律乃和，故云律
　　　　　和聲。（見屈萬里《尚書今註今譯》）。

【用法】　說明詩是表達意志的，歌是將語言聲調拖長
　　　　　的，樂聲要依照曼長的歌聲，用律呂的標準來
　　　　　調和樂聲。

【案】　此句成語，與詩大序所云：「詩者，志之所之
　　　　也。在心為志，發言為詩，情動於中，而形於
　　　　言；言之不足，故嗟歎之，嗟歎之不足，故詠
　　　　歌之；詠歌之不足，不知手之舞之，足之蹈之
　　　　也。」言古代詩歌之產生，皆是人民疾苦歡愉，
　　　　自然詠歎之心聲。

△股肱耳目

【出處】　《書‧皋陶謨》：「臣作朕股肱耳目。」

【註釋】　疏：「書為元首，臣為股肱耳目，大體如一身
　　　　　也，足行手取，耳聽目視，身雖百體，四者為
　　　　　大，故舉以為言。」

【用法】　股肱耳目為身體行動思維之所恃，因以喻轉佐之
　　　　　臣。

【案】　現代人對左右腹之人，可以參與機密者，皆曰股
　　　　肱耳目。

△呱呱而泣

【出處】　《書‧皋陶謨》：「啟呱呱而泣。」

【註釋】　呱音（ㄍㄨ）呱，啼聲。

【用法】　小兒啼聲。

【案】　此成語，今亦作「呱呱墮地」專就小孩啼哭聲而
　　　　言，古今用法同。

△簫韶九成

【出處】　《書‧皋陶謨》：「簫韶九成，鳳凰來儀。」

【註釋】鄭玄尚書正義：「簫韶，舜所制樂。」樂一終為
一成。九成，九奏也。

【用法】言簫韶的樂曲演奏了九節。

【案】此成語今罕用之。

△鳳凰來儀

【出處】《書·皋陶謨》：「簫韶九成，鳳凰來儀。」

【註釋】傳：「雄曰鳳，雌曰凰，靈鳥也。儀，有容
儀。」

【疏】「簫韶之樂，作之九成，以致鳳凰來而有容儀
也。」

【用法】言鳳凰來而有容儀，以應時瑞也。比喻國家有祥
瑞之兆。

【案】此成語，古今皆用作四海昇平，國家有祥瑞之
兆。

△稚時稚幾

【出處】《書·皋陶謨》：「天之命，稚時稚幾。」

【註釋】稚時稚幾，謂把握時機。

【用法】言做事要把握時機。

【案】此成語與今「時機不待人」之用法同。

△詢事考言（補述）

【出處】《書·堯典》：「詢事考言，乃言底可續。」

【註釋】蔡傳：「堯言詢舜所行之事，而考其言，則見汝
之言致可有功，汝宜升帝位也。」屈萬里註：
「詢謀，考，察。」

【用法】言我和你討論政事而考察你之言論。

【案】古今用法均同。

二、禹貢

△名山大川

【出處】《書・禹》：「禹敷土，隨山刊木，奠高山大川。」

【註釋】奠，定也。

【用法】高山大川，成語皆作「名山大川」。

△九州攸同

【出處】《書・禹貢》：「九州攸同。」

【註釋】禹貢九州：即冀、兗、青、徐、揚、荊、豫、梁、雍也。孫疏云：「同，猶和也；平也。」

【用法】古分天下九州，言九州之內都已平定。

【案】此成語今罕用。

△九山刊旅

【出處】《書・禹貢》：「九山刊旅。」

【註釋】史記夏本紀注：「以 、壺口、底柱、大行、西傾、態耳、 家、內方、岐為九山。」刊，當作。旅，道；通。

【用法】言九個系統之山脈中樹木上皆作標記。

【案】此成語今罕用。

△四海會同

【出處】《書・堯貢》：「四海會同。」

【註釋】屈萬里註：「會、同、皆諸候朝見天子之名；此謂附。」

【用法】用以形容四海以內之人民通通歸附王朝。

【案】今常用之「四海歸心」之成語與「四海會同」之意相同。

三、甘誓

△勦絕其命

【出處】《書·甘誓》：「有扈氏威侮五行，怠棄三正。天用勦絕其命。」

【註釋】屈萬里註：「勦音（ㄔㄠ），斷絕。命，謂國運。」

【用法】言要斷絕他之國運。

【案】此成語古今用法相同。

貳、商書

一、湯誓

△時日曷喪

【出處】《書·湯誓》：「時日曷喪？予及汝皆亡！」

【註釋】屈萬里註：「時，是。日，以喻夏桀。曷，何時。」

【用法】本意言這個太陽什麼時候才會滅亡呢？引申作對於痛心疾首之人，情願與其同歸一盡。

【案】此成語今已不流行，故未收錄入一般之成語辭典中。

△不食言

【出處】《書·湯誓》：「爾無不信，朕不食言。」

【註釋】屈萬里註：「食言，即將話吞到肚裡；意謂不實踐其言。」

【用法】本指商湯對臣子們言，我不會說謊。今皆用為一

般人不實踐其言。

【案】「不食言」與「食言而肥」之用法雷同。

二、盤庚

△有條不紊

【出處】《書‧盤庚》：「若網在綱，有條而不紊。」

【註釋】書傳：「紊，亂也，下之順上，當如網在綱，各
有條理而不亂也。」

【用法】形容一切事務有條有理，而不紊亂。

【案】此成語應用極廣，凡說話、作文、做事、安排物
品等皆可用之。

△火之燎原（星火燎原）

【出處】《書‧盤庚》：「若火之燎于原，不可嚮邇，其
猶可撲滅。」

【註釋】屈萬里註：「燎（ㄌㄧㄠˋ），燒。原，野。嚮
邇，接近。」

【用法】本意指大火在原野中燃燒起來，火勢烈得使人不
能接近。用法有二：

1. 比喻小事亦能釀成大禍，勸戒人要謹慎小
心。

2. 用以表示雖小之火，亦能造成大災。

【案】此成今皆作「星火燎原」，字義與「火之燎原」
同。

△人惟求舊

【出處】《書‧盤庚》：「人惟求舊，器非求舊，惟新。」

【註釋】《尚書釋義》：「人，謂任用官吏。惟新，謂惟

　　　　求新者。」書傳：「言人貴舊，器貴新。」

　【用法】蔡師云：「跟人交朋友，與人共事，要找有交情

　　　　之朋友。」

　　【案】此成語今亦作「人不厭故。」

△作福作災

　【出處】《書・盤庚》：「作福災，予亦不敢動用非德。」

　【註釋】屈萬里註：「作福作災，謂神降福降災。」

　【用法】言人民由於流蕩分散離開老家，無所歸也。

　　【案】此成語今皆作「流離失所。」

△蕩析離居

　【出處】《書・盤庚》：「今我民用蕩析離居，罔有定極。」

　【註釋】屈萬里註：「蕩，流動。析，分散。」

　【用法】言人民由於流蕩分散離開老家，而無所歸也。

　　【案】此成語與「流離失所」。

△永肩一心

　【出處】《書・盤庚》：「式敷民德，永肩一心。」

　【註釋】屈萬里註：「肩，克；能夠。」

　【用法】言人民要能永遠一心一德，行動一致，發揮為高

　　　　度合作團結之美德。

　　【案】此成語與「一心一德」，「同心同德」之用法

　　　　同。

三、高宗肜日：無

四、西伯戡黎

　△有命在天

　【出處】《書・西伯戡黎》：「我生不有命有天？」

【用法】言生活在世不是命運在天上嗎？即是形容人生一
　　　　切遭際，上天均早有安排。

　【案】此成語今皆用作「生死有命，富貴在天。」之
　　　　意。

五、微子

△沈酗于酒

【出處】《書‧微子》：「天毒降災荒殷邦，方興沈酗于
　　　　酒。」

【註釋】傳曰：「沈，湎也。」釋文：「以酒為凶曰
　　　　酗。」

【用法】言沈醉在酒中。

　【案】此成語，今亦作「沈湎酒色。」

參、周書

一、牧誓

△牝雞司晨

【出處】《書‧牧誓》：「古人有言曰：『牝雞無晨。牝
　　　　雞之晨，惟家之索。』」

【註釋】蔡師註曰：「之，主之假借；司也，動詞。索，
　　　　盡也。」

【用法】本意謂牝如於晨間效公雞之鳴，則其家必衰敗。
　　　　言商射王聽信妲己之言，國家將要被滅亡。在台
　　　　灣民間仍有此習俗。

　【案】在當今科技文明一日千里之時代，掌權之女性比

比皆是，而持家者亦多為婦女，若用「牝雞司晨」來比喻婦女，定會被視為「性別岐視」，故此句成語，在今日較少人加以運用，將來或許會湮沒在歷史之洪流中。

△婦言是用

【出處】《書‧牧誓》：「今商王受，惟婦言是用。」

【註釋】婦謂妲己。蔡傳：「妲己惑紂，紂信用之。」

【用法】謂聽從婦人之言。亦即專門採用婦人的話。

【用法】謂聽從婦人之言。亦即專門採用婦人的話。

【案】此成語，古今用法相同。

△彝倫攸斁

【出處】《書‧洪範》：「帝乃震，不洪範九疇，彝倫攸斁。」

【註釋】蔡傳：「彝，常；倫，理；斁敗也。」班固典引：「彝倫斁而舊章缺。」

【用法】言倫常制度敗壞。

【案】此成語之相反，即是彝倫攸敘。

△彝倫攸敘

【出處】《書‧洪範》：「惟天陰隲下民，相協厥居，我不知其彝倫攸敘。」

【註釋】屈萬里註：「彝，常；倫，道；攸，敘，定。」

【用法】言經常之道理才規定下來。

【案】此之意，與「彝倫攸斁」正好相反。

△洪範九疇

【出處】《書‧洪範》：「帝乃震怒，不畀洪範九疇，彝倫攸斁。」

【註釋】蔡傳：「洪，大；範，法也。言天地之大法。」

【疏】「箕子為陳天地之大法，敘述其事，作洪範。」
疇，類也。

【用法】箕子告訴周武九類法國之大法，「初一曰五行，
次二曰敬用五事，次三曰農用八政，次四曰協
用五紀，次五曰建皇極，次六曰又用三德，次七
曰明用稽疑，次八曰明念用庶徵，次九曰嚮用五
福，威用六極。」

【案】由此九政，可見箕子具有深謀遠慮之智慧。

△五行

【出處】《書‧洪範》：「一、五行：一曰水、二曰火、
三曰木、四曰金、五曰土。」

【用法】洪範蓋於五行徵人事之得失，非以推測禍福，預
為趨避計也。

【案】後世寖失其初，遂以五為術數之所託。

△有為有守

【出處】《書‧洪範》：「凡厥庶民，有猷有為有守，汝
則念之。」

【註釋】屈萬里註：「為，作為。守，操守」

【用法】言人有作為以有操守。

【案】此成語，古今之用法皆相似。

△無偏無黨

【出處】《書‧洪範》：「無偏無黨，王道蕩蕩。」

【註釋】無，猶不；偏，歪；黨，助私。

【用法】言不要所偏私，不要偏袒同黨。

【案】此成語，與今之「結黨營私」，用法用反。

△燮友染克

【出處】《書‧洪範》：「平康直，疆弗友剛克，燮友柔克。」

【註釋】孔傳：「燮，和也；世和順，以柔能克之。」

【用法】言和順而不堅強就是柔弱過度。

【案】此成語正說明，處中之道重要，過與不及皆非所宜。

△作威作福

【出處】《書‧洪範》：「惟辟作福，惟辟作威，惟辟玉食。」

【註釋】屈萬里註：「作福、作威，謂有造福於人及懲罰賽之權。」

【用法】本意謂只有君主可以有造福於人之權，只有君主有加人以刑罰之權，即是言君主專刑賞之柄也。

【案】此成語，今專指恃權勢以凌人之意，與本意大相逕庭，已失其原貌之旨矣。

△作好作歹

【出處】《書‧洪範》：「無有作好，遵王之道；無有作惡，遵王之路。」

【註釋】作好，私心作偏好（ㄏㄠˋ）；作惡（ㄨˋ），私心作偏惡。

【用法】本意謂私心有所偏愛，有所偏惡，要遵循王所規定之道路去做。

【案】此成語，今用於以善相勸，以屬後言相警告之勸解糾紛上，與「說好說歹」同，時代之變遷，成語之用法亦隨之便。

△箕風畢雨

【出處】《書·洪範》:「庶民惟星,星有好風,星有好雨。」

【註釋】注:「箕星好風,畢星好雨。」

【用法】喻人民之好惡不同,為政者當順乎人情。

　【案】此成語,古今用法皆比喻嚴心向背不一,民情惡不同,為政者當順乎人情,不能夠一意孤行。

△五福駢臻

【出處】《書·洪範》:「五福:一曰壽,二曰富,三曰康寧,四曰攸好德,五曰考終命。」

【註釋】蔡師曰:「具備下述五項福氣,才是全福之人:一是活得長久;二是要有錢財,三是要健康安寧,四要有美德行,五要壽終正寢。」駢臻,是一同到來之意。

【用法】慶賀人家福氣多,又有家貴,又子壽滿堂,更多子孫,今人皆用「五福臨門」賀之。

　【案】「五福駢臻,五福臨門」二者用法相同。

△福壽康寧

【出處】《書·洪範》:「五福:一曰壽,二曰富,三曰康寧」

【註釋】參閱「五福駢臻」所述。

【用法】此為稱頌語,謂人幸、長命、健康、安寧。

　【案】此亦謂祝賀語,古今用法相同。

二、金縢

△多材多藝

【出處】《書・金縢》：「予仁若考，能多材多藝事鬼
神。」

【註釋】蔡師註：「多材，材為才之本字，才為假借
字。」

【用法】一個人有許多材能許多技藝

【案】古今用法均相同。

△予小子

【出處】《書・金縢》：「予小子新命于三王。」又：
「惟予沖人弗及知。」洛誥：「予小子其退即避
于周。」又曰「公！明保予沖子。」

【註釋】屈萬里註：「尚書二十八篇中，言予一人，予沖
子，予小臣：者，凡三十七例予字皆用於同位，
無一例外。」

【用法】「予小子命于三王」，周公攝政，周公自謂也。

【案】予小子，乃古者天子自稱之辭，對於先王而言。

三、大誥

△遺大投艱

【出處】《書・大誥》：「予造天役，遺大投艱于朕身。」

【註釋】《尚書・釋義》：「大，指國政言。設，擲。
艱，指武庚之亂言。」

【用法】言把重大之責任與艱鉅之事情投擲在自己身上，
即是身當重大艱難之事也。

【案】古今法相同。

四、庚誥

△宅心知訓

【出處】《書·康誥》「汝丕遠惟商 成人，宅心知訓。」

【註釋】《尚書·釋義》：「宅，度也。訓，道也。言度於心而知道也。」

【用法】言度景於心才了解道理。

【案】「宅」字今之成語如「宅心仁厚」之「宅心知訓」之「宅」；略有不同。

△恫瘝在抱

【出處】《書·康誥》：「嗚呼！小子封。恫 乃身，敬哉！」

【註釋】蔡傳：「恫，痛；瘝，病也；視民之不安，如疾痛整在乃身。」屈萬里註：「恫音（ㄉㄨㄥˊ），痛。瘝音（ㄍㄨㄢ），病。」

【用法】謂視民眾之痛苦，有如身受。

【案】此成語，今罕見之。

△怨不在大

【出處】《書·康誥》：「怨不在大，亦不在小；惠不惠，懋不懋 。」

【註釋】傳：「不在大，起於小；不在於三小至於大，言怨不可為，故當使不順者順，不勉者勉。」屈萬里註：「謂無論怨大怨小，皆可生禍，故宜謹慎以免怨。」

【用法】本意謂怨恨不在乎大，亦不在乎小；引申作積小

怨可成大怨。

【案】舊唐書魏傳：「怨不在大，可畏惟人。」即引用
尚書「怨不在大」之成語。皆言為政者宜謹慎行
事，以免民怨四起。

△若保赤子

【出處】《書·康誥》：「若保赤子，惟民其康。」

【註釋】疏：「子生赤色，故言赤子。」赤子，嬰兒。

【用法】此赤子喻人民，言君王對待百姓，好像保護嬰兒
一般。

【案】赤子有二解：一作嬰兒；一作人民。

△友于兄弟：

【出處】《書·康誥》：「兄亦不念鞠子研，大不友于
弟。」

【註釋】疏引爾雅釋訓云：「善父母為孝，善兄弟為
友。」按于即「於」，本為介所在之介詞，後人
每以友于二字連稱，用為兄弟之意。

【用法】即友愛兄弟之意。

【案】古今用法皆同。

△惟命不于常

【出處】《書·康誥》：「惟命不于常，汝念哉，無我殄
享。」

【註釋】屈萬里注：「命，天命。不于常，猶言無常。」

【用法】言命運是無常。

【案】此成語與「天有不測之風雲」之意相近。

△人無於水監，當於民監

【出處】《書·酒誥》：「古人有言曰『人無於水監，當

於民監』。」

【註釋】屈萬里註：「監，照；察看也。即後世之鑑字
　　　　六」

【用法】言人不要在水裡去察看出自己，應該在百姓方面
　　　　察看己。

【案】此成語，即言施政者或一般人，要以百姓或他人
　　　　為鏡子，如此才可以「明得失」，亦即唐太宗所
　　　　言：「以人為鏡，可以明得失。」

△民湎于酒

【出處】《書·酒誥》：「勿辯乃司民湎于酒。」

【註釋】乃司嚴，汝所管轄之民；湎，沈于酒也。

【用法】言民眾們沈醉在酒裡。

【案】此成語與「沈酗于酒」意同。

五、梓材

△若作梓材

【出處】《書·梓材》：「若作梓材，既勤樸斲（ㄓㄨㄛˊ），
　　　　惟其塗冤丹 （ㄏㄨㄛˋ）」

【註釋】樟，治木器。

【用法】謂好像作木器一樣，既勤勉地砍去木皮而成為素
　　　　材。蔡傳：「武王誥康叔以為政之道之道，亦如
　　　　梓人治材。」

【案】「若作梓材」，與今之「成大器」意雷同。

△子子孫孫

【出處】《書·梓材》：「子子孫孫永保民。」

【註釋】爾雅釋訓：「子子孫孫，引無極也。」

【用法】猶言世世代代。

　【案】古今用法相同。

六、召誥

△拜手稽首

【出處】《書・召誥》：「拜手稽首，旅王若公。」

【註釋】屈萬里註：「拜手，跪而叩首於手。稽首，跪而
　　　　叩首於也。」

【用法】言叩頭又叩頭。

　【案】此成語與三跪九叩之用法相同。

△無疆惟休

【出處】《書・召誥》：「惟王受命，無疆惟休，亦無疆
　　　　惟恤。」

【註釋】屈萬里註：「無疆，無窮。休，讀為　，福
　　　　祥。」

【用法】言成王接受天命，此是四窮無盡之幸福。

　【案】「無疆惟休」，「與無疆之休」意相同。

△保抱攜持

【出處】《書・召誥》：「天知保抱攜持厥婦子，以哀籲
　　　　天；徂厥人出執。」

【註釋】保，金文字形作負子於背之狀；攜，牽引也。

【用法】言人民皆背著抱著牽著扶著其婦女兒童。

　【案】此成語今與「保抱提攜」同意，且專指對兒童之
　　　　保抱提攜，不包含婦女，用法略有不同。

七、洛誥

△儀不及物

【出處】《書·洛誥》:「享多儀,儀不及物,惟曰不享。」

【註釋】屈萬里註:「享,進獻。儀,禮節。」

【用法】言進獻之禮節不及所獻之禮物如此隆盛。

【案】此成語調禮節之重要,如論語:「子曰:『爾愛其羊,我愛其禮。』」之意同。

八、多士

△肆爾多士

【出處】《書·多士》:「肆爾多士,非我小國敢弋殷命。」

【註釋】肆,語詞。尚書中頗多言「多士」之處:如「越爾多士」,「告爾多士」,「多士」。「多士」皆作眾官員(先王所遺留)之意。

【用法】言你們這些官員們。

【案】今中華民國國歌中之「咨爾多士」之意為眾民;而「肆爾多士」之意指遺民,二者略作作眾官員(先王所遺留)之意。

【用法】言你們這些官員們。

【案】今中華民國國歌中之「咨爾多士」之意為眾民;而「肆爾多士」之意指遺民,二者略有不同。

九、無逸

△稼穡艱難

【出處】《書·無逸》:「君子所其無逸。先知稼悟之艱

難，乃逸。」

【註釋】孔傳：「種曰稼，斂曰穡，土可以種可以斂。」
為農事之總稱。

【用法】言人民耕種收穫之艱難，勸人民要節，當知一粥
一飯來處不易，半絲半縷，恆念物力維艱。

【案】古今用法相同。

△酗于酒德

【出處】《書・無逸》：「無若殷王受之迷亂，酗于酒德
哉！」

【註釋】屈萬里註：「酗，謂過度飲酒。德，行為。」

【用法】言紂王過度沈湎於飲酒之行為。

【案】此成語與「沈湎于酒，沈酗于酒」相同。

△譸張為幻

【出處】《書・無逸》：「民無或胥 張為幻。」

【註釋】屈萬里註：「譸張，欺詐。幻，以假亂真。」

【用法】言人民互相欺詐造假。

【案】此成語，今用於商場上互爭利益較多。

△口詛祝

【出處】《書・無逸》：「否則厥口詛祝。」

【註釋】疏：「詛祝，謂告神明令加殃咎也；以言告神謂
之祝，請神加殃謂之詛。」

【用法】言賽民心中怨恨，於是就口中詛咒。

【案】此成語古今用法相同。

△亂罰無罪，殺無辜

【出處】《書・無逸》：「亂罰無罪，殺無辜。」

【註釋】無辜，謂為罪之人也。

【用法】言捐亂懲罰沒有過失之人，捐亂殺害沒有罪惡之
人。

　【案】此成語，常在共產政國家上，如天安門事件，中
共政權亂殺無辜。

△無疆惟休

【出處】《書・君奭》：「我受命無疆惟休。」

【註釋】屈萬里註：「無疆，無窮。休，讀為　　，福
祥。」

【用法】言我們周人接受國運，是無窮無盡之吉祥。

　【案】此成語亦出現於書召誥。

△海隅出日

【出處】《書・君奭》：「海隅出日，罔不率俾。」

【註釋】海隅，沿海之邊隅也。指日出之海濱。

【用法】言海濱日出之荒遠地方。

　【案】此成語，今人少用。

△作聖作狂

【出處】《書・多方》：「惟聖罔念狂，惟狂克念作聖。」

【註釋】屈萬里註：「罔，不。念經常思慮。作，則。
克，能夠。」

【用法】言明哲之人若不常常思慮就會變成狂妄之人，狂
妄之人若能常常思慮即會變成明哲之人。引申為
善為惡之意。

　【案】此成語，即言為善為惡在一念之間，可不真哉！

十、立政

△拜手稽首

【出處】《書·立政》：「拜手稽首，告嗣天子王矣。」
見書召誥所述：

△一話一言

【出處】《書·立政》：「拜手稽首，告嗣天子王矣。」

【註釋】尚書政云：「自，猶於也。」此戒成王勿代治獄
訟之事，乃至於一話一言之微也。

【用法】言一句話一個字也不要多說。

【案】由此成語，可知說話之重要，所謂「話多不如話
少，話少不如話好。」洵不誣也。

△用憸人，不訓于德

【出處】《書·立政》：「則罔有立政，用 人訓于德。」

【註釋】屈萬里註：「憸，險佞。訓，順。」

【用法】言所任之人皆是陰險謟佞，他們皆不遵循著美德
去做。

【案】此成語，與「親小人，遠賢臣」之意雷同。

△陟禹之亦

【出處】《書·立政》：「其克詰爾戎兵，以陟禹之亦。」

【註釋】屈萬里註：「亦，同蹟。禹平水十，其亦遍天
下；啟禹亦，猶言天下也。」

【用法】言君臨天下也。

【案】此成語，今罕見。

△克用常人

【出處】《書·立政》：「嗚呼！繼自今後王立政，其惟

克用常人。」

【註釋】屈萬里註：「常，與祥通；善也。常人，善人
也。尚書故說。」

【用法】言繼永先王之後王任用官員，可要能夠任用善良
之人。

【案】此成語頗有道理，足資今之為政者作參考。

十一、顧命

△再拜稽首

見書召誥所述。

十二、費誓

△礪乃鋒刃

【出處】《書・費誓》：「礪乃鋒刃。」

【註釋】鄭注：「礪，磨刀刃石也，精者曰砥。」王先謙
孔傳參正：「漢志礪作厲，厲正字，礪正字，礪
俗字。」引申為磨礪之義。

【用法】言把鋒刃磨好。

【案】此成語，今皆以「砥礪」稱之。

△峙乃糗糧

【出處】《費誓》：「峙乃糗糧，無敢不逮，汝則有大
刑。」

【註釋】孫疏謂：「峙，當作庤；具也。糗音（ㄑㄧㄡˇ），
煮熟後並經暴乾之米麥，以為旅行時之食物。
糧，出行所攜之糧。」

【用法】言要準備你們出行之乾糧。

【案】此成語今罕見。

十三、呂刑

△鴟義姦宄

【出處】《書·呂刑》:「罔不寇賊,義姦,奪攘矯虔。」

【註釋】屈萬里註:「鴟,輕也;馬融說(見釋文)。謂怠慢無禮。義,讀為俄,邪也;述聞說。」

【用法】言蚩尤作亂,殺害別人,傲慢,邪惡,作亂。

【案】此成語,古今用法同。

△五虐之刑

【出處】《書·呂刑》:「惟作五虐之刑曰法,殺戮無辜。」

【註釋】傳:「五刑、墨、劓、剕、宮、大辟。」

【用法】施行五種嚴之刑法。

【案】五虐之刑,在民主國家亡廢而不用,民國之刑法分主刑為死刑、無期徒刑、有期徒刑、拘役、罰金五項。

△泯泯棼棼

【出處】《書·呂刑》:『民胥漸,泯泯棼棼,罔中于信,以覆詛盟。』

【註釋】蔡傳:「泯泯,昏也;棼棼,亂也。」

【用法】言紛紛擾擾之狀。

【案】此成語,今罕用之。

△穆穆在上

【出處】《書·呂刑》:「穆穆在上,明明在下。」

【註釋】禮曲禮:「天子穆穆」疏:「威儀多貌。」穆穆,美好,在上,指君長言。

【用法】言在上之君主能穆然美好。

　【案】此成語，古今用法相同。

△**一人有慶，兆民賴之**

【出處】《書・呂刑》：「一人有慶，兆民賴之，其寧惟
　　　　永。」

【註釋】一人，指天子。慶，福祥。兆民，眾百姓。賴，
　　　　依賴。

【用法】言天子有善心，以善政導天下，天下有幸福，則
　　　　民蒙受其恩而有所賴。

　【案】此成語，今用以比喻在上位者行善政，勤民事，
　　　　則百姓有所賴而安定。

△**兩造具備**

【出處】《書・呂刑》：「兩造具備，師聽五辭。」

【註釋】屈萬里註：「造，一作遭。兩造，猶言兩曹；尚
　　　　書故引錢大昕說。說文段注，謂兩曹，刀原告被
　　　　告。具，俱。」

【用法】本意言在法律訴訟中，原告與被告兩方皆齊全。
　　　　一說舊時結婚須先配合生辰八字，男方八曰乾造
　　　　女方八字曰坤造，合言兩造。

　【案】此成語，今皆採本意之說，指法律訴訟中之原告
　　　　與被告而言。

△**五刑之屬三千**

【出處】《書・呂刑》：「五刑之屬三千。」

【註釋】五刑：墨刑、墨、劓（一ˋ），割鼻。刖（ㄈㄟˋ）
　　　　刖足，宮刑：男子割勢，女子幽閉宮中。大辟音
　　　　（ㄆㄧˋ），死刑。

【用法】言五刑之種類共有三千條。

【案】此乃古代殘酷之刑，今已廢之。

十四、文侯之命

△染遠能邇

【出處】《書‧堯典》：「柔遠能邇，惇德允元。」書文
侯之命：「柔遠能邇，惠康小民。」

【註釋】屈萬里註：「柔，安。能，如。言使遠 如近處
同樣安定。」

【用法】謂安定遠方人民如同安定近人民一樣，有內外兼
顧之也。

【案】此乃聖明之君治國之方針。

△曲月逾邁

【出處】《書‧秦誓》：「我心之憂：日月逾邁，若弗云
來。」

【註釋】屈萬里註：「逾，過。邁，行。」

【用法】言日子一天天地的過去。

【案】此成語，與「日月如梭」，「日月如流」相
同，均表時間消逝之迅速，有歲月不饒人之感。

△截截諞言

【出處】《書‧秦誓》：「惟截截善言，俾君子易辭，我
皇多有之！」

【註釋】截截，公羊傳引作諓諓；巧言貌。諞音（ㄆㄧㄢ
ˋ），巧言。

【用法】言善於花言巧語之人。

【案】此成語與「巧言令色」之意相同。

△杌陧不安

【出處】《書‧秦誓》：「邦對之　　，曰由一人。」

【註釋】杌陧，不安。一人，穆公自謂。

【用法】言國家危險不安。

【案】杌陧，亦作「兀臲」，即言國家動搖不安之意。

△剛柔相濟

【出處】《書‧洪範》：「沈潛剛克，高明柔克。」

【註釋】屈萬里註：「剛克、柔克、謂性情過剛或過柔。克，同剋，治也。沈潛者，生情過柔之象；高明者，性情過剛之象。」

【用法】形容待人處世，應寬猛兼施，恩威並用。

【案】此成語表示待人處世應剛柔相濟，才能無往而不利。

十五、書序

△咸有一德

【出處】《書序》：「伊尹作咸有一德。」

【註釋】疏：「太引既歸於亳，伊尹致仕而退，恐太甲德不純一，故作此篇。」

【案】本篇已伕。偽孔本有之，乃偽作者。

△秬鬯圭瓚

【出處】《書序》：「平王錫文侯秬鬯圭瓚。」

【註釋】秬鬯，辭海註：「以黑黍香草釀成之酒，古用於祭祀及賜有功之諸侯。圭瓚，辭海註：「祭祀盛酒之器，以玉為之。」

【案】此成語，今罕見之。

肆、結論

全篇所輯錄之常用成語，凡一百零三條，所引篇章皆條述之。「舊書不厭百回讀，熟讀深思子自知」，所以學子們在研讀外讀物時，不妨多多翻閱我國的四書五經，不僅可以修心性、增廣見聞，並且可以提昇寫作能力。「愚者千慮，或有一得」，謹借此文以拋磚引玉，若有不當之處，尚祈大雅高明不吝批評指正。

【參考書目】

1. 經學專題研究—尚書部分之筆記　　　　蔡信發教授講述
2. 尚書今註今譯　　　屈萬里註譯　　　商務印書館
3. 尚書釋義　　　屈萬里　　　華岡出版部
4. 尚書今古文注疏　　　孫星衍　　　廣文書局
5. 辭海（上下冊）　　　　　　　中華書局
6. 成語典　　　繆天華主編　　　復興書局
7. 實用成語辭典　　　顏崑陽主編　　　故鄉出版社
8. 成語出迷宮　　　梅新主編　　　中央日報社

過盡千帆～
　　向文學園地漫溯

〔五〕
詩詞教學研究

壹、前言

中華民族五千年的悠久歷史，源遠而流長，載浮著古聖先賢智慧結晶，孕育了亮麗璀燦的詩篇，優美動人的韻律更憑添中華文化綠意盎然的色彩。

中國詩歌的多情纏綿，溫柔敦厚，正足以表現中國文化的雅緻婉約。中唐大詩人白居易說：「詩者，根情、苗言、華聲、實義。」說明了詩乃是言情、達義而具音樂性、感染性的韻文。（註一）的確沈潛在詩詞的領域中，那綺麗的千古絕唱導入心田，可以怡情養性，啟迪人生，所以孔子勉勵弟子學詩之言說：「詩可以興，可以觀，可以群，可以怨；邇之事父，遠之事君，多識于鳥獸，草木之名。」（註二）又說：「溫柔敦厚，詩教也。」（註三）正說明了詩教的功效，不但可以培養溫柔敦厚的氣質，更能培育知書達禮，孝親忠君，具有民族意識，愛國情操的好國民。

筆者忝為國文老師，且兼掌本校詩歌吟唱社的指導老師，不揣淺陋，謹將數年來教學詩詞的心得略述於後，藉以惕自己，為發揚中華文化實應再接再厲。

貳、時勢造佳文─時代背景影響作品風格

　　劉勰說：「情以物遷，辭以情發。」（註四）說明任何民族的文學，與時代的變遷，現實社會及風土民情有密切不可分的關係，中國有三千年的歷史文學，其中具代表性的漢賦、唐詩、宋詞、元曲、等文學作品，也都是反映時代背景的偉大創作。例如，唐詩繼承了魏承晉南北朝詩歌的餘風，更開創了詩歌輝煌的生命，不論內容風格或形式形都是多采多姿的。同時，下開五代，兩宋的詩風，使我國的詩歌源遠流長，萬世不竭。

　　唐詩在內容上，包羅宏富，有以描寫山水田園為主的自然詩派；有以描寫邊塞詩派；有吟詠史實，以民間疾苦為題材的社會詩派，有描摹鄉愁閨怨的浪漫詩派。在風格上，有恬靜淡雅，有奔放雄偉，有慷慨激昂⋯⋯等特色。（註五）

　　我們探究唐詩為何會有如此光輝燦爛的華采，主要原因有下述幾點：一是詩體本身的發展，二是帝王的倡導，三是科學制度的影響，四是詩的社會基礎擴大，五是外來文化的衝激，捐漢民族的融合，匯成了唐代文學的壯麗波瀾。（註六）

　　當然我們除了明瞭詩詞產生的時代背景之外，進一步更應探究每位作家作品風格形成的原因。如「詩聖」杜甫，他生當亂離之世，一生窮困，反映在作品上的風格約可分作三個時期：第一期是天寶之亂以前，正由青年入中年，懷著滿腔報國救民的壯志雄心，目擊楊氏兄妹的擅專朝政；實地觀察了戰爭的災難，社會的不平，民生的痛苦，國都的慘狀，所以寫下哀江頭、哀王孫、新安吏、新婚別、垂老別諸篇。這一時期的作品，可說是杜詩的菁華。第三期是寄居成都以後的作品，身

心比較安定，在安貧樂道中渴望叛亂的戡定和國運的中興，客至、江村、蜀相、秋興八首等，都是這一時期的代表傑作，神境已深，意氣平淡。（註八）讀過杜甫悲天憫人，憂時傷世之作，可以看出來他不僅是寫實主義之社會詩人，也是忠君愛民的賢臣，因此號之為「詩史」「詩聖」均是恰當的稱譽。

又如南唐後主李煜的詞，由於生活環境的轉變，在作風上，在意識上，有前後兩期明顯的分野。未亡國之前（開寶七年）為前期，亡國之後（開寶八年，金凌淪陷以後）為後期。前期多歡樂之作，如〈菩薩蠻〉的「花明月黯飛輕霧，今宵好向郎邊去。襪步香階，手提金縷鞋」。〈玉樓春〉的「歸時休放燭花紅，待踏馬蹄清夜月」。（註八）

後期作品亞亡國之音，內容方面國破家亡的悲痛替代歡娛戀情；風格方面則一掃濃豔輕快，而成為悲愴淒楚之音，如〈相見歡〉的「林花謝了春紅，太匆匆。無奈朝來寒雨晚來風」。〈浪淘沙〉的「簾外雨潺潺，春意闌珊，羅衾不耐五更寒，夢裡不知身是客，一晌貪歡。」（註九）王國維：「詞至後主，眼界始大，感慨遂深。」就是指他的後期作品，的確後主後期的作品，千載後的人們讀之猶且悲從中來，足證其感人之深，耐人尋味。

參、詩詞重吟詠—引發思古幽情

詩與音樂源屬同源，所以音樂與詩有密切可分離的關係。子夏說：「情發於聲，聲成文謂之音」。《禮記‧樂記》上記載：「詩言其志，歌詠其聲；舞動其容。」說明了詩歌的根源在於情感，而情感有高下、緩急、剛柔、曲直之分，要表達這

多方面多種型態的情感，單靠文字的技巧是無法表現出來的，所以要使情能達意，文有餘妍，非借助於微妙的音韻不可。

音韻為詩的必要條件，用高亢、疾徐、抑揚、婉轉的音律，用疊字、複句、雙聲、疊韻等方法，使節奏和諧，悠揚動聽，剛柔兼具，把詩人的情意宣洩無餘，感人至深。聲韻之美，詩歌能盡其事，聲有喉、牙、脣、清、濁之別；韻有平、上、去、入、陰、陽之異；由於聲與韻交織之樂音而有詩歌成美妙之旋律，易於朗誦，使人感受於無形。（註八）例如，唐代的近體詩，一般學生學而習之，都能朗誦吟詠，久而不忘，而近人的白話詩，讀過之後能琅琅上口的殊為少見，並不是大家有貴古賤今的心理，而是由於有音韻、無音韻的差別。詩的本質著重吟詠，可吟詠的詩離不開韻律，所以捨棄音韻來作詩，就未免太忽視了詩的本質。

清王士禎在《唐人萬首絕句選》敘裡說：「開元天寶以來，宮掖所傳；梨園弟子所歌，旗亭所唱，邊將所進，率當時名士所為絕句爾。故王之渙黃河遠上、王昌齡昭陽日影句，至今豔稱之。而右丞渭城朝雨，流傳大眾，好事者至譜為陽關三疊。他如劉禹錫、張祜諸篇，尤難指數。由是言之：唐三百年，以絕句擅場，即唐三百年之樂府也。」說明了唐代近體詩有平仄押韻等規則，音律諧協，語句簡短，單歌聯唱，無不適宜，吟詠其中，的確有餘音繞樑，情味深長的感覺。

吳梅《詞學通論》說：「詞之為學，意內言外，發始於唐，滋衍於五代，而造極於南宋。調有定格，字有定音，實為樂府之遺。」說明詞與樂府，同為入樂的歌辭，並且承襲府遺夕，所創的一種新文體。詞在宋代，既有獨立的文學的存在性，同時又有積極的音樂的實用功能。由五代到柳永的詞，詞

的生命是音樂的，所以填詞必以協律為重要條件。薛礪若《宋
詞通論》說：「當時風氣所播，無論是帝王、卿相、武夫、
文士。方外、穩逸、名媛、歌伎，以及市儈、走率、野叟、
村夫，都能製作幾首歌曲，都能吟唱各種新調，他們肺腑中的
真情、隱痛、歡愉，都由這種新體詩歌流露出來，所以詞在兩
宋，不獨能代表宋人的文字，且為宋人的靈魂。」由此可見宋
詞傳唱的盛況。

　　由上述可知，詩詞的教學是不可以忽視吟唱的重要性，吟
唱詩詞，可以使學生涵泳在雋永的佳句中，進引發思古幽情。

肆、修辭重技巧──鍊字精確，造成佳妙文句

　　國父在《孫文學說》中曾讚賞中國文學是最高的藝術，因
為作者以真的感情，融入了人生哲理，使作品意境高妙，再加
上慧心巧手以生花的妙筆，運用適當的表達技巧，化成字字珠
玉，耐人玩味的藝術結晶，而一篇篇情理文融，韻味深長，令
人掩卷猶有餘情的千古傳唱，就呈現在讀者眼前了，所以，作
家要寫出情味雋永，意境高深的作品，就必須善用修辭技巧，
使「辭足以載其意，其意足以貫其辭」。

　　《論語・衛靈公》篇：「辭達而已矣。」凡為文辭，未有
不辨章句而能工者也。又說：「若夫文章之事，固非一憭章句
而既能工巧，然而捨棄章句，亦更無趨于工巧之途，規矩以馭
方員，雖刻鏤眾形，未有遁于規矩之外者也」《文心雕龍・札
記》，可見神理情韻不在章句之外，文章的骨髓雖是情理，文
章的形貌卻必須依附在字句上。（註十一）劉大櫆《論文偶記》
上說：「字句者立節之矩也，音節營可準，以字句準之。」說

明了誠的字句不精，雖有優美的音節，高遠的意境，在技巧上也無法表現出來，可見字句是詩的構成基礎，也是文學美的要件。

鍛句鍊字的艱辛，在前人的作品中，每每可見，如賈島的「二句三年得，一吟雙淚流」，杜甫的「語不驚人死不休」，「新詩改罷自長吟」，可見古人在修鍛句的用心苦思，是創作過中必經的階段。王夫之在《古詩評選》中說：「通首只一句，于一句中又止半句，如何起，如何止，非有詩評選中說：「通道只一句于一句中又止半句，如何起，甘何起，如何起，如何止，非有道，有雅度者，如中流失舵，更覓淒泊不得。」的確，要使文學作品耐人尋味，文句精微縝密，就必須善用修辭技巧。

修辭的技巧，根據黃慶萱教授所著之修辭學，可分為兩大類，一是表意方法的調整，包括：感嘆、設問、摹寫、仿擬、引用、藏詞、飛白、析字、轉品、婉曲、夸飾、譬喻、借代、轉化、映襯、雙關、倒反、象徵、示現、呼告。一是優美形式的設計，包話類疊、鑲嵌、對偶、排比、層遞、頂真、回文、錯綜、倒裝、跳脫。共有三十種。以下就以這三十重修辭技巧為主幹，根據黃教授的理論，試行分析析讀過的詩詞作品，以深入了解修辭的重要性。

▲感嘆

當一個人遇到可嘉、可怒、可哀、可樂的事物，常會以表露情感的呼聲，來強調卷心的驚訝或贊嘆、傷感或痛惜、歡笑譏嘲、憤怒或鄙斥、希冀或需要。這種以呼聲表露情感的修辭法，就叫感嘆。

例如：李白〈蜀道難〉：

「噫吁戲！危乎高哉！蜀道之難，難於上青天。」

李白〈蜀道難〉，連用噫吁戲乎哉五個嘆詞，增強了訝嘆的意味，而更覺蜀道之「難」了。

▲設問

講話行文，忽然變平的語氣為詢問的語氣，叫做設問。

例如：李後主〈虞美人〉：

「問君能有幾多愁？恰似一江春水向東流。」

〈虞美人〉這闋詞最後兩句說「問君」，其實卻是自問之語，自問後又自答，情感正是動宕到極點了。「恰似一江春水向東流」，九字一氣呵成，用東流的春水，這具體而生動的形象，來說明自己當時渺遠無邊的愁懷，筆力雄渾，真是千古名句。

▲摹寫

對事物的各種感受，加以形容描述，叫做摹寫。

例如：溫庭筠〈望江南〉詞：

「斜暉脈脈水悠悠。」

脈脈是摹寫夏陽那寧靜孤寂的樣子，悠悠是摹寫水默默地流去的樣子，這段詞是著重視覺的描述。

▲仿擬

對前人作品摹仿，叫做仿擬。

例如：李白〈登金陵鳳凰台〉：

「鳳凰台上鳳凰遊，鳳去台空江自流。吳宮花草埋幽徑，晉代衣冠成古邱。三山半落青天外，二水中分白鷺洲。總為浮雲能蔽日，長安不見使人愁！」

此首詩仿擬崔顥的〈黃鶴樓〉詩：

「昔人已乘黃鶴去，此地空餘黃鶴樓。黃鶴一去不復返，

白雲千載空悠悠。晴川歷歷漢陽樹，芳草萋萋鸚武洲。日
暮鄉關何處是？煙波江上使人愁！」

崔顥題武昌黃鶴樓詩，為世人所傳誦，李白曾經說：「眼
前有景道不得，崔顥題詩在上頭。」想要和崔顥一爭勝負，並
且仿擬黃鶴樓詩原韻，作〈登金陵鳳凰台〉詩。

▲引用

語文中援用別人的話或典故、俗語等等，叫做引用。

例如：李白〈金陵城西樓月下吟〉：

> 「解道『澄江靜如練』，令人長憶謝玄暉。」

李白引用謝玄暉（眺）詩句，更使人有佳景如在目前之感。

▲藏詞

要用的詞已見於熟悉的成語或俗語中，便把本詞藏了，只
講成語俗語中另一部份以代替本詞的，叫做藏詞。

例如：陶淵明〈庚子歲從都還〉詩：

> 「一歇侍溫顏，更嘉見友于。」

「友于兄弟」是〈書經·君陳篇〉的成語，為人習見，陶
詩即以友于代兄弟，而藏去兄弟一詞。

▲飛白

把語言中的方言、俗語、錯別、故意加意記錄或用的，叫
做飛白。所謂白，指白字而言。

例如：劉禹錫〈竹枝詞〉：

> 「東邊日出邊雨，道是無晴還有晴！」

〈竹枝詞〉屬於民間歌謠，俚俗而淺白，晴字是寫日出的
「晴」，也是在寫感情的「情」。

▲析字

在講話行文時，故意就文字的形體、聲音、意義加以分

析，由此而創造出修辭的方式，叫做析字格。

例如：李白〈永王東巡歌〉：

> 「海動山傾古月催。」

以古月為胡，是文字之化形。

▲轉品

一個詞彙，改變其原來詞性而語文中出現，叫做轉品。

例如：王安石〈泊瓜洲〉：

> 「春風又綠江南岸，明月何時照我還？」

「綠」字，王安石最初是用「到」字，後來改為「過」、「入」、「滿」，最後才定為綠，把形容詞當作動詞用，語詞反覺簡潔而新鮮有趣，這都是「以不造新辭為造新辭」的方便法門啊！

▲婉曲

說話或行文時，不直講本意，只用委婉閃爍的言詞，曲折地烘托或暗示出本意來，叫做婉曲。

例如：李清照〈鳳凰台上憶吹簫〉：

> 「新來瘦，非關病酒，不是悲秋」

明是想思苦，卻不直說。

▲誇飾

一文中誇張舖飾，超過了客觀事實的叫做誇飾。

例如：落仲淹〈御街行詞〉：

> 「愁腸已斷無由醉，酒未到，先成淚。」

摹狀心事的幽怨，雖不是著急要求文句的勁健，但在聳動視聽的力量上效果是一樣的。」

▲譬喻

是一種「借彼喻此」的修辭法，凡二件或二以上的事物中

有類似之點，說話作文時運用「那」，有類似點的事物來比方說明「這」件事物的，就叫做譬喻。

　　例如：孟浩然〈晚春臥病寄張八〉詩：

　　　　　　「賈宜才空疏、安仁鬢欲絲。」

　　借賈誼、潘安仁以自喻空有才而不見用，今老冉將至，更沒機會了。

▲借代

　　指在講話行文，放棄通常使用的本名或語句不用，而另找其他名詞或語句來代替。

　　例如：曹操〈短歌行〉：

　　「慨當以慷，憂思難忘，何以解憂，惟有杜康。」

　　杜康，人名，用以代酒，伊士珍《琅嬛記中》卷云，杜康造酒，因稱酒為杜康。

▲轉化

　　描述一件事物時，轉變其原來性質，化成另一種本質截然不同的事物，而加以形容敘述的，叫做轉化。

　　例如：朱慶餘〈近試上張籍水部〉：

　　「洞房昨夜停紅燭，待曉堂前拜舅姑。妝罷低聲問夫婿；畫眉深淺入時無？」

　　此詩原是作者作此詩去問張籍，我這樣寫的文章是否合式？卻將正意藏起來，專詠新婚後的情事，而主意在「入時無」三字，其中第二句是暗指「近試」，此所謂「拜」是預備去拜，也就是經心著意做了文章，希望得到主考官的賞試。

▲映襯

　　在語文中，把兩種不同的，特別是相反的觀念或事實，對列起來，兩相比較，從而使語氣增強，做意義明顯的修辭方

法，叫做映襯。

例如：李凌與蘇武詩：

> 「嘉會難再遇，三載為千秋。」

三載千秋為兩個時間觀點，以千秋映襯三載。

▲雙關

一語同時關顧到兩種事物的修辭方式，包括字義的兼指，字音的諧聲，語意的暗示，都叫做雙關。

例如：劉禹錫〈竹枝詞〉：

> 「東邊日出西邊雨，道是無晴還有晴。」

晴寓情，借相近之字音，關顧無情還有情。

▲倒反

是反諷的一種，指言辭的表面意義和作者內心真意相反的修辭法。

例如：杜甫〈月夜〉：

> 「今夜鄜州月，閨中只獨看。」

不寫自己怎樣思鄉，而說家人怎樣想念他。既然是獨看，當然是形單影隻彼此分離了。

▲象徵

任何一種抽象的觀念、情感與看不見的事物，不直接予以指明，而由於理性的關聯、社會的約定，從而透過某種意象的媒介，間接加以陳述的表達方式，名之為象徵。

例如：屈原《離騷》：

> 「朝飲木蘭之墜露兮，夕餐秋菊之落英。苟余其信姱以練
> 要兮，長顑頷亦何傷？」

此段是以飲食的芳潔，象徵人格的高尚。

▲示現

　　語文中利用人類的想像力，把實際上不聞不見的事物，說得如見如聞的修辭法，就叫做示現。

　　例如：王維〈九月九日憶山東兄弟〉：

「獨在異鄉為異客，每逢佳節倍思親，遙知兄弟登高處，偏插茱萸少一人。」

　　末二句全為作者想像，昔日兄弟同插茱萸，今則暌隔異地，佳節思親，意念極強，登高之事遂不覺湧現眼前。

▲呼告

　　對於正在敘述的事情，忽然改變平敘的口氣，而用對話的方式來呼喊，叫做呼告。

　　例如：王昌齡〈芙蓉樓送辛漸〉：

「寒雨連江夜入吳，平明送客楚山孤，洛陽親友如相問，一片冰心在玉壺。」

　　送別而突然告親友，意境玄妙。

▲鑲嵌

　　在詞語中，故意插入數目字、虛字、特定字、同義或異義字，來拉長文句的，叫做鑲嵌。

　　例如：李義山〈淒涼寶劍篇〉：

「黃葉仍風雨，青樓自管弦。」

　　鄧近槙《雙硯齋筆記》曰：「止一「仍」字「自」字，便將境地之冷暖懸殊，況味之悲愉迴別，秦人肥瘠漠不關心，中露流離，猶可充耳，薄俗情狀，一齊寫出，而詞恉掩抑，氣韻和平，庶幾小雅詩人怨誹不亂矣。」可見這二個虛字，效用頗大。

▲**類疊**

同一個字詞語句，接二連三反覆地使用著，叫做類疊。

> 「尋尋覓覓，冷冷清清，悽悽慘慘戚戚。」

「尋尋覓覓」究竟要尋覓什麼呢？要尋覓的正彌補愛情中的空虛的東西，尋覓而不可得，感覺上便越清冷；清冷之後，必然繼之以悽慘哀戚，不是女子，很難道出欲種境界，這七組疊詞很自然地構成了三個不同的層次。

▲**對偶**

語文中上下兩句，字數相等，字數相等，句法相似，平仄相對的，就叫對偶。

例如：李白〈贈孟浩然〉：

> 「紅顏棄軒冕，白首臥松雲。」

紅顏指年少，並不專用於婦女，白首指年老，此類對偶是屬於理殊趣合，但韻味十足。劉勰《文心雕龍麗辭篇說》：「反對為優，正對為劣。」自是一針見血之論。

▲**排比**

用結構相似的句法，接二連三地表出同範圍同性質的意義，叫做排比。

例如：劉向《說苑金人銘》：

> 「熒熒不滅，炎炎奈何；涓滴不壅，將成江河；綿綿不絕，將成網羅；青青不伐，將成斧柯。」

排比了八句，見得步伐整齊、精神飽滿，給人一種「軒然而來，雄姿颯爽」的印象。

▲**層遞**

凡要說的有兩個以上的事物，這些事物又有大小輕重等比例，而且比例又有一定秩序，於是說話行文時，依序層層遞進

的，叫做層遞。

例如：明朝顧憲成東林書院門前對聯：

「風聲、雨聲、讀書聲入耳。家事、國事、天下事，事事
關心。」

不論是風聲雨聲還是讀書聲，聲聲都聽記在耳裡；不論是
家事、國事還是天下事，每一件事都深切關心。語法遞升，自
有句句進逼的力量。

▲頂真

前一句的結尾，來作下一句的起頭，叫做頂真。頂真和層
遞有許多相似之處，但頂真本質上著重一個中心觀念，而層遞
著動的卻是比例和因果。

例如：古詩〈飲馬長城窟行〉：

「青青河畔草，綿綿思遠道，遠道不可思，宿昔夢見之。
夢見在我旁，忽覺在他鄉，他鄉各異縣，展轉不相見。」

用頂真格來表現忽近忽遠的境界，而語氣銜接，正如連
珠。

▲回文

上下兩句，詞彙大多相同，而詞序恰好相反的辭格，叫做
回文。

例如：蘇軾〈記夢回文〉二首之一：

「酡顏玉，捧纖纖，亂點餘花唾碧衫；歌咽水雲凝靜院，
夢驚松雪落空巖。」

回轉即成：

『巖空落雪松驚夢，院靜凝雲水咽歌；衫碧唾花餘點
亂，纖纖捧玉顏酡。』

▲錯綜

凡把形式整齊的辭格，如類疊、對偶、排比、層遞等，故意抽換詞彙，交錯語次，伸縮文句，變化句式，使其形式參差，詞彙別異，叫做錯綜。

例如：白居易長恨歌：

「行宮見月傷心色，夜雨聞鈴腸斷聲。」

「腸斷聲」沒有「斷腸聲」整齊，但用斷腸聲就落入俗套，音節也不美。

▲倒裝

語文中特意顛倒文法上順序的句子，叫做倒裝。

例如：杜甫〈秋興詩〉：

「紅豆啄餘鸚鵡粒，碧梧棲老鳳凰枝。」

應是鸚鵡啄餘紅豆粒，鳳凰棲老碧梧枝。名詞一經錯顛倒，頓然峭拔有趣，異於凡俗。

▲跳脫

由於心意的急轉，直象的突出，語文半路斷了語錄的，就叫做跳脫。

例如：古詩〈飲馬長城窟行〉：

「青青谷畔草，綿綿思遠道。遠道不可思，宿昔夢見之。夢見在我旁，忽覺在他鄉，他鄉各異縣，展轉不相見。枯桑知天風，海水知天寒，入門各自媚，誰肯相為言。客從遠方來，遺我雙鯉魚。呼兒烹鯉魚，中有尺素書。長跪讀素書，書中竟何如？上言加餐飯，下言長相憶。」

「客從遠方來」一句跳脫，夢想之室婦，突然獲得遠人消息，節奏起伏，自成片段，耐人尋味。

以上是三十種修辭技巧的簡介，並於詩詞作品中尋找例

證，試加說明，因內容廣泛，無法作深入探究，僅作概略的介紹。

　　蘇東坡說：「詩賦以一字見工拙。」黃季剛先生在《文心雕龍札記》上也說：「練字之功，在文家為首要。所以研究詩詞，的確不可忽視作家們修辭練字的精巧與艱辛。」

伍、賞析重意境—詩詞旨意雋永深長

　　我國歷代的文學作品，有如琳琅珠玉，美不勝收。其所以能傳唱千古，必有其動人的內容和深遠的意境，耐人尋味。正如劉勰所說：「是以詩人感物，聯類不窮。流連萬象之際，沈吟視聽之區；寫氣圖貌，既隨物以宛轉，屬采附聲，亦與心而徘徊。（註十一）說明了詩人觀物的深入，及「收視反聽」的專一態度，偉大的詩人能觀物入微，體物入妙，用生花的妙筆，融情入景，把宇宙的美麗和神祕，驅遣於筆下。所以我們研究詩詞，神遊詩人作品中，上與古人為友，定能享受到「讀書之樂樂無窮，瑤琴一曲來薰風」的忘我境界。

　　古人說：「詩有別趣，非關理也。」所謂「創作在能刻劃入微，而欣賞在能體貼入微。」（註十二）說明了研究文學作品，往往始之以欣賞。繼之以摹傲，而終之以創作。今人馮芝生說：「藝術家對於事物，以超然底態度賞玩。藝術家作藝術作品，乃欲將其自己　所賞玩者，使他人亦可賞之玩之。」的確欣賞乃是創作的還原，成為創作者的回響。（註十三）創作與欣賞是相乘而相因的。

　　詩人創造形象，借物抒懷，五音相喧，七彩紛呈，創造出各種奇妙的境界，所以在詩詞的教學上，鑑賞與分析不但可

以陶冶學生的性靈，並可以使學生在潛移默化中培養高雅的情操及思古的幽情。以下謹根據黃永武教授所著〈中國詩學鑑賞篇〉所歸納的十種鑑賞角度為主幹，試行分析鑑賞所教讀過的詩詞作品。

一、以詮釋字義為鑑賞

字義的詮釋、出典的查勘，是鑑賞詩歌最基礎的層面。例如：李白的〈送友人〉：

> 青山橫北郭，白水繞東城，
> 此地一為別，孤蓬萬里征。
> 浮雲遊子意，落日故人情，
> 揮手自茲去，蕭蕭班馬鳴。

賞析：

1. 這首詩的關鍵詞語是「孤蓬」、「浮雲」、「落日」，都有典故。「孤蓬」一詞乃指友人，蓬是蓬草，蓬草經風飛轉，故又稱「飛蓬」，而人們也就因此拿來比喻人的轉徙無常。友人被放逐了，還會輾轉流徙到何方。又有誰能知道？一個人被貶謫到萬里之外，是多麼的孤單呀。「蓬」的意象已經夠淒涼的了，「孤」字更加深了淒涼的氣氛；「孤蓬」是詩人眼中所見，心中所感的意象，它透露了詩人無限的悲哀與同情。

2. 「浮雲」比喻小人，「浮雲遊子意」是說，故人的遊宦，乃因為遭到奸佞的讒害，那裡是他自己 的意願呢？古詩十九首中的第一首就有這樣的句子：「浮雲蔽白日，遊子不顧返。」小人矇蔽了君主，就像浮雲

遮蔽了陽光，君子就只有四處飄蕩，那裡還能回去？
「浮雲遊子意」表現了詩人對朋友遭遇的不平與慨
嘆。

3. 「落日故人情」則是用陳後主樂府的典故：「自君之
出矣，塵網暗羅帷。思君如落日，無有暫還時。」故
人此去，不知何時才能歸來？就像太陽落下地平線，
不會馬上又升起。一想到此，詩人當會有無可名狀的
悲痛吧！「落日故人情」，一則是說故人遠離，短期
不會回來；一則也表現了詩人心境的黯淡。

從用典的角度去看這首詩，便是一首非常標準的送別詩，
這裡面有安慰、有勉勵、也有惆悵，情感相當動人。

二、以考據故實為鑑賞

考據故實本來是提供正確鑑賞的一項資料，僅屬鑑賞的前
提，不該是鑑賞的終點。

例如：杜秋娘的〈金縷衣〉：「勸君莫惜金縷衣，勸君惜
取少年時！花開堪折直須折，莫待無花空折枝。」

賞析：

1. 按「金縷衣」，坊間的版本註解均作「金線所織之
衣，為衣之華貴者」。劉孝綽詩：「瓊筵玉笥金縷
衣。」前二句是言金縷衣雖貴，終有破舊的一日，
不足深惜；少年時，一去不復再來，故應愛惜好好利
用。

2. 民國五十七年八月共匪發事河北滿城的西漢中山靖王
劉勝及其妻子竇常的古墓，出土兩套「金縷玉衣」，
證明金縷衣是陪葬的殉物，詩評家才知道杜秋娘唱

〈金縷衣〉詩：「勸加莫惜金縷衣，勸君惜取少年時」，原來是勸人與其在死後穿鑲金綴玉的壽衣，不如惜散年少可愛的時光。有了這些名物故實的考據，對鑑賞自然極有助益。

三、以道德倫理為鑑賞

孔子以「邇之事父，遠之事君」作為詩的功用之一，《詩經》大序更舉出「經夫婦、成孝敬、厚人倫、美教化、移風俗」的道德倫理標準，說明「先王」對詩篇的看法。數千年來，中國文學常以這種教化的功用作為詩篇的評價標準。

例如：《詩經·蓼莪篇》：

「蓼蓼者莪，匪莪伊蒿，哀哀父母，生我劬勞！

蓼蓼者莪，匪莪伊蔚，哀哀父母，生我勞瘁！

缾之罄矣，維罍之恥。鮮民之生，不如死之久矣！

無父何怙？無母何恃？出則銜恤，入則靡至。

父兮生我，母兮鞠我，拊我蓄我，長我育我，顧我復我，出入腹我。欲報之德，昊天罔極！」

賞析：

1. 這首詩是孝子思念親人，有感而發的作品，朱熹《詩集傳》說：「人民勞苦，孝子不得終養而作。」

2. 此詩以「哀哀父母」的「哀」字為線眼，哀雙親的喪亡，傷孝子的無法終養，除第四章直賦其事外，其他各章都借物興起，聯想親人，而帶入作者的感慨。

3. 首章藉莪、蒿起興；開啟下兩句父母生我育我的辛勞。二章章法、意義都與首章相同，只是把韻換了；反覆詠歎同一主題，使感情更加的深刻。三章以「缾

之馨矣，維罍之恥」起興，敘未能奉養父母的悲痛。
四章直賦父母養育子女的試以杜甫的思辛勞，點出作
者傷痛的原因，是由於「欲報之德，昊天罔極。」

4. 以倫理道德為鑒賞的標準，雖然忽視了詩歌在藝術性
   方面的成就；但或許真有撥亂反正的時代功能。

四、以思想類型為鑑賞

《詩大序》說：「在心為志，發言為詩」，可知「志」是
指詩歌完成以前的思趄，也就是指作者的心境。孟子說：「以
意逆志」，就是要去探索這種思想抱負，這種深邃的心境。後
人在詩歌的鑑賞方面，也有專門在思想的類型方面著眼的。

試以杜甫的思想類型為代表，來分析鑒賞其作品的原由。

杜甫比李白生年稍晚，他一生歷盡飄零滄桑，戰火流離
之苦，親眼見到時代的弊病，民生的疾苦，加上他又是個純儒
家思想的詩人，崇拜聖賢，一生立志經世濟民，現實雖如何困
難，總不退縮。他從日常生活中，培養自己洞察幽微的能力，
在塑造形象的過程中，將社會的離亂，時代的紛爭，人間的眼
淚，百姓的哭聲，磨礪成感人肺腑的神筆，杜甫說：「有情且
賦詩」，「篋中有舊筆，情至時復援。」寫詩必須要有感受，
不能無動於還衷，拿起筆來就寫。

在安史之亂發生的時候，杜甫親眼見到國家的災難，人民
的疾苦與官吏的殘酷，使他痛心疾首，憤慨不平，因此寫下六
篇不朽詩歌—「三吏」—潼關吏、新安吏、石壕吏和「三別」
—新婚別、垂老別、無家別。他又是個宅心仁厚的人，時常流
露出人溺己溺的儒家博愛精神，例如「茅屋為和風所破歌」中
所表現出民胞物與的襟懷：

「安得廣廈千萬間，

大庇天下寒士俱歡顏，

風雨不動安如山。」

他一生的作品非常繁富，他的詩如長江大河，不擇細流，挾泥沙俱下，有時水波不興，有時驚濤駭浪，同時又無體不備，融古詩、樂府、陶、謝、鮑、庾各家精華於一爐，而出以自己　獨創的雄渾厚重筆法。他的詩更反映了唐朝由盛到衰的整個時代，所以後人把他的詩稱為「詩史」，推崇他為詩聖。

五、以分析心理為鑑賞

詩詞是作者內心的投影，詩詞的內容往往是詩人自身表演的感人紀錄。從詩詞的風格，詩詞的主題選擇，以及辭彙的表現，象徵的手法等等，去了解詩人的經驗，個性與情操，乃是一條明確的道路。

例如：辛棄疾的〈摸魚兒〉

「更能消，幾番風雨，匆匆春又歸去。

惜春長怕花開早，何況落紅無數。

春且住，見說道，天涯芳草無歸路。

怨春不語，算只有殷勤，畫簷珠網，盡日惹飛絮。

長門事，準擬佳期又誤。蛾眉曾有人。

千金縱買相如賦，脈脈此情誰訴？

君莫舞，君不見，玉環飛燕皆塵土。

閑愁最苦，休去倚危闌，斜陽正在，楊柳斷腸處。」

賞析：

這闋詞是作者四十歲的作品，藉一個失寵女人苦悶和對晚春景物的惋惜，來抒發作者的懷才不遇和對國事的憤慨。當

時，辛棄疾正由湖北轉調湖南作財糧官，他是一個有膽識、有抱負、有才略的人，可惜命運不濟，時不我予，雖然屢次想要疲命疆場，殺敵報國，但是南宋政風的因循苟且，根本不容許他有發展抱負一一展所長的機會，所以作者忠憤填膺。

上片首句就將作者抑鬱不快的心情，毫不保留地道出：「更能消，幾番風雨，匆匆春又歸去，「消」字深入骨髓，暗伏下惜春的根源。暮春短暫，經過了幾番雨，春天就匆匆地歸去了，「更能消」是問誰呢？當然是問春天的何其倉促，問自己的寂寞心情，寫得十分有力，別饒風姿。

上片表面寫景，骨子裡隱隱貫注自己深摯的情感，下片則以含蓄的手法來表達內心的情緒。「長門事，準擬佳期又誤。」此句用漢武帝和陳皇后的故事，來比喻自己的遭遇。「準擬」是作者的臆測，卻也是實情，十分惆悵；「又」字則顯現了作者一再失望的心情。作者只為了秉性剛直，常常暢論時事的得失，因而不為南宋柔靡成風的政客所容，社會昏庸，有才情，有抱負的人如同姣好的女子般遭人嫉妒，不得施展長才。此中的委屈情愫，又能向誰傾訴？寫來十分幽怨。最後作者用「斜陽」，似乎暗示者時代的黃昏，宋室國運的危急可想而知。作者由傷春逝而恐懼國事的衰微，雖然說「休去倚危闌」，似乎有不聞不問國事的意味，但是「斷腸」，又烘托出詩人為國擔憂的崇高感情，仍舊是不忘宋室，深蘊著國赤忱。

六、以生平歷史為鑑賞

研究作者的生平事蹟，以推斷作品中的意向，將詩人的仕宦出處，愛情生活，師友淵源，乃至異聞軼事，都列為作品意義與價值的可靠指引，這種鑑賞，也是傳統方法中常用的。

試以陶淵明的生平歷史為代表,來分析鑑賞其作品。

(一)生平歷史

陶淵明,字元亮,晉末潯陽柴桑人,陶侃就是他的曾祖父做過大司馬,祖父陶茂,父親陶逸都做過太守,外祖孟嘉做過征西大將軍,照理他家應該是有錢的。但他的祖先親戚都是清廉耿介的好人,因此家境是一貧如洗。父親去世後,他自己個性孤高,不肯向人低頭,不得不躬耕養親,有時還窮得行乞。他曾在〈命子詩〉中頌揚他的曾祖父說:「功遂辭歸,臨寵不忒。孰謂斯心,近而可得。」又說他的父親:「寄跡風雲,冥茲慍喜。」可知他的祖先,都是胸懷廣闊,品格高尚的人物,他受了這種遺傳和家庭環境的陶養,所以能造成他那卓然獨立的人生。

當他年少時,和許多青年一樣,抱著一顆赤誠之心,希望將來能做出轟轟烈烈的大事業。他曾有「昔我少壯時,無樂自欣豫,猛志逸四海,騫翮思遠翥」(〈雜詩〉十二首之一),「少時壯且厲,撫劍獨行遊」(〈擬古九首〉)這樣的詩句,那時東晉偏安,中原大部份國土淪陷異族之手,這樣的局勢自然激發了他的壯志。

他的人生最真實,他想作官,就去找官做,並不以作官為榮,所以有「疇昔苦長饑,設耒去學仕」(〈飲酒詩〉)的詩句;他不愛作官,就辭職耕田,並不以退隱為高。他心中有一個人生的高遠理想,那就是消遙自適,凡與此違反的,他不管飢餓與窮困,都要加以排除。他說:「我不能為五斗米向鄉里小兒折腰。」以及〈歸去來辭序〉中說:「彭澤去家百里,以田之利,足以為潤,故便求之。少日,眷然有歸與之情。

何則？質性自然，非矯厲所得。飢凍雖切，違已交病。嘗從人事，皆口腹自役。於是悵然慷慨，深愧平生之志。」他在此文中所說的，沒有半點虛偽，一字一句，全是真性情，真心境的表現。所以蘇東坡說他：「欲仕則仕，不以求之為嫌，欲隱則隱，不以去之為高。飢則扣門而乞食，飽則雞黍以迎客。古今賢之，貴其真也。」這正是他「少無適俗韻」，不容於惡濁社會的說明。所以他的退隱田園，寄情山水，一方面固由他的愛好自由的性格，同時也是由於政治時事的刺激，使他縱情詩酒。

（二）思想作品風格

　　陶淵明不僅是晉代最大的詩人，即在整個中國文學史上，也很少有人能夠比得上他，所以能有這樣的成就，應該歸功於他這種率真的性情，以及思想背之廣，他是魏晉思想的淨化者，兼有儒道佛三家思想的精華，而不染其惡習。他有嚴以律己的儒家精神，而不拘虛偽的禮俗，愛老莊無為的境界，而沒有清談怪誕的行為及服食求仙之志，有佛家空觀與慈愛的精神，而不帶迷信色彩。因此我們在他的作品中，時時發現各家思想的精義，也正顯現出他思想背景的豐富和作品的偉大。現在錄一首他膾炙人口的〈飲酒詩〉：

　　「結廬在人境，而無車馬喧。問君何能邇？心遠地自偏，採菊東籬下，悠然見南山。山氣日夕佳，飛鳥相與還，此中有真意，欲辯已忘言。」

　　他的詩，提高了魏晉浪漫文學的地位，建立了田園文學的典型，元遺山論詩絕句裡稱讚他說：「一語天然萬古新，豪華落盡見真淳。南窗白日羲皇上，未害淵明是上人。」，這的確

是很公允的評論。

七、以社會風尚為鑑賞

要鑑賞詩，對於所產生當代詩歌的社會生活條件，社會思想與道德標準，應當深刻了解，才能充分接近詩人的想法與做法。

試以陸游生長的時代背景及社會思想、風尚，來分析鑑賞其作品的風格。

（一）背景及思想

自從北宋的徽欽二宗給金人俘虜去以後，中原的大好河山就淪陷了。康王趙構奔波了十年光景，才在浙江的杭州安定下來，此後開始了一百四十年偏安江南的南宋小局面。國破家亡之慟，山河改色之悲，對於當日的文人，自然不能無所影響。但是當日的當權宰相，只一味地苟且偷安，不想北伐，劃水為界，賠款結歡，而同時對於激烈的民氣，加以高壓。在這種情境下，面對現而感覺敏銳的文學作家，便滿腔悲憤的唱出了激昂慷慨的詩歌；另一派詩人，得到高官厚祿以後，到了晚年，退隱湖山，寄情詩酒，成為高蹈之徒，而陸放翁就是前者詩風的代表，那麼范成大恰是後者的典型。

（二）作品風格

陸游對於前代的詩人，最推崇陶潛、杜甫、李白與岑參。愛田園山水的樂趣，長於描寫自然的意境，這種地方像陶潛，傷時愛國，不忘世事，這種地方像杜甫。至於其性情的狂放，詩風的雄奇，又像李白、岑參。他是一個愛國詩人，中年入蜀

從戎，一面接觸雄奇壯麗的山水，一面身歷時危世亂之苦痛，
於是熱烈的情感，憂憤的氣慨，發之於詩，而形成他那種豪宕
奔放的風格。

現在錄一首他的代表作〈夜遊宮—記夢寄師白渾〉。

「雲曉清笳亂起，夢遊處不知何地。鐵騎無聲望似水。想
關河，雁門西，青海際。睡覺寒燈裡，漏聲斷月斜窗紙。
自許封侯在萬里。有誰知鬢雖殘，心未死。」

賞析：

陸游這闋詞，所抒寫的是中原未復，夙願未遂的悲哀感
慨。前闋記夢境，彷彿身處戰地，西北失地似已收復。後半闋
敘述夢醒時的空虛感，但「鬢雖殘，心未死」，正可見其壯心
至老不衰，所以梁啟超讀放翁集詩說：「集中十九從軍樂，亙
古男兒一放翁。」

陸游臨終時，對自己　個人生命的存留仍不留戀，但對
民族生命的存續，卻依然不能忘懷，這從他寫給兒子的遺囑詩
「示兒」七絕，就可以看出來。

《唐末詩醇論》曰：「觀游之生平有與杜甫類者，少歷兵
間，曉棲農畝，中間浮沈在外，在蜀之日頗多，其感激悲憤，
忠君愛國之誠，一寓於詩，酒酣耳熱，跌蕩淋漓。至於漁舟樵
徑，茶爐熏，或雨或晴，一草一木，莫不著詠歌以寄此。」由
此可見，陸游的詩風，人生觀與社會文化有密切關聯。

八、以選抄去取為鑑賞

用選抄的態度去品評詩篇，無論是一代之中選數人，一人
之中選數首，一首之中選幾句，或抄成一本詩選，或在全集中
稍作圈記，那入選作品的多寡，圈圈點點的疏密，都寓有鑑賞

的價值判斷在其間。

例如：徐陵所編的《玉臺新詠》一書，是梁代以前的詩歌選集，專收「文選」所不收的詩，所選為漢魏六朝人的詩，所收以情詩為主，稱為新詠，愛好新豔，與《文選》崇尚雅正的趣味不同。後人稱這類輕豔的詩為「玉台體」。本書共選八百七十章，其中與《昭明文選》所錄相同者僅六十九首，其中還有些是作者本集所不記載的，所以本書可以考校齊梁以前作品的異同得失，還可以補正文選諸書的闕誤。

從選抄之中，便能顯示出主觀印象的差異，對於詩歌的鑑賞的確頗有助益，這也是教授詩時不容忽視的一環。

九、以主觀品第為鑑賞

以主觀品第為鑑賞，與上節以選抄去取為鑑賞一樣，鑑賞的尺度完全以詩歌給予自身的感動程度而定，感動的深淺，便是評定作品價值的依據，它與科學性的客觀批評完全相反，純然取決於主觀的印象。由於個人的情趣不同，所得的品第自然有別。

例如：鍾嶸所作的《詩品》，其主要目的是注意探討作品的流別。他將從漢至齊梁時代的一百多個詩人，分為上中下三品，由其個人的品評，而定其高下優劣；並且對於各家的作品，往往肯定其源出於某人與某體。他又標出國風、小雅、楚辭為五言詩的三大泉源。他這種批評方法，給予後代詩話家種種惡劣的影響。《詩品》中最大的缺點，是只以作品的形貌為標準，而忽略了最重要的文藝思潮與共同的時代色彩。但是他對作品的美點與弊病，時有精確扼要的評語，這是《詩品》中最精采的一部分。

後蜀趙崇祚所編的《花間集》，共收十八家詞人作品，包括溫庭筠、皇甫松、韋莊、薛昭蘊、牛嶠、牛希濟、毛文錫、歐陽炯、顧敻、魏承班、鹿虔扆、閻選、尹鶚、孫光憲、毛熙震、李珣、張泌諸人之作。他們的作品，都有一個共同的格調與作法，大都是用著豔麗的辭句，濃厚的顏色，集全力去描寫女人的美態裝飾，相思的情緒。一方面是反映著當代宮庭和上流社會的淫侈生活，一方面也是承受著溫庭筠詞濃與富貴的氣息。

十、以構明結構為鑑賞

構明詩的結構，總不外乎章法、句法、字法的研析。章法的析論可以兼括謀篇及命意，句法字法的析論，必然牽聯到修辭與文法。這一派的學者是集中注意力於詩篇的本身，認為認清詩法格律，是進窺堂奧的途徑，對於詩的結構與神韻，也頗為注重。這一派學者在西方稱之為形構批評或新批評，在我國古代也有這些專門闡明脈絡章句的書。

試以金聖嘆選批杜詩為例，來分析鑑賞其對於杜詩分段結構、脈理照應處的詳實精確。金聖嘆敘第四才子書說：「余嘗反復杜少凌詩，而矢有唐迄今，非少凌不能作，非唱經不能批也；大抵少凌胸中具有百千萬億游陀羅尼三昧，唱經亦如之，乃其所為批者，非但剚心抉髓，悉妙義之閎深，正復袪偽存真，得天機之凱摯。」說明了作者為何選批杜詩的原語。

杜甫的〈悲秋〉：

「涼風動萬里，群盜尚縱橫。家遠傳書日，秋來為客情。愁窺高鳥過，老逐眾人行。始欲投三峽，何由見兩京。」

金聖嘆評析：

一句秋，二句悲，三句秋，四句悲，五句秋，六句悲，七句秋，八句悲。

首句涼風動三字是，妙在萬里二字，生出悲來，二句群盜縱橫是悲，妙在尚字，挽出秋來，三句虛幻之極，憑空說，即今家中，定當寄書來，則非秋而何？然秋在此，而悲在家中矣，句只平平對過，然亦以為客情三字，賦悲字，而秋來二字，又結挽定秋字，故不辨其秋，生于悲，悲生于秋也。

五句，鳥至秋而高飛，秋字極高簡，然文勢與六句相抱成章，言鳥能高飛而過，朝出暮還，人何為而不如鳥乎？蓋垂白之老，猶逐眾人，不言悲而悲可知也，愁窺老逐，對得參差變動，可法。七句，正指秋日欲投峽也。八句總結悲字，憂朝近也。故讀此詩者，謂其悲愁，則不知者老杜謂其悲無家，亦書知老杜者乎？

以上所分述的十種鑑賞角度，是從我國傳統的詩歌鑑賞書籍中歸納而得來的。在教授詩歌時，如能運用這十種鑑賞角度，定可使學生深入的了解詩詞的旨意，進而達到淨化心靈，變化氣質的功效。

陸、高職學生對詩詞教學意見問卷調查研究

一、調查研究之動機

根據教育部所頒定的高職國文教學目標，除了語文的基本訓練，傳統文化的灌輸，時代思想的啟迪外，另一個重大的任務就是實施精神陶治。尤其在今日升學主義的影響下，國文科的教學，不能夠只偏重字句的解釋、課文的翻譯、試題的探討，更應該憑藉著文章內容意境的探究，以及詩詞內容的鑑賞

分析，來培養學生具有高尚的思想情操，並且增進對文學的審美觀念。使青年學子在溫柔敦厚的詩教下，能夠淨化心靈，激勵志氣，以邁向真善美的人生，而我國的文學遠景也將更趨光明燦爛。

二、調查研究之目的

1. 為了明瞭高職學生對中國詩詞的認知程度，以作為改進詩詞教學的參考。
2. 為了要重振詩教—溫柔敦厚，移風易俗的功效，以改善目前功利主義日益泛濫的社會風氣。
3. 確定今後詩詞教學應走的方向。

三、調查研究之對象

以中壢家商全校各類科，包括家科六班、服裝科六班、商科八班、會統科五班為調查研究的對象，因樣本數不多，每班抽取十人為調查研究對象，共計二百五十人，採隨機抽樣方式。

四、研究之方法

本研究採用「問卷調查法」，以自編「高職學生對詩詞教學意見問卷調查」為研究的工具，由受試者填答，收回整理，以探討高職學生對詩詞教學的意見為何？

五、問卷之製作

問卷製作前，筆者參考有關詩詞教學的各種資料，並請教國文科同仁先進，再三勘酌，完成問卷。

六、問卷之內容

本調查研究之問卷除基本資料，填答說明外，共有十題為選擇式題目，最後一題「對詩歌教學您有何具體之建議」為開放式題目，需以文字書寫，儘可能以不佔用受調查者太多時間及容易填答為原則。

您喜歡研究中國古典的詩歌嗎？

□很喜歡　□喜歡　□不喜歡　□極不喜歡　□無意見

您喜歡研讀下列何項中國古典的詩歌？

□詩經　□漢賦　□樂府詩　□唐詩　□宋詞　□元曲

您認為詩詞可以陶冶性情、啟迪人生嗎？

□很可以　□尚樣以　□不可以　□極不可以　□無意見

您認為中國詩歌正可以表現中國文化的雅緻婉約嗎？

□非常可以　□尚可以　□不可以　□極不可以　□無意見

您認為多讀詩詞可以培養何種氣質？

□溫柔敦厚　□恭儉莊敬　□廣博易良　□屬辭比事
□其他。

您認為詩詞中意蘊之深厚可以引起您豐富的感興與聯想嗎？

□很可以　□尚以以　□不可以　□極不可以　□無意見

您認為詩詞教學應以吟唱方式進行嗎？

□非常必要　□必要　□不必要　□非常不必要　□無意見

您會吟唱幾首中國古典的詩歌？

□五首　□四首　□三首　□二首　□其他

您認為當今之世有重振詩教的必要嗎？

□非常必要　□必要　□不必要　□非常不必要　□無意見

您最欣賞下述那位詩人的作品？

□李白　□杜甫　□王維　□白居易　□蘇東坡　□其他

對詩歌教學您有何具體之建議？

問卷之整理與統計：

　　收回之問卷，先檢視填答內容，因受試者是在校內班會時課當場作答問卷，所以無廢卷的情形出現，以事先設計好的統計表格，將問卷內容填入，以「數量百分比」法統計。

表1：喜歡研究中國的古典詩歌嗎？

項目	1	2	3	4	5
	很喜歡	喜歡	不喜歡	極不喜歡	無意見
人數	三六	一六四	一三	一	三六
百分比	一四.四	六四	五.二	○.四	一四.四

表2：喜歡研讀下列何項中國古典的詩歌？

項目	1	2	3	4	5	6
	詩經	漢賦	樂府詩	唐詩	宋詞	元曲
人數	七	一	一六	一三四	七八	一四
百分比	二.八	○.四	六.六	五三.六	三一.二	五.六

　　在上述二表的統計中，可見本校的學生對我國古典詩歌的喜歡程度，而且喜歡的人數佔大多數，尤其是對唐詩、宋詞的喜好較其他詩詞歌賦為高，所以國文科的教師不應忽視能淨化

心靈，培養學生具有溫柔敦厚氣質的詩詞教學。

表3：詩詞可以陶冶性情，啟迪人生嗎？

項目	1	2	3	4	5
	很可以	尚可以	不可以	極不可以	無意見
人數	一七〇	六四	三	〇	一三
百分比	六八	二五.六	一.二	〇	五.二

表4：中國詩歌正以表現中國文的雅緻婉約嗎？

項目	1	2	3	4	5
	非常可以	尚可以	人可以	極不可以	無意見
人數	一六六	六八	〇	〇	一六
百分比	六六.四	二七.二	〇	〇	六.四

　　由上述二表得知，大部份的學生都能明瞭我國的詩歌，可以表現出中國文化雅緻婉約的特色，而且沈潛在古詩詞中，可以陶冶性情，啟迪學生以追求真善美的人生。

表5：多讀詩可以培養何種氣質？

項目	1	2	3	4	5
	溫柔敦敦	恭儉莊敬	廣博易良	屬辭比事	其他
人數	一二一	二六	八三	一三	七
百分比	四八.四	一〇.四	三三.二	五.二	二.八

表6：詞詩中意蘊之深厚可以引起您豐富的感興與聯想嗎？

項目	1	2	3	4	5
	很可以	尚可以	不可以	極不可以	無意見
人數	九八	一四一	五	三	三
百分比	三九.二	五六.四	二	一.二	一.二

　　由上述二表得知，學生們在研讀詩詞後，發現多讀詩詞可
以培養出溫柔敦厚的氣質，並且可以引發思古的幽情，及豐富
的聯想力。

表7：詩詞教學應以吟唱方式進行嗎？

項目	1	2	3	4	5
	非常必要	必要	不必要	非常不必要	無意見
人數	七四	一二〇	二五	三	二八
百分比	二九.六	四八	一〇	一.二	一一.二

表8：會吟唱幾首中國古典的詩歌？

項目	1	2	3	4	5
	五首	四首	三首	二首	其他
人數	三一	一七	四四	九一	九七
百分比	一二.四	六.八	一七.六	二四.四	三八.八

　　由上述二表可以看出，大部分的學生都認為吟唱詩詞，不

僅可以幫助記憶，且可以領悟詩趣，進而深深體會到詩中情意真，詩中韻味長。由於坊間流行民歌式的詩詞吟唱，所以許多學生都會吟唱好幾首流行歌曲式的詩詞，而對於古調的吟唱方式，卻不喜歡，以致於傳統的詩詞吟唱，無法廣為高職學生接受。

表9：您認為當今之世有重振詩教的必要嗎？

項目	1	2	3	4	5
	非常必要	必要	不必要	非常不必要	無意見
人數	七三	一二八	一〇	一	三八
百分比	二九.二	五一.二	四	〇.四	一五.二

表10：您最欣賞下述那位詩人的作品？

項目	1	2	3	4	5	6
	李白	杜甫	王維	白居易	蘇東坡	其他
人數	八六	二三	六四	三四	三八	五
百分比	三四.四	九.二	二五.六	一三.六	一五.二	二

由上述二表得知，大部分的高職學生都認為當今之世，有重振詩教轉移社會風氣的必要，對於古代的詩詞作家，欣賞的程度因人、因詩詞的風格而有差別，而以李白的作品最為一般學生所欣賞。

表11：對詩歌教學您有何具體之建議？

項目	建議	人數	百分比
1	詩歌教學應以吟唱方式進行	47	一八.八
2	多放錄音帶，或由老師教唱	29	一一.六
3	不要過分注重考試，應多注重內容的賞析	10	四
4	不可以讓學生死背詩詞，以免造成形式上的假象	15	六
5	多講述詩詞產生的時代背景、故事，以引發學習興趣	13	五.二
6	多利用教學媒體來教學，以達到融情入景的功效	13	五.二
7	除了國文課應多教詩歌，音樂課也應該教詩歌	12	四.八
8	每學期舉辦一次詩歌吟唱比賽	11	四.四
9	詩詞教學應該多補充課外教材	16	六.四
10	利用佩播媒體來徹底推展詩詞教學，並選擇固定的時間來進行	8	三.二
11	每週固定開設一、二節詩歌課程，並採選課方式進行	1	〇.四
12	詩詞教學可採用討論方鄉，以交換學習心得	2	〇.八
13	詩詞教學可加入音樂。圖片來增加效果	1	〇.四
14	每天中午休息時間，播放幾首詩詞歌曲	21	〇.四
15	不必刻意重振詩教	2	〇.八
16	將詩歌編製成壁報，或印一些詩歌講義，以供大家欣賞	3	一.二
合計		204	

　　以上所述，為文字敘述的題目，經整理共有十六項建議，並列入人數與百分比，大體上建議還不錯，當然也有些不成熟的建議，證明大多數的學生，對詩詞的教學頗為關心，也能認真作答，使我們對今後的詩詞教學深具信心。

柒、問卷調查結論與建議

一、結論

今將上述統計的結果與發現，綜合歸納以下的結論：

1. 目前高職的學生對中國古典詩歌，很喜歡的約佔一四.四％，喜歡的約佔六十四％，超過半數以上，足證高職學生對古典詩歌，尤其是對唐詩、宋詰的喜好，遠遠超過其他詩歌。喜歡研讀唐詩的，約佔五三.六％，研讀宋詞的約佔三一.二％，此項顯示了在傳統的詩教中，唐詩、宋詞所扮演的重要角色，是不容我們忽視的。

2. 對於詩詞教學應以吟唱方式進行，培養溫柔敦厚的氣質，及表現中國文化的雅緻婉約上，認為非常可以的，約佔六十八％，顯示了詩教的重要性，的確不可偏廢，身為國文科教師的我們，對於發揚詩教是不可以掉以輕心的。

3. 對於詩詞教學應以吟唱方式進行，及多舉辦詩歌吟唱，約有廿九.六％的學生，認真非常必要，應積極推展；約有四十八％的學生，認為有必要如此推行。足證今日的詩詞教，不可以只偏重傳統的講解法，應注重學生的活動，藉著詩歌的吟唱，以淨化心靈，進而引發思古的幽情。

4. 多利用教學媒體，如投影片、幻燈片，加上錄音帶的配合，使詩詞教學容更生動有趣，而不會流於呆板形式，這也顯示了高職學生認知程度的提昇，也是今日國文科教學追求的目標。

5. 詩詞教學應注重內容的鑑賞與分析，而非解釋字句就可以了，也應該採用共同討論的方式，使學生交換學習心得，以作為改進教學的參考，及評量學生的認知程度如何。

6. 近世以來，由於時代環境的變遷，受到西化的影響，一般人對於詩詞的愛好，已大為降低。可是據此次問卷統計得知，「認為當今之世有重振詩教的必要嗎？」贊成非常必要的約佔廿九.二％，必要的約佔五一.二％，顯示出高職學生均有重振詩教，以改善社會風氣的共識，這是令每一位國文教師感到欣慰的事，也更加重了我們為往聖繼絕學的使命感。

二、建議

　　根據此次問卷調查之結果與討論，做成上述六點結論，茲提出下述二點建議，管窺之見，尚祈高明不吝批評指正。

　　語上述結論得知，高職學生對吟唱古詩詞都頗為喜好。子夏的〈詩大序〉說：「詩，志之所之也，在心為志，發言為詩。情動於中而形於言，言之不足，故嗟嘆之；嗟嘆之不足，故詠歌之。」正說明了，當讀詩時，情感在心中鼓蕩，然後透過語言來表達，當語言不足以表達時，可以藉拉長語調來表達情感，拉長語調，還不足以表達詩中情意，那就得用「吟唱」方式來表達。如果人人都能吟唱幾首古詩詞，相信大家定能陶醉在詩詞的豐盈與深遠意境中。例如：吟唱張繼的〈楓橋夜泊〉、王翰的〈涼州詞〉，那幅夜泊愁眠的圖畫，塞外淒涼的情景，定會呈現在你我眼前，怎不令人激起思故國、念故鄉、思古人的幽情呢？可惜坊間出版的古詩詞吟唱錄音帶，除了邱

變友教授指導師大國文系專題研究小組製作的「詩葉新聲」、「唐詩朗誦」、「唐宋詞吟唱」（東大圖書公司出版），是採用古譜、民間流傳的歌謠、般詩社常用的調子，以及近代曲，編製而成韻味深長的詩詞吟唱曲。其他的詩詞吟唱錄炎，例如：幼福圖書公司出版的「詩樂飄香」演唱曲及鄧麗君演唱的「淡淡幽情」專輯，都是流行歌曲式的唱法，非但不能襯托出古典詩詞的美，反而傷害到它原有的韻味、情趣。所以深盼教育廳主管單位，能聘請專家學者或各大學國文系詩詞吟唱社，共同為中國的古典詩詞加以譜曲、配樂，編製成詩詞吟唱錄音帶，作為詩詞教學的補充教材，以發揚民族詩樂，進而達到淨化學生心靈的功效。

　　教學媒體的運用，一方面可以增進學生的學習興趣，另一方面可以提昇學生的認知程度，所以教育廳每年都舉辦了各科教學媒體的製作，這的確是很有意義的一項工作。中國電視公司在公共電視節目中，開闢了「花間之歌」的節目，專門介紹中國傳統的詩詞，加上圖畫、風景、音樂、吟唱，使得這個節目廣受歡迎，可惜播放的時間，是在星期日早上十點到十點三十分，無法廣為大眾觀賞到這個賞到個賞心稅目的節目。如果能將中國傳統的詩詞，製作成像「花間之歌」一樣的錄影帶，我們定可依循著唐詩、宋詞中的名勝、山水，尋找到唐詩、宋詞的源頭，探訪到唐詩、宋詞的故鄉，而且可以突破了空間與時間的拘限，是古人與今人的傳流，我們神遊在古詩詞的世界，彷彿回到神往已久的故鄉山河，作不令人激起思故國的情懷？更可以激發學生愛國家、愛民族的情操，團結一心，早日收回故國失土。所以深盼教育廳主管單位，能重視詩詞吟唱問題，聘請專家學者從古詩詞中，作有系統的蒐集與整理，

編製成圖文並茂、內容詳實、聲樂和諧的錄影帶或幻燈片，供
各學校運用，以發揮詩教的功能，培養學生具有溫柔敦厚的氣
質。

捌、結語

　　孔子說：「詩三百，一言以蔽之，曰思無邪」（註十四）朱
熹的註解是：「凡詩之言善可以感發人之善心，惡者可懲創人
之逸志，其用歸於使人得其情性之正而已」說明了中國詩教的
功效，構成了中國人儒雅溫文的氣質，高潔的心靈，中庸和平
的民族性，養成泱泱大國民的風度。

　　但是近世以來，由於西風東漸，時代環境的變遷，物慾橫
流，一般人重現實、輕理想、重物質、輕心靈、對詩已沒有多
少興趣，甚者一味追求時髦刺激的洋玩意，遂使傳統的詩詞在
中國人生活中的地位，一落千丈。

　　政大羅宗濤教授在〈詩與感覺〉一文中說：「詩的最大功
能是淨化生活，以具有象徵性的淡水情趣，來代替那物慾的刺
激，以心靈的頤養，來代替那物慾的官能享受」的確，我們提
倡詩教，可以提高個人的生活層面使思想純正，更可以使人性
昇華，物慾降低，淨化心靈，美化人生。

　　今日國難當頭，民族危機深重，重振詩教也是復興中華文
化的重要任務之一，從事教育工作，肩負著「百年樹人」的興
國大計，我們更要培養像屈原、陸游那樣的愛國詩人，以悲壯
的情懷，優美的文詞，寫下可歌可泣的詩篇，來喚醒國魂，讓
沈睡的巨龍警醒，激發民心士氣，鼓吹中興復國，以發揚詩的
教化。

【附註】

一：中國文學變史《詩歌篇》，李曰剛著。

二：論語《陽貨篇》。

三：禮記集解《經解篇》，蘭台書局。

四：中國文學發達史，中華書局。

五：中國文學史，葉慶炳著。

六：新譯唐詩三百首，邱燮友著譯，三民書局。

七：中國文學史，易君左著，華聯書局。

八：玉樓春：「晚妝初了明肌雪，春殿嬪娥魚貫列。風簫吹斷水雲間，重按霓裳歌遍徹。臨春誰更飄香屑，醉拍闌干情味切。歸時休放燭花紅，待踏馬蹄清夜月。」

九：浪淘沙：「簾外雨潺潺，春意闌珊。羅　不耐五更寒。夢不知身是客，一晌貪歡。獨自莫　欄，無限江山。別時容易見時難。流水落花春去也，天上人間。」

十：國學概要教師手冊（上冊），國立編譯館。

十一：文心雕龍《物色篇》。

十二：中國文學欣賞舉隅，曾文出版社。

十三：中國詩學《籃賞篇》，黃永武著，巨流圖書公司。

十四：論語《為政篇》。

〔六〕
為有源頭活水來
教育的傳承與革新

壹、前言

　　橫貫古今，跨越西東，學習的天空，是無限的寬廣，兩千年前，孔子以有教無類、誨人不倦的精神，引領莘莘學子開啟學習的門扉，進入知識的堂奧，化育三千學子，成就七十二高徒，更樹立了以儒家思想為主流的中華文化。

　　教育是百年樹人的興國大計，也是民族精神文化的標竿，負有綿延發皇文化傳統與推動國家進步的神聖使命。展閱歷史的長卷，可知中國數千年的教育思想實以儒家的倫理道德思想為主流。美國哲學家愛默生（Emerson）說：「孔子不但是中華文化的中心，亦為世界民族的光榮，孔子的倫理道德和社會觀念，實為世界大同的象徵。」這的確是深中肯綮的言論。

　　中華文化，經緯萬端，源遠流長，猶如不盡長江天際流，為中國歷史的傳承，澎湃奔騰。中華文化的巨流，歷經朝代的更迭，卻是歷浩劫而彌新。這一力狂瀾的力量，就是「致廣大而盡精微，極高明而道中庸」，「為天地立心、為生民立命、為往聖繼絕學、為萬世開太平」的儒家倫理道德思想。

貳、孔孟思想，儒家教育典範

「天不生仲尼，萬古如常夜」至聖先師孔子猶如一顆慧星，照亮中華文化的前程，開啟我國私人講學的先河，樹立為人師表的崇高地位，並且集三代學術思想的大成，奠定了儒家學說的理論基礎，而孔孟學說更是垂教萬世的金科玉律及為人處世的典範。

孔子是「聖之時者也」，儒家思想具有「時」的特色，所謂「時」，就是不斷的求進步，不斷的再革新。儒家思想是我國傳統文化的基礎，乃是因其具有日新又新的特性。茲將儒家教育思想的精義，簡要說明如下：

一、以人為本的倫理道德教育

人文精神是中華文化的支柱，更是維繫倫理道德的基石。《易經》上說：「觀于人文，以化成天下。」孔子說：「弟子入則孝，出則弟，謹而信，泛愛眾，而親仁，行有餘力，則以學文。」《論語·學而篇》孟子也說：「人之有道也，飽食煖衣，逸居而無教，則近於禽獸。聖人有憂之，使契為司徒，教以人倫，父子有親、君臣有義、夫婦有別、長幼有序、朋友有信。」又說「夏曰校，殷曰序，周曰庠，學則三代共之，皆以明人倫也。」由此可知，自至聖先師孔子以來，歷代的思想家都特別重視「以人為本」的教育思想，認為人而無教，則行為近於禽獸。

教育是以人為對象，教育的過程便是師生之間適切的互動，所產生的涵育成果。（註一）因此孔子的教學理論中，最重視個人品德性情的修養，以及倫理道德的實踐。在個人品德

修養方面，孔子稱述最多的是「仁」。如孔子說：「志於道，據於德，依於仁，游於藝。」〈述而篇〉又說：「克己復禮為仁。」〈顏淵篇〉「夫仁者己欲立而立人，己欲達而達人。」〈雍也篇〉，由以上所引述孔子的言論，可以知道「仁」是孔子的中心思想，包涵了立身處世的各種美德。而所謂的「克己」、「己立」是指自我品德的完成，正是「忠」的表現；「復禮」、「立人」，乃是社會群體的和諧的表現，也是恕道的發揚，可見「仁」是一個人圓滿人格的表現；一個能愛人的人，一定能夠在人群中和別人維持良好的人際關係，所以孟子說：「親親而仁民，仁民而愛物。」《孟子‧盡心上》，這是儒家倫理道德最偉大的思想，乃是把小我擴充到與天地萬物為一的境界，把仁愛的精神由父母之愛推廣到全人類及普天下的萬物，這正是中華文化精神的所在，也是中華民族所以悠久綿延的基礎。

二、有教無類、因材施教的機會平等教育

至聖先師孔子以有教無類的精神，開創我國私人講學的風氣。他所收的三千子弟當中，有貨殖屢中、生活富裕的如子貢；有簞食瓢飲、安貧樂道的如顏淵；有世卿弟子如孟懿子；賤人子弟如仲弓，這就是孔子實施「有教無類」的最好證明。

孔子曾說：「中人以上，可以語上也。中人以下，不可以語上也。」〈雍也篇〉孟子也說：「君子之所以教者五：有如時雨化之者，有成德者，有達財者，有答問者，有私淑艾者。」《孟子‧盡心上》。這就是說明人的天賦才智各有不同，教師必須以啟發誘導的方式，來教導學生，以發揮其所長，補救其缺點，不可以揠苗助長，更不可以敷衍塞責而埋沒

人才。如孔門弟子問孝、問仁、問政，孔子的答語各不相同，可見孔子對學生的才智瞭若指掌，所以能因材施教，使學生受益良多，因此而培植了身通六藝的七十二賢才。

三、尊師重道，以發揮傳承文化道統之功能

《禮記‧學記篇》上說：「凡學之道，嚴師為難，師嚴然後道尊，道尊然後民知敬學。」這句話的涵義是說，教師必先受到尊敬，然後所傳授的真理才能受到重視。尊師重道，乃是中國傳統的教育精神。韓愈在師說中說：「師者，所以傳道、授業、解惑也。」說明了教師除了教學生修己治人之道、經邦濟世之方，更須培育學生由率性粗野變成文質彬彬，由懵懂無知變成知書達禮。

在我國的傳統社會中，師生之間大都有極和諧的關係，更可由史籍中所記載，了解到古代學生對老師的推崇與尊敬。如至聖先師孔子，以學而不厭，誨人不倦的精神，有教無類、因材施教的方法，化育了三千名學子，造就了七十二賢才。而學生們對孔子的推崇與敬愛，也是大家耳熟能詳的。如顏回曾經讚美孔子說：「仰之彌高，鑽之彌堅，瞻之在前，忽焉在後。」〈子罕篇〉因此孔子死後，子貢廬墓而居六年，這就是「一日為師，終身為父」的表現。

參、當前我國教育的問題及其癥結

回顧並檢討政府在台灣五十多年來教育政策與教育建設，雖然在質與量方面均有顯著的成果，但仍有許多亟待解決的問題存在。在邁向現代化的過程中，由於社會結構的轉變，西方

文化的輸入，出現了許多「轉型期」的陣痛。急功近利，投機取巧，好逸惡勞的風氣充斥整個社會。以財富作為生活目標的價值取向，導致民族意識、倫理觀念、法治精神的日漸式微，甚至藐視法令，顛倒是非、鬧分裂、搞台獨，以逸出常軌的政治活動來譁眾取寵。青年學生受到此種意識型態的污染，以為民主就是自由，有了自由就可以為所欲為，這種社會脫序現象，為整個國家帶來動盪與不安，而中華文化的精髓也受到嚴重的衝擊與考驗。中研院李遠哲院長語重心長的呼籲國人說：「當前我國社會重形式不重實質，重學歷不重學力，重考試不重學習的惡習，這些惡習表現在社會中，就是文憑主義；表現在官場上，就是形式主義；表現在考試過程中，就是升學主義，而三大主義聯貫起來，則形成了整個社會文化揮之不去的功利主義色彩。」這一段發人深省的言論，猶如當頭棒喝，值得國人深思與警惕。茲述當前我國的教育問題及癥結如下：

一、青少年犯罪問題日趨嚴重

成長中的兒童與青少年，其人格與行為的發展乃現代社會特性的反映。近年來由於工商業的發達，功利主義思潮的激盪，以致民風日漸衰頹，社會脫序的現象，也衝擊到平靜安穩的校園內。青少年學生已失去純真善良的本性，取而代之的是強烈的自我意識，驕矜自滿、罔顧倫常，以致校園暴戾事件屢見不鮮。今天青少年的犯罪情形，非但日增其界面與縱深，更突顯其犯罪動機之惡性幾乎與成人一般無二：偷、賭、色、暴力之外，吸服禁藥毒品情形，且有日益蔓延的趨勢。據統計目前學生越軌的行為可分為三個層次是：（1）屬於違反道德行為，例如荒廢學業。（2）是違反校規，例如藐視師長、逃課

等。（3）違反法律規範，例如結夥滋事、吸食安非他命等。
（註二）

　　由上述可見青少年在社會環境的污染，大眾傳播媒體的影響和家庭、學校之管教方式未能盡善的情況下，竟然遭到如此嚴重的身心傷害，由觸犯校規而至於犯法犯罪，實在令人痛心，這的確是值得國人及教育當局痛下針砭的教育問題。

二、升學主義的弊害

　　自民國五十七年國民教育延長為九年之後，受教育人口倍增，人力素質提昇，對國家社會及經濟發展，有其實質的貢獻。但由於功利主義的影響，「萬般皆下品，唯有讀書高」的觀念，再度深植人心，升學主義仍有存在。

　　在考試引導教學的情況下，學校教育偏重「智育」的發展，而忽略生活規範、倫理道德的陶冶。在教學方面，一昧地灌輸填鴨的方式，只重結果不重過程，缺乏彈性而呆板；再加以學業成績來分班，使得成績較差的學生，以逃學、打架等事端，來尋找刺激與解脫；家長對學校的評價，也以升學率的高低而定，因而造成城鄉學校學生的平均水準不均，這也是學生越區就讀的原因。

　　冰凍三尺，非一日之寒，當前我們希望消弭升學主義的弊害，當務之急，就是要落實教育革新，進而培育學生成為五育兼備、身心健全的好青年。

三、尊師重道的風氣日益衰微

　　教育是百年樹人的興國大計，而每位教師卻是推動教育進步的原動力。所以我國傳統文化，最為尊師，比之如父，尊之

如天，與天地君親並列。

　　近年來由於社會價值多元化，教師的地位日益低落，雖然傳道、授業、解惑的責任不變，但各級學校班級學生人數眾多，師生感情不易深入。益之以升學主義仍然主導教育風氣，教師採高壓式、權威式的管理，往往忽視個別輔導的重要性，因而傷害到青少年的自尊，造成師生感情的破裂。殊不知尊師與重道是一體兩面，一個不尊重老師的學生，當然他也不會認真去吸取老師所傳授的知識。身為教師若無孔子傳道的使命感，只是把學校當作知識技術的訓練場，如此，不但扭曲了校園倫理的品質，也勢必造成社會問題，因此每位教師必須為校園倫理的重整，肩負起全部的責任，為師生的和諧關係，搭起可以溝通的橋樑。

肆、落實教育革新，塑造文化大國

　　在因應未來更具開放性與多元化的社會發展趨勢，格新我國當前教育的缺失，乃是推動國家進步的原動力，學校為復興中華文化的精神堡壘，學校是改造社會的主導力量。（註三）我們應該通過教育的革新，引領全國國民進入傳統優良文化的領域，給他們倫理道德的涵養，並且開啟儒家思想精髓的堂奧，重新塑造中華文化的價值觀，落實心靈改革，進而提昇全民的人文素養及生活品質。茲述如何落實教育革新，以塑造文化大國之管見，如下：

一、加強人文教育，以重建校園倫理

　　國父說：「有道德始有國家，有道德始成世界。」先總統

蔣公更昭示倫理應為民主與科學的基礎，都在闡明人文精神足以指引科學發展的方向，更進一步說明在發展科技文明時，必須重視人文教育的價值。人文教育就是一種生活態度、人生觀及人格修養的教育；目的在陶鑄人文精神、培育人文素養。（註四）人文主義教育涵蓋了文學、哲學、歷史、美學等方面的課程。在教學方面，則著重在創造力的啟發、經驗的學習以及情意的陶冶，是達到個人之自我實現，使個人更富人性化，以增進人際之間的關係。（註五）

我國的人文主義教育與歐美國家日漸重視的EQ（Emotional Quotient）教育有異曲同工之妙，主要著眼於情感、道德、品格三項合一，影響一個人身心的健全發展（註六）。

因此各級學校要加強有關民族精神，倫理道德觀念與民族文化方面課程，使學生體認我國固有倫理道德的重要性，並且應該將倫理道德涵詠於日常生活中，所以在教材方面，應該由教育廳（局）請專家學者將精深的古籍重新加以整理，且以實際生活作直接編譯，使學生由認知層次，提昇為篤實踐履，以培養青少年健全的人格，消弭青少年犯罪問題，進而重建校園倫理。

二、落實民主法治教育，奠定憲法基礎

民主法治教育是生活教育的根本，因此各級學校首先要加強公民與道德教育，強化生活與法治的重要性，及法治觀念的宣導，以提昇學生對法律常識的認知能力，期能經由學校民主法治教育的落實，以匡正時弊，進而提昇國民素質；並且了解選賢與能，使人盡其才，為國家社會竭智盡忠，建設安和樂利的社會，以奠定憲政的良好基礎。

其次要推展誠實教育，為人師長者，要師法孔子「以身教者從，以言教者訟」的精神，除了以「經師」自我期許，更應負起「人師」的責任，以身作則，教導學生不說謊、不取巧，誠誠實實的做人，光明正大的做事。對學生說謊不誠實的行為，也應該適時加以糾正。學校的行政措施，應公開、公平，如此才能建立校園誠實文化，進而培育光明磊落、健全優秀的好國民。

三、提倡正確的休閒觀念，以落實心靈改革的目標

休閒教育在我國傳統教育內涵中，佔有非常重要的地位，例如：《論語》中記載：「志於道，據於德，依於仁，游於藝。」〈述而篇〉禮記樂記篇上也說：「安上治民，莫善於禮；移風易俗，莫善於樂。」以及禮、樂、射、御，書，數的六藝，可見自古以來，中國人即把休閒教育和個人修心養性以及社會教化結合為一。近代美國教育家杜威（John Dewey）認為：「教育的重大責任之一，在於能適當地為學生提供利用休閒的時間，享受休養精神的愉快。」因此在今日物質文明發達，而暴戾之氣高漲的時代中，為使青少年學生在課餘身心能夠得到均衡的發展，不致於涉足不良的場所，學校必須與家庭、社會密切聯繫，輔導學生課外生活，透過休閒教育的薰陶，以培育身心健全的國民。

健全的體魄，寓於健全的心靈，首先在靜態方面，如：可經由藝術、文學、音樂等心靈的交流活動，使學生充實生活內涵，以陶冶心性，鬆弛精神壓力，增加生活情趣。動態方面，可走出室外，接觸大自然、藉著登山郊遊、旅行……等活動筋骨，擴展視野，嘯傲於青山綠水間，可以滌盡煩憂，學習山的

包容與海的豁達，進而使身心保持平衡、情感與理智得到和諧
發展，重新燃起奮發向上的生命力，以開創人生的光明面。

四、落實「有教無類」、「因材施教」的教育理念，以促進教育機會均等

　　教育的成敗，實繫於教師的良窳，所謂「良師興國」，洵
非虛言。為人師表者，除了以「經師」自我期許外，更應負起
「人師」的責任，修養完美的人格以表率群倫，充實自我的知
識，以啟迪學生，並且要發揚至聖先師孔子教育理念，以犧牲
奉獻、無怨無悔的精神，循循善誘學生，使他們邁向人生的光
明面。

　　如何落實「有教無類」、「因材施教」的教育理念呢？首
先要貫徹國中常態編班，落實正常的教學理念，以突破升學主
義的窠臼，注重五育均衡發展的教育，使教材彈性化，評量多
元化，實施適性而有效的教學法，不可一昧揠苗助長。在高中
高職方面，要以多元化的升學管道，使所有學生不論上智或下
愚都能受到適性的發展，進而確立正確的人生觀。（註七）其次
要激發學生多樣化潛能，在現代多元化的社會裡，學生的思想
行為，已不是我們成人以平常心就可以判斷的，因此教師要實
施個別化的因材施教，注重學生的個別差益，發掘出學生的天
份，並且要鼓勵學生發揮所長，以彌補自己的缺點，進而發展
出健全的人格。

伍、結論

　　中華文化源遠流長，博大精深，深植於每一個人的思想

與生活中。儒家學說,體用兼備,更是傳承中華文化之中流砥柱。文化是立國的基礎,立國於世,不可忘本。因此 李總統強調:「文化與教育是立國的根本,也是國家進一步發展的基石。一切物質與制度層面的建設,如不能促成文化的充實與學術水準的提升,終將流於浮淺。」(註八)這的確是深中肯綮的至理名言。

盱衡國內各級學校的校園倫理隨著社會變遷,已日益式微,尊師重道的風氣亦每下愈況,這的確是不容掉以輕心的教育癥結,我們必須全力予以撥正。響應 李總統「從教育、文化的層面著手,來推動心靈改造的工程,進而提升精神內涵,重建社會倫理。」的號召,來加速教育革新的腳步,使學校教育向下紮根,向上發展,來化民成俗,為國家培植人才,以推動國家各項建設,因此每位教師應該有「兩肩負重任,心懷千萬年」的薪傳責任,為中華文化的復興闢出源頭活水,引領全國國民開啟儒家思想精髓的堂奧,以落實心靈改造的目標。並且以教育家劉真的名言:「樹立師道的尊嚴,發揚孔子樂道的精神」自勉,進而塑造二十一世紀──一個政治民主,富而好禮的文化大國。

【附註】

一:見李同立「文明以上,人文也│以人文提昇精神層次」,師友月刊,八十二年二月,第二十三頁。

二:見林清江著「重振學校倫理的途徑,教育的未來導向,臺灣書店,第二二三頁。

三:見故總統 經國先生嘉言。

四:見李建興「展望教育的新紀元」,教育與人生,三民書局,第三三四頁。

五：見陳立夫「孔子學說與人文教育」，人文教育十二講，第六頁。

六：見吳坤銓「淺談EQ教育」，臺灣教育五四八期，八十五年八月，第四九頁。

七：見陳廳長英豪「發展精緻教育，培育優秀國民」一文，第三頁。

八：見　李總統七十九年五月二十日就職演說詞。

〔七〕

〈遊褒禪山〉記一文
從「立志不移、深思慎取」談起

壹、前言

優遊於國遊文天地裏優美的篇章，不僅可以開啟古典文學的堂奧，給予學生倫理道德的涵養，進入傳統文化的領域，重新塑造中華文化的價值觀。因此在教材的研讀上，不僅要探索形、音、義及課文篇章的旨意、作者寫作的動機與時代背景，更應該身體力行文中的涵義，進而佈乎四體，行乎動靜，使自己之德業日益精進。茲就王安石—〈褒禪遊山記〉一文，加以深究鑑賞其真諦為何？

孔子說：「仁者樂山，智者樂水。仁者靜，智者動。仁者壽，智者樂。」當我們隨著作者到褒禪山一遊，除了神遊佳妙的名山勝水，更應感受到作者遊山的真諦與旨意為何？智者的遊山玩水，不僅是「看山是山，看水是水」，更參透許多人生的哲理，並揭示人立身行道，先「立志」，還要「深思而慎取」，這樣人生才可以無悔。進而又提出「有志」、「有力」、「物以相之」，為能盡遊天下奇觀的三個要件。全文圍繞著「入之愈深，其進愈難，而其見愈奇」這個中心議題逐層展開，加以闡述，說明做任何事情，都必須樹立遠大的志向，及百折不撓的精神，朝著理想目標勇往邁進，最後必定有「山窮水複疑無路，柳暗花明又一村」的佳山妙水、奇花異卉呈現

眼前。

作者在遊山途中，發現一塊字跡模糊而仆倒在地的石碑，而引發了對於古代的人、事、物，不可以因為年代久遠、漫滅不明，而有望文生義、以訛傳訛的現象出現。進而體悟到「深思慎取」、「實事求是」的重要性，尤其做學問更需要有如此嚴謹的態度，因為「知之為知之，不知為不知，是知也。」凡事盡其在我，全力以赴，努力不懈，未到最後關頭不輕言放棄，如此堅定不移，定可以使理想早日達成。

貳、為學的基本要件

在全球以知識經濟為導向的時代中，知識已成為新世紀競爭的關鍵；國力的盛衰，將取決於知識的運用與發展，而國民的知識與才能是國家最大的財富資源，因此今後教育的發展，不侷限於知識的灌輸而已，必須引導學生懂得主動學習，勤讀聖賢書，酌理以富才，研閱以窮照，深思而慎取，進而激發創造力。莊子說：「吾生也有涯，而知也無涯。」人生於世，要以有限的生命，去追求無限的知識，如果不講求讀書的方法，不但會事倍功半且蹉跎歲月，浪費光陰。茲就本文給予後人的啟示及個人的管見，來闡述為學的三個條件，如下：

一、意志堅定

張爾歧在〈辨志〉一文中說：「夫志，氣之帥也，猶木之根，水之源，故學者必先立志。立志必先辨乎義利；志乎道義，則為聖賢；志乎貨利，則為小人。」

王守仁在〈教條示龍場諸生、立志篇〉上也說：「志不

立，天下無可成之事。雖百工技藝，未有不本於志者。……志不立，如無舵之舟，無銜之馬，漂蕩奔逸，終亦何所底乎？」正說明為學的首要之務，就是要立定志向。例如高職畢業後，將來升學要選讀何類科系？自己之專長及興趣為何？都要及早立定自己的志向，並且要朝此目標永往邁進，有志者事竟成，不可以見異思遷、半途而廢，因為韶華不為少年留，如果少壯不努力，將來就會老大徒傷悲了。

陶淵明在〈飲酒詩〉中寫道：「盛年不重來，一日難再晨，及時當勉勵，歲月不待人。」正說明尚在求學階段的青年學生，要使自己學業有成，就要專心研讀課業，努力充實自己，不要心有旁鶩，活在當下，掌穩人生的方向全力以赴，如此成功之日就指日可待了。反之，目標多而未定，結果是一事無成，所以楊朱說：「學者以多方喪生，多歧亡羊。」因此希望每位同學以志向為標竿，把握眼前的一切，及時多努力，以開創自己光明的未來。

二、健全的體魄

在今日物質文明發達的時代裡，人人出門以車代步，上樓以電梯代步，三餐都是美食佳餚，益之以許多精良的機器代替了人力，所以四體不勤、五穀不分的人不在少數，甚至於因缺乏運動，而有肥胖、高血壓、心臟病等症狀出現，這是不容大家忽視的重要問題。據WHO估計，缺乏運動，導致全世界每年超過200萬人的死亡，WHO在危險因子方面的研究顯示，不動或久坐的生活型態，是全球死亡和行動不便的十大原因之一。「讓健康動起來（MoveforHealth）」是世界衛生組織今年推動的主題，讓運動的習慣深入每個人的生活。根據WHO

研究，運動可降低青少年的暴力事件、促進戒煙，也可以減少藥物濫用，或不安全行為的危險，此外，運動也減少老年人孤獨和疏離的感覺，並增加他們身體和心智的活力（康健雜誌、2002年、3月）。

近代美國教育家杜威（JohnDewey）認為：「教育的重大責任之一，在於能適當地為學生提供利用休閒的時間，享受休養精神的愉快。」因此在今日物質文明發達，而暴戾之氣高漲的時代中，為使青少年學生在課餘身心得到均衡的發展，不至於涉足不良的場所，學校必須與家庭、社會密切聯繫，輔導學生課外生活，透過休閒教育的薰陶，以培育身心健全的好國民。健全的體魄，寓於健全心靈，因此要多鼓勵學生走出室外，接觸大自然，藉著登山郊遊、旅行……等活動筋骨，擴展視野嘯傲於青山綠水間，可以滌盡煩憂，學習山的包容與海的豁達，進而使身心保持平衡、情感與理智得到和諧發展，重新燃起奮發向上的生命力，以開創人生的光明面。

三、外力相助

（一）從師問學，以增進知能

韓愈說：「師者，所以傳道，授業，解惑也。」正說明在老師諄諄教誨及循循善誘下，每位同學就應該專心聽講，虛心受教，回家後也要養成「今日事，今日畢」的良好讀書習性，做好複習的工作，如果遇到疑問一定要請教老師，所以孔子說：「博學而篤志，切問而近思。」就是要邊學邊問，直到茅塞頓開，豁然開朗，才能學有所得。英國大哲學家培根說：「讀書能給人樂趣，文飾和能力；談話的時候，最能表現出讀書的文雅；判斷和處理事務的時候，最能發揮由讀書而獲得

的能力……對於事業的一般指導、籌畫與處理，還是真正有學問的人才可以勝任。」將讀書的重要性和讀書的價值說得淋漓盡致，所以每個同學應該把握青春好年華，用功讀書以充實自己，進而開創光明的前程。

（二）益友切磋，觀摩學習

　　孔子說：「益者三友，損者三友，友直、友諒、友多聞，益矣；友便辟、友善柔、友便佞，損矣。」正說明了慎擇益友而交往，在德業上可以互切磋共琢磨，增長見聞，使自己的品德日趨完美，所以曾子說：「君子以文會友，以友輔仁。」每一位青少年也應該培養「欣賞別人，看重自己」的襟懷，「欣賞別人，看重自己」這與孟子所主張的「敬人者，人恆敬之，愛人者，人恆愛之」有異曲同工之妙。一顆感謝的心，能夠使人不會憎怨或嫉妒他人，也是邁向優雅生活的踏板。而一個人要修養良好的品德，要使自己做人處事樣樣得宜，就必須不斷學習自我涵育，也就是要肯定自我，忠於自我的理想，並且取他人的經驗來自我磨練。體認自己求學的目的，也正是要學習做一個光明磊落，品德完美，獨立不移，通達事理的人。

（三）利用電腦網路教學，達成終身學習目標

　　電腦科技文明一日千里，網技網路的推出，實現遠距教學的夢想，在「人人會電腦，個個會上網」的目標下，電腦走入了家庭、學校及社會，成為人類互通訊息最便捷的工具。當我們要查詢圖書、旅遊、購物、國內外新聞……等資料，也能夠打開電腦網路，讓我們想要的資訊盡收眼底。在滑鼠指點間，無限延伸的視窗，為人類開啟了奇異多采的宇宙。並且可以穿

越時空隧道，讓古聖先賢的智慧結晶，如源頭活水，一一呈現在我們的眼前。的確在科技文明一日千里的時代，利用虛擬實境（VirturalReality）讓我們有身歷其境的感受；電子郵件的使用，不僅可以「寓教育於娛樂」，更可以達到「寓教於生活」的目的，不但縮短城鄉教育的差距，更使得社區化的學習更為普遍，進而滿足全民終身學習的需求。（社教雙月刊第六月一九九八年四月）

參、結論

　　《遊褒禪山記》一文，作者以遊山為前提，實則是借物言志，並啟示後學者，人生於世，要立身行道，成就事功，堅定不移的意志是成敗的關鍵。本篇稱得上是以說理取勝的山水遊記，深究鑑賞本文，的確可以激勵我們為學處事的道理。德國哲學家黑格爾說：「經典是永恆的，因為它會不斷激起讀者心靈中的理念典型。」這的確是中肯的言論。

　　朱熹說：「書不記，熟讀可記；義不精，細思可精。惟有志不立，直是無著力處。」《性理精義》這是一句足以發人深省的言論，「坐而言，不如起而力行」希望大家共勉之，立定志向，勤學不輟，進而開拓自己宏觀的視野，使自己的德業日益精進，以開創光明璀璨的未來。

〔八〕
文化的傳承與創新

壹、前言

　　文化是人類智慧的結晶，生命的泉源。它開創了宇宙繼起的生命，使人類得以綿延不斷，更增進了人類全體的生活，使國家強盛不衰。「文化」兩字，首見在中國的《易經》裡，有曰：「人文化成」。《易・繫辭》：「物相雜故曰文。」可知「文」之根本意義，乃指事物之錯雜而不紊亂者。「化」有天地變化與天下化成之分。中國人認為從人文裡面化出來的應是「道」，故有夫婦之道，父子之道，修身齊家治國平天下之道。道都由「人文化成」，此即中國人傳統觀念中所看重的文化。（註一）英國人類學家戴拉（Edward B. Tylor）說：「文化（Culture）或文明（Civilization），依民族誌上廣義的講，是一整體，包括人在社會中所習得的知識、信仰、美術、道德、法律、風俗，以及任何其他的能力與習慣。」（註二）此後對文化下界說之學者，雖眾說紛紜，但卻是大同小異，由此可見文化的涵義至廣，乃是人類生活的綜合體，包括人所創造的一切精神與物質的東西，更是民族生活之反映、民族智慧之表現。

　　英國詩人勃萊克的一首詩：

　　「一花一世界，一沙一天國，君掌盛無邊，剎那含永劫。」

　　這首詩說明從宇宙洪荒，天地玄黃至科技文明發達的現

代，一切生滅象徵永恒，無盡的歷史，永遠傳承著瑰麗的文化。走過歷史文化的蹊徑，我們尋根探源，開啟地平線上東西方文化古國的面紗，不僅見到傳統文化「宗廟之美，百官之富」的堂奧，更了解到傳統文化著重在縱的傳承上，具有發皇歷史、綿延民族命脈的功能；而現代文化應植基在橫的移植上，結合傳統與現代，使中西文化兼容並蓄，不泥古賤今、不崇洋媚外，進而創造多元化的精緻文化。

　　文化是人類進步的象徵。　國父孫中山先生說：「地質學家考究得人類初生在二百萬年以內，人類初生以後到距今二十萬年，才生文化。二十萬年以前，人和禽獸沒有什麼大分別，所以哲學家說，人是由動物進化而成，不是偶然造成的。」（民權主義第一講）由於世界人種分布於地球表面，受地理環境的氣候、山川河流、物質出產的影響，所謂「廣谷大川異制，民生其間者異俗」。乃各有其不同的歷史、語言、風俗、習慣的產生，所以人類對文化的意識型態，也各有差異。文化意識型態，不是抽象而是非常實際的現象。它透過世界宇宙觀、人生觀、價值系統、一般觀念和制度而反映在人事中。它在很多個人的心內生根，然後由那些人外在的行為表現出來，意識型態之不同會形成不同的文化。（註三）例如：中國傳統文化主張「萬物並育而不相害，道並行而不相悖。小德川流，大德敦化，此天地之所以為大也。」《中庸》呈現出一種天地之大的包容量。而中華文化是什麼呢？就是先總統　蔣公在中山樓中華文化堂落成紀念文中昭示國人的：「我中華文化之基礎，一為倫理，故曰：『孝悌也者，其為仁之本歟！』其始也，固在「人人親其親，長其長。」其終也，則「不獨親其親，不獨子其子」，且使「老有所終，壯有所用，幼有所

長，鰥、寡、孤、獨、廢、疾者皆有所養矣。」二為民主，故曰：『民為貴』，又曰：『民為邦本，本固邦寧。』是以聖人之於內也，則選賢與能，講信修睦；於外則繼絕舉廢，治亂持危；且以為天下遠近，大小若一，乃曰：「大道之行也，天下為公。」三為科學：『此即正德、利用、厚生之道。』故孔子以為政之急者，莫大於使民富且壽。而致富且壽之道，則均無貧，和無寡，安無傾耳。語其極致，斯貨惡其棄於地也，不必藏於己，力惡其不出於身也，不必為己。」由此可知中華文化是何等高明博大，精進獨造而平實可行。而近代西方文化實具有三大精神，即（1）希臘之個人自由精神，（2）羅馬之團體組織精神，（3）希伯來之宗教精神，又名世界精神。此三大精神互相配合，另增以現代科學之發明，始構成西方文化之全貌。（註四）茲就東西方文化來論述傳統文化傳承功能的管見，如下：

貳、傳統文化承先啟後的永恆價值

追溯東西方各民族文化的形成，均是代代傳承，日積月累，猶如聚沙成塔般，不斷的吸收與融和，使其內容博大而精深；又如源頭活水，匯聚成江河巨流，源遠而流長。宋儒陸九淵先生曾說：「東海有聖人出焉，此心同也，此理同也。西海有聖人出焉，此心同也，此理同也。南海北海有聖人出焉，此心同也，此理同也。千百世之上，有聖人出焉，此心同也，此理同也。」

千百世之下有聖人出焉，此心同也，此理同也。正說明了文化的傳承性，地不分東西南北，國不分中西歐亞，均是推動

歷史文化進步發展的原動力。

　　茲述中西文化傳承的特質，如下：

一、民族性

　　文化的誕生，稟受了國家民族靈魂；文化的延續，孕育著國家民族的種性。從文化的本體或本根看來，它是民族的全體或大多數人所保持的生活、行動、思想及感覺等之方式；因此文化、民族、社會有相輔相成的關係。（註五）　國父孫中山先生認為民族是自然力，亦即是文化力構成的，這也是說明了文化與民族有脣齒相依之不可分性。中華文化，走過從前，猶如不盡長江天際流，為中國歷史的傳承，澎湃奔騰。我中華民族建國於亞洲大陸，由於民族意識的堅強，共禦外侮以保障民族命脈，而創造了五千多年悠久博大的歷史文化。中華民族能夠成為成舉世無敵的偉大民族，實在是因為我們能善用文化的力量，來融化四鄰的各族而構成一偉大的民族，吸收其文化，而廣被以文化。所以先總統　蔣公曾指出：「中華民族是多數宗族融和而成的，這多數的宗族，本是一個種族和一個體系的分支，散佈於帕米爾高原以東，黃河、淮河、長江、黑龍江、珠江諸流域之間，他們各依其地理環境的差異，而有不同的文化，由於文化的不同，而啟族性的分別，然而五千年來，他們彼此之間，隨接觸的機會之多，與遷徙往復之繁，乃不斷相與融和而成為一個民族，但其融和的動力是文化而不是武力，融和的方法，是扶持而不是征服。」（註六）由此可見，中國五千多年的歷史文化，為中華民族的命運紀錄。西哲羅素（Russell Bertrand）曾說：「中國曾先後受蒙古人及滿洲人統治，結果這些征服者反被同化。更奇怪的是，經過一段短短的時期後，

侵略者幾乎比中國人更中國化，這證明中國文化確有一種統攝的力量。」（註七）這的確是深中肯綮的言論。

　　從西方文化發展來看，西方文化起源於西元前第六世紀之希臘和羅馬的古老世界，他們的語言、美學、思維方法、組織思想、正義的概念，展開了西方文化的序幕。希臘的游牧民族，他們的觸角更延申到克里特島（Cretan）文化、埃及文化、呂底亞（Lydian）文化、波斯文化。埃及之幾何學，巴比倫之天文，斐尼基之字母，均為希臘人所吸收，使得希臘文化更堅實壯大。希臘的偉大見於藝術、文學和自由思想。羅馬人於西元前七五三年創建羅馬帝國，並且接受希臘文化，混合為希羅文明。羅馬文化，在天文學、醫學、文學上均有相當成就，尤以建築最為出色。基督教文化繼承希臘羅馬文化遺產，而加以發揚光大。歐洲地面上各部落的進退，猶如劇烈的潮汐，開始慢慢消退。在此種混亂與不安定的局面中，一群碧眼、赤髮、體格強大的日耳曼部落入侵羅馬帝國，使羅馬帝國結束了輝煌的帝業。中世紀（公元十一世紀到十三世紀）盛期的歐洲之所以有一個文化系統者，是因日耳曼各部落接受了羅馬基督文化之故。當今歐洲各民族分佈情形來看，屬於日耳曼民族的主要地區有北歐、英國、德國、法國等，這些國家在西洋現代文化發展中佔有舉足輕重的地位。從歷史的角度度看，日耳曼文化對歐洲地域的影響力更是廣大。（註八、九）由上述可見，一個民族的文化模式與它的社會生活形態及組成的成員其人格模式息息相關，所以證明了中西傳統文化均富有濃厚的民族色彩。

二、包容性

　　每一種文化的存在，有賴於傳承與累積。任何文化墨守成規，就必然失去生命力。民族生命力有其延續處，不容一刀砍斷，前古有一成之跡，後今有必開之光。清儒王船山光先生稱之為「一切容之，一切集之，一切化之」，此即是文化擇善的導向，不致走向良莠並存的死角。（註十）一種具有廣大包容性的文化，在吸收力表現上或借用效果上，常會有優良的適應力。像中國文化即主張「萬物並育而不相害，道並行而不相悖，小德川流，大德敦化，此天地之所以為大也」《中庸》，頗富一種天地之大的包容量。（註十一）展閱歷史的長卷，可知中華民族五千多年的歷史文化，匯集各家各派的思想，結合各種族的力量，從夏、商、周開始，經歷秦、漢、唐、宋、元、明、清，以迄於今，形成深廣無比的文化洪流。中華民族的道統文化，是從先民胼手胝足中成長，至孔子綜集整理而益發揚光大。中華文化以人文精神為主流，而以「儒、道、釋」三家思想為其內涵，而釋家尤以禪宗為最重要。儒家思想在於正德敦倫，仁民愛物；道家思想在於儉慈致遠，和養天性；禪宗思想著重明心見性，慈悲渡世。心理學家容格博士（Dr.C.G. Jung）說：「禪是中國人的精神花朵，它在廣大的佛教思想界中孕育而成。」（註十二）儒家思想以孔子、孟子為代表；道家思想，以老子、莊子為代表。而佛學的傳入中國，係於東漢明帝永年八年（西元六十八年）。中華文化內容宏富，融冶了儒家的人道、道家的空靈、禪宗的淑世於一爐，真可謂「致廣大而盡精微，極高明而道中庸。」《中庸》，為中華民族尋覓到安身立命之源—格物、致知、誠意、正心、修身、齊家、治

國、平天下。《大學》，更讓整個人類社會的共同生命獲得延續。

中國因為有儒家的人文精神貫穿於文化各階層中，加上以農立國的包容性，以及政治形勢的統一性，所以在文化型態的表現上，是愛好和平，立己盡分而不渝，愛人推己而不爭，濟弱扶傾而不侵略好戰，主張天下一家。對於異族的文化廣泛的接受而融化之，此種兼容並蓄的精神，使得中華文化蓬勃發展。西方文化發展成為今天的型態，最初是游牧文化戰勝農業文化，而後更進入小國民眾互相競爭的局面，產生了貿易殖民外事戰爭的商業文化，十八世紀歐洲已是小國林立互為征伐，之後工業革命促使商業文化有了高度發達，乃形成近世西方之工商業文化；到了二十世紀，科學意識型態，已成為西方文化的根本。一般人認為西方文化實具有三大精神：即（1）希臘之個人自由精神、（2）羅馬之團體組織精神、（3）希伯來之宗教精神。（註十三）從文化發展來看，十一世紀以前的歐洲，有猶太基督、希臘羅馬與日耳曼部落等三種不同的文化傳統，並且長期處於相互抗衡之中，直到十一世紀，它們才融會成一個綜合的文化系統。歐美國家以宗教精神調和了國家組織與各人主義的衝突，進而產生了權利義務對等觀念的民主政治，以維繫道德生活於功利主義之中，此乃西方文化向前邁進一大步的表現。

三、累積性

歷史與文化是民族精神層遞創進的紀錄，我們要透過闡釋傳統文化以求傳統文化「開生面」，更要通過會通傳統文化以形成新認識，在「擇善固執」、「得一善則拳拳服膺，而弗失

之」《中庸》，使一切文化能日新又新，促使社會國家之進步發展。（註十四）杜蘭（Durant）指出文化衰落的原因說：「如果教育是在傳流文明，我們毫無問題是在進步。文明不是遺傳的，每一代人必須重新學習，重新努力。如果傳流中斷一百年，文明就會滅亡，我們也會再成為野蠻人。」（歷史的教訓）這的確是發人深省的至理名言。

　　茲述文化的累積，對人類的貢獻，如下：

（一）人文及社會科學發展，對人類思想有深遠的影響

　　我們中國自至聖先師孔子以來的歷代先哲，大都主張心物並重，而且認為心為物主，役物而不役於物。　國父說：「有道德始有國家，有道德始成世界。」先總統　蔣公更昭示倫理應為民主與科學的基礎，都在闡明發展科技文明時，必須重視人文教育的價值。所以美國現代歷史哲學家杜蘭博士說：「中國歷史可以孔子學說影響來撰述。孔子著述，經過歷代流傳，成為學校課本，所有兒童入學之後，即熟讀其書而領會之。此一古代聖哲的正道，幾乎滲透了全民族，使中國文化的強固，歷經外力入侵而巍然不墜；且使入侵者依其自身影響而作改造。即在今日，猶如往昔，欲療治任何民族因唯智教育以致道德墮落，個人及民族衰弱而產生的混亂，其有效之方，殆無過于使全國青年接受孔子學說的薰陶。」這一段深中肯綮的言論，證明孔孟學說中的倫理道德，的確具有新時代的意義，而我們的文化復興運動，絕非抱殘守缺，固陋不通，而是要讓人文與科技合流，以實現三民主義的新文化。（註十五）

（二）自然科學發展，使科技文化達到新的領域

　　自然科學的蓬勃發展，促使世界改觀，更提昇了人類生活品質。牟宗三先生提出補救文化缺陷的良方：「吾人以為在人文主義的系統內，必須含有三個部門之建立：一、道德宗教的學問之綱維性及其轉為文制而成為日常生活方面的常規，必須予以充分的重視。二、作為政治生活的常軌的民主政治，必須視為生命中生根的真實理想。三、科學代表智識，這是生命與外界通氣的一個通孔、吾人必須瞭解它的基本精神與特性。」由此可見，自然科學的認知是不容我們忽視的。（註十六）

　　中華民國有優美的文化，亦有古老的科學。中國自西元第一世紀以至十八世紀，早已產生豐碩的發明，例如：火藥、印刷術、指南針等是傳入西方的科技文明。在天文學方面對於世界貢獻的記錄如下：1. 魯隱公三年（西元前七二〇年）二日己巳日食，為中國最早的日食紀錄。2. 魯莊公七年（西元前六八七年）四月辛卯夜中星隕如雨。畢渥（Biot）中國流星考認為是天琴座流星雨最古的紀錄。中國對於算學的貢獻。周髀算經（約西元前二五〇年）包括「畜氏定理」、太陽距離及軌道之計算、分數、平方根、立方根、二次方程式等，及圓周與直徑之比為一不變數，西周時已知之。十六七世紀之交，略先顧英國牛頓時代，中國出現了許多大科學家，如徐宏祖《著徐霞客遊記》之於地理，李時珍《著本草綱目》之於博物，方以智《著物理小識》之於物質，宋應星《著天工開物》之於工藝，徐光啟《著農政全書》之於農田水利，失載埔《著律呂正義》之於音樂，均有卓越之貢獻，極一時之盛。（註十七）

　　在十八世紀以前，中國一向為世界工業先進國。絲國之名，舉世皆知。

　　西方稱瓷器為中國貨（China ware）。紙張、火藥、羅盤

針與印刷術，都是中國人的發明。西方從中世紀進入近代，乃以此為樞機。英國李約瑟博士（Joseph Needham）在所著中國之科學與文明數巨冊中，就詳述中國科學對世界的貢獻，從種種具體事實，力闢西方學者謂中國只有技術而無科學之說，又力言歐洲所得自亞洲之多種發明，主要係來自中國，這也是值得中國人引以為傲的。（註十八）

自十七世紀，西方各國的科學真理如雨後春筍般大放異彩。近代科學開山之祖有四大人物：一、是哥白尼，著天體運行論，證明地球繞日之說；二、是克卜勒，完成「克卜勒定律」；三、是伽利略，實驗「物體墜落公式」，為現代物理學始祖；四、是牛頓，發明「萬有引力定律」及微積分。近四十年來，科技文明的突飛猛進，如：電腦、原子能、太空探測、基因改造等科技相繼發明，使人類得償航向太空的夙願，更開啟了太空「高處不勝寒」的奧祕，讓我們進一步肯定「科學能解決人類的問題」、「科學能化腐朽為神奇」的功效。（註十九）

參、傳統文化蛻變的動向

文化的綿延，不能侷促一隅，必須旁搜遠紹；文化的滋長，不能率由舊章，必須與世推移，使其內容體用兼備，而成為切合時代潮流之新文化。

傳統文化源遠流長的生命，隨著社會的變遷，與外來文化的推波助瀾，使其蛻變革新，這是傳統文化「走過從前，迎向未來」必經的過程。但在斟酌損益中，也難免會遭遇到文化轉型期的困境，這是民族文化慧命攝納、融鑄新文化的重要契

機。茲舉中國傳統文化蛻變的動向，說明如下：

一、西風東漸，歐美文化衝擊的影響

中國文化的慧命，在明末、清初訖民國以來，在西方文化沛然莫之能禦的衝擊下，已使得它根本動搖、花果飄零了。社會組織之解體，民生之凋敝，使得朝野上下震懾於西洋列強國家之船堅炮利，乃有「中學為體，西學為用」的主張，期能「用夏變夷」、「師夷之長以制夷」。在西方文化的推波助瀾之下，由於政治、軍事、經濟上的節節失利，知識分子的自信心與創造力，受到嚴重的斲喪，乃有「全盤西化」之說。五四前後的新文化運動，對中國文化傳統的精神生活帶來一次大的沖滌，一群愛國青年，強調「民主」與「科學」為救國的最佳途徑，甚且主張推翻舊傳統，並且高喊「打到孔家店」、「打倒吃人的禮教」、「線裝書扔進毛廁裡」的口號。這種詆毀儒家思想的行徑，一刀斬斷中國數千年來的聖賢澤教，造成了中國人思想的真空，上行下效的結果，一片崇洋媚外的心態甚囂塵上。因此先總統　蔣公說：「近百年來，中國的文化，竟發生了絕大的弊竇，就是因為在不平等條約的壓迫之下，中國國民對於西洋的文化，由恐怕而屈服，對於固有文化由自大而自卑，屈服轉為篤信，極其所至，自認為某一外國學說的信徒，自卑轉為自艾，極其所至，忍心侮蔑我們中國固有文化的遺產。」這的確是令人痛心疾首之高論。（註二十）

五四新文化運動的洪流，沖滌了傳統的儒家倫理道德文化，造成了國人思想的真空，使得馬列主義得以乘機滋蔓人心，更是共產邪說的始作俑者，午夜思維，猶令人椎心泣血。這一股文化逆流，的確是中國之不幸。

二、國父思想，力挽狂瀾傳承中國文化道統

　　一代聖哲　國父的誕生，猶如啟明復旦，使中國文化在孔子歿後二千多年以來，又重現曙光。　國父聰明睿智，一方面承受孔子所集的大成，一方面又吸收歐美各國文化的精華，益之以所獨見而創獲者，以構成精深博大的《三民主義》。　國父認為建國之道，乃以倫理為誠正修齊之本；以民主為福國淑世之則；以科學為正德、利用、厚生之實，所以倫理、民主、科學，乃三民主義的本質，亦即為中華民族傳統文化的基礎。三民主義主張民有、民治、民享，以安本國，更進而主張民族平等，相與濟助，以安世界。把民族性的文化擴大為世界性的文化，此種救國主義精神之發揚，為中國文化迎頭趕上世界文化開啟了康莊大道。（註二十一）

　　國父在中華文化面臨存亡絕續的時會裡，發明《三民主義》，以繼承我中華民族之道統為己任，並且昭告國人說：「現代國家，非有獨立自尊的精神不可，其國不可以利誘，不可以勢劫，而後可以自存於世界。即令摧毀，亦可復興。…欲圖恢復獨立自尊的精神，轉弱為強，必須先恢復固有的文化。」又說：「在世界文化史上，中國的人文思想佔了最高的地位，這是無論任何人都不能否認的。可是，假如我們不能將現代西方科學和它相結合，中國將在歷史上衰落下去。這高度的人文思想對於我們又有什麼用處呢？」所以我們今天要迎頭趕上歐美的科學，就不但要以科學的方法，來厚生養民，發展經濟，加強自衛，也要以科學的精神，來作為每一個人為學、治事、修身、立業的準據，使之人盡其才，又進而能擴大其對物的利用，做到「貨惡其棄於地也，不必藏於己，力惡其不出

於身也，不必為己」的物盡其用的境地。因此，我們要化口號為行動，讓我們的科學化，真正的成為正德、利用、厚生、修身、治平的科學文化之建設。（註二十二）

國父的《三民主義》繼承了中華文化的優良道統，把堯、舜、禹、湯、文、武、周公、孔子相繼不絕的精神從專制的塵封中找回來，使之推陳出新，又擷取西方文化的精華，把西方的科學思想注入中國的智慧中，使之日新又新，這種允執厥中、力挽狂瀾的精神，使中華文化能夠順應世界潮流而發揚光大。所以先總統 蔣公說：「自有生民以來，蓋未有盛於孔子，尤未有盛於 國父者也。」這的確是寓意深遠的至理名言。（註二十三）

三、中共赤禍，摧殘我國固有文化

西風東漸，五四運動的洪流，衝擊著我國優良的傳統文化和倫理道德。

喪心病狂的共產黨更乘機坐大，倒行逆施，散佈馬列邪說，宣傳唯物史觀，偽造階級鬥爭的歷史，致使河山變色。在清算鬥爭、慘絕人寰的暴政下，人民身陷水深火熱中，哀鴻遍野。嗣又處心積慮的破壞中華文化，陷國家民族於萬劫不復的絕境，真是我國空前未有的浩劫！共產匪黨竊據大陸，殘民以逞，真是罄竹難書。茲簡述其破壞我國固有文化的手段如下：（1）大量銷毀古典書籍：共匪竊占大陸之初，首先推行焚書運動。一九五〇年，匪偽「文化部」召開「全國出版會議」，以「肅清資本主義社會反動思想及封建思想的出版物」為口號，大規模實行焚書，包括經、史、子、集、民間各族族譜等。（2）對留在匪區的文史學者批評鬥爭：共匪以批判

「厚古薄今」的思想對當代一般文史學者進行尖銳的鬥爭，加給他們以莫須有的罪名，如：「不能與現實政治結合」、「資產階級意識形態」等。當時大陸各地的知識分子，都遭殃受害。（3）大力竄改中國歷史：以達到徹底毀滅我中華文化的目的，首先是用馬列的經濟觀點改畫分代史，打破王朝體系。其次是用階級立場批判歷史人物，以及輕蔑歷史上的創造和發明。（4）破壞文字以徹底斬斷中華文化：第一步是國字簡體化，使得傳統的中國字被簡化得面目全非；第二步是文字拉丁化，就是用拉丁字母代替中國字，祇保留字音，除去字形而以拉丁字代之。時日一久傳統的國字已逐漸被大陸同胞淡忘，更遑論去研讀經典古籍了。（註二十四）

中共在文化大革命中，針對我中華民族數千年來的思想、文化、風俗、習慣四項，而提出了「除四舊」、「立四新」的口號，此種亂倫敗俗的行徑，令人神共憤。我們要做個中流砥柱，來消滅滔天紅禍，進而挽回乾坤倒置的局面。（註二十五）

四、蔣公繼承　國父遺志，復興中華文化

共匪竊據大陸，倒行逆施，蓄意破壞我國固有文化，造成空前浩劫，致使神州變色，時局動盪，政府播遷來臺。先總統蔣公洞燭機先，勵精圖治，排除萬難，以「實踐三民主義、光復大陸國土、復興民族文化、堅守民主陣容為職志，並且把臺灣建設成為三民主義的模範省。

民國五十五年十一月十二日，紀念　國父一百晉一誕辰，蔣公發表文告，揭示中華文化與道統的關係，指出三民主義是中華文化的基礎，倡導復興中華文化。朝野一致響應，明定每年　國父誕辰紀念日為中華文化復興節，並發起中華文化復

興運動，以鼓動海內外軍民維護我中華文化，消滅共匪及光復大陸的奮鬥精神。（註二十六）

　　先總統　蔣公繼承　國父遺志，領導革命大業，推動文化復興運動。　蔣公說：「復字，其義乃為復生；興字，其義乃為發揚。」因此，復興中華文化的意義，不是墨守成規，執一不化，乃是要日新又新，精益求精，繼往開來。並且教導全民對於復興中華文化，應有下列幾點共識：（1）我們每個國民，應了解復興中華文化是各人應負的時代使命。（2）要恢復民族的自信心。（3）要吸取新知，學習歐美所長。（4）要倫理、民主、科學三者並重。　蔣公在所撰〈國父一百晉一誕辰中山樓中華文化堂落成紀念文〉中，昭示全國同胞：「……國父三民主義之思想，不惟為中華民族文化之匯歸，而三民主義之國民革命，乃益為中華民族文化之保衛者也。」因此，唯有實行三民主義，才能撥亂反正，以重建和諧、幸福的人類社會。（註二十七）

五、臺灣經濟繁榮，文化失調日益嚴重

　　當前自由中國寶島臺灣四十多年來，在英明領袖及大有為政府的領導下，全國軍民同心協力，使得國家各項建設都有卓越的表現，尤其是經濟繁榮、民生富裕兩項，使得世界各國對我們刮目相看。然而追求經濟高度發展，各種漂亮的經濟數據背後，我們的社會卻不斷有新的病變產生。

　　教育部長郭為藩先生擔任文建會主任委員時，就當前我國文化失調的嚴重情況，提出三大成因：「一、由於新中產階層的崛起，在不虞匱乏且未經憂患的生活環境中，視豐衣足食為當然，與勤儉成家，白手創業的上一代，在觀念上有相當的不

同。二、市場導向浸染了國民的價值觀，「排行榜文化」無所不在，唱片、書籍有暢銷排行榜，明星學校有升學率的排名等次，連風雲人物，也有其聲望政績的「民意調查」，名次上上下下，使一個人的人格價值在媒體市場中，如股票一般的起落無常，社會風氣的虛浮乖張，莫過於此。三、多元社會形成，在價值觀方面趨向分歧化，傳統權威受到抵制與懷疑，對社會的衝擊最大。過分強調經濟成長，忽略固有的人文精神，尤其是邇來『心理上的解嚴』、國家目標認同的疏離，使社會籠罩著一股功利思想和虛無主義的迷霧，追求金錢、功名和社會地位。且以社會轉型的過速，『遊戲規則』未及確立，脫序、脫法情事層出不窮，暴力犯罪亦方興未艾。」這一段發人深省的言論，猶如暮鼓晨鐘，值得國人引以為戒。（註二十八）

　　近年來由於工商業發達，功利主義思潮的激盪，以致民風日漸衰頹，社會脫序的現象，也衝擊到平靜安穩的校園內，使得傳統的校園倫理面臨嚴重的挑戰。從目前青少年犯罪案件統計分析來看，青少年犯罪非但日增其界面與縱深，犯案年齡日趨下降，更突顯其犯罪動機之惡性幾乎與成人一般無二：偷、賭、色、暴力之外，吸服藥樂毒品的情形，且有日益蔓延的趨勢，實在令人憂心痛心，這的確是值得我們痛下針砭的教育問題。

　　科技文明引領二十世紀的西洋人在物質生活上不虞匱乏，教育的普及、政治的民主自由、個人主義的高漲；以及登陸月球……等現代文化的成就，正是多少古人夢寐求之而不得者。但是，從另一方面來說，毀滅性的核子戰爭的威脅與危機，卻使人類有如置身萬丈深淵的邊緣，隨時有萬劫不復之危險。今日西洋現代文化的癥結，就是科技文明有取代人文精神的

傾向，西元一九六九年一月，美國尼克森總統在其就職演說時曾說：「我們發現，我們有充分的物質，但是在精神上貧乏；能極度精確地到達月球，但是在這地球上，則是一片聒耳的爭論。....對一項精神危機，我們需要一個精神的答案。尋找那個答案，我們僅需反求諸己。....諸如善良、得體、博愛、仁慈等。我們的命運不在眾星之中，而是在地球本身，在我們自己的手中，和我們自己的心中。」這是一段深中肯綮，足以發人深省之論。所以史賓格勒（O. Spengler）認為西洋文化已趨沒落，其原因即在於人生意義問題上未得到適當的解決，這是西洋現代文化的危機，也是目前人類的危機。（註二十九）

肆、現代文化反本開新、繼往開來

文化是一個民族的共命慧，歷經朝代更迭的千錘百鍊，為後代子孫奠下立身處世、經邦濟世之基。因此文化的綿延滋長，必須與時推移，旁搜遠紹，不可以故步自封、侷促一隅。

西洋的船堅炮利，擊碎了中國人唯我獨尊的天朝意象，更帶來了現代化的訊息，這一股沛然莫之能禦的力量，使得有志之士了解文化的生命活力不能一廂情願的回歸到傳統的光榮孤立中，應該順應世界潮流，整合中西文化。所以胡適先生說：「新文化成分的接受，正可以使舊文化。內容豐饒，增加活力，我永遠不畏懼中國文明於大量廢棄本身事物，及大量接受外國事物後，會發生變體或趨於消滅的危險。」的確中國現代化運動，絕不是斬斷固有文化的慧命根源，也絕不是全盤地同化西方，而是中國文化的再造與創新。（註三十）

現代化猶如一架加速時光流轉的機器，推動著文化的再

造與創新。所以嚴靈峰先生說：「現代化就是『革故更新』捨棄不適應新環境的舊事物，保留適應新環境的事物，創造適應新環境的新事物。不要盲目反對傳統，對傳統應加以選擇和去取。」這句話實屬至理名言（註三十一）文化的再造與創新，是一個導向，並不是一個藍圖，它提供了中國傳統文化與西方文化如何進展的方向，進而創造新的世界文化。（註三十二）

環顧國內社會的發展，經濟目標高懸，法治精神日漸式微，人文精神沒落，教育功能的逆文化取向，導致整體中華文化的分崩離析。因此　李總統在「活水」雙周報發刊詞中語重心長的說：「當我們的社會享有高度經濟成長所帶來的富裕時，我們必須回頭飲取文化的活水。....遠離了文化活水，我們的社會將在富裕中迷亂，人心、人性也將沈淪在功利與物欲中。」當今，我們欲挽救頹靡的人心，當務之急，乃是大力推行文化建設，並且要整合中西文化，擷長補短，創造「放諸四海而皆準」的世界文化，以增進全人類的福祉，進而達成教育部長郭為藩先生所大力倡導的「邁向廿一世紀的文化大國」之目標。茲述如何落實中國文化反本開新、繼往開來，以塑造文化大國之管見，如下：

一、落實中華文化復興運動

中華文化，經緯萬端，源遠流長。儒家學說，體用兼備，是傳承中華文化之中流砥柱。　國父發明三民主義，以繼承我中華民族之道統為己任，乃使我國五千年民族文化歷久而彌新。文化是立國的基礎，立國於世，不可數典忘祖。　李總統曾強調：「文化不是復古，而是創新；是以傳統文化中的倫理道德為基礎，以創造符合時代需求的生活方式為鵠的。經由我

們的努力，使古老的文化，綻放出新的光芒。」因此如何落實
中華文化復興運動，乃是當前吾人亟需努力的目標。

第一、實踐三民主義：先總統　蔣公曾說：「倫理、民
主、科學，乃三民主義思想之本質，亦即為中華民族傳統文
化之基石也。」又說：「今日復興基地之臺灣省，實為匯集我
中華文物精華唯一之寶庫；且又為發揚我中華民族文化使民富
且壽之式範也！」今日中華文化復興運動，首要之途，就是實
踐三民主義，遵循「倫理為誠正修齊之本；民主為福國淑世之
則；科學為正德、利用、厚生之實」的指導原則與日常生活相
結合，以實踐力行為依歸，使中華民族文化在現代化之趨勢下
而日益發揚光大。（註三十三）

第二、加強民族精神教育：　國父說：「有道德始有國
家，有道德始成世界。」現在有人提倡世界道德重整運動，
頗有至理存焉。因倫理道德是政治民主及科學民生的根源。
倫理道德更是中華文化的精髓，是不假外求的。首先各級學校
應加強有關民族精神、倫理觀念與民族文化方面的課程，可
經由國文、文化基本教材、歷史等課程，使學生了解我國民族
傳統文化的博大精深，我國歷史的悠久綿長；進而激發學生忠
勇愛國與努力進取的精神。其次要加強道德教育，使學生體認
我國固有道德的重要，希望藉著孔子的「求仁」，孟子的「取
義」，來教導學生「修己善群，居仁由義」之理，進而成為一
個「見利思義，博施濟眾」，愛國家、愛民族，合群服務，負
責守紀，知書達禮，且足以表現中華民族道德文化的中國人。

第三、加強社會教育：我國憲法第一五八條規定：「教育
文化，應發展國民之民族精神、自治精神、國民道德、健全體
格與科學及生活智能。」因此加強社會教育，應從推行「國民

生活須知」及「國民禮儀範例」著手，以端正社會人心，改善
國民生活習性，使我們的社會人心涵泳於仁、義、禮、智、信
的文化倫理之中，使人人忠於國家、民族，孝順父母，禮仁尚
義，啟智務信，進而建立一個祥和的社會。其次要利用大眾傳
播媒體，來倡導善良風俗與公正輿論，以發揚固有文化與民族
正氣。所以大眾傳播媒體應本著仁愛心宣揚主題正確的節目，
如闡揚倫理道德、民族正義的內容，以及推動書香社會，以端
正社會風氣，使中華文化植根於每個國民內心深處。

第四、加強人文教育：克伯萊（Ellwood P.Cudderley）在
其所著《西洋教育史》中說：「人文主義（Humanism）此字
係從羅馬字（Humanit）而來，意為文化，且適用于所有其他
國家的新學研究。」我國古代文獻中，雖無人文主義之名，
然人文一詞，最早見於《易經》，所謂：「觀乎人文以化成
天下。」這句話實已具備人文主義之精神與實質，和克伯萊的
解釋不謀而合。（註三十四）人文教育，是一種生活態度、人生
觀及人格修養的教育，目的在陶鑄人文精神、培育人文素養。
（註三十五）為了落實教育革新，重振校園倫理，因此教育部長
郭為藩先生提出人文素養的陶冶，將是廿一世紀教育最重要的
課題。而教育新生代重視人文主義，應從下列五個方面著手：
（1）培養鑑賞文藝的能力；（2）協助了解其它社會的文化；
（3）具有優雅而清晰的表達能力；（4）關心人類福祉的重大
課題；（5）對事務判斷具有統觀全局的能力。將文化與教育
結合起來，使我國未來學校教育的發展，不僅止於傳遞固有文
化為滿足，更應該積極強調創新的功能，使青少年在理解自己
的傳統文化之後，也應該培養恢宏的世界觀。（註三十六）

二、融貫西洋現代文化之特長

西洋現代文化即是現代歐美文化，也是當今人類文化的主流。儘管我國固有的文化是如何的深遠博大，但在過去的一百多年，受到西方多元文化的衝擊，已顯現危機。中西文化各有其優點和缺點，我們接受西洋文化的洗禮，應視其價值和國情需要，選擇其菁華，不可以囫圇吞棗的全盤西化。（註三十七）羅素在《中國的問題》一書中曾說：「我相信，假如中國人對於西方文明能夠自由地吸取其優點，而揚棄其缺點的話，他們一定能從他們自己的傳統中獲得一生機的成長（Organic growth），一定能產生一種揉合中西文明之長的輝煌之業績。」而這一項偉大的文化業績，才是中國文化的再造與創新。西洋現代文化的精華，是值得我們學習與探討的。

第一、新的科學技術：科技原本是屬於科學和工業的附屬品，十九世紀劃時代的工業革命，改變了人類的生活方式，也使得科技成為西洋現代文化的原動力。巧奪天工的科技產物，如：精巧細密的家電產品、便捷舒適的各種交通工具、與人類智慧功能相當的電腦……等，帶給人類以無量報福的享用。益之以美國登陸月球的創舉、醫學技術的不斷推陳出新，更證明了科學的確是萬能的。但不可諱言，科技雖然可以增進人類的福祉，可是原子彈與核子武器的發明，也為人類的未來帶來了危機。因此，我們要擷取西洋科技文明的精華，以改善人類的生活水準，而非學習製造恐怖的戰爭武器，以破壞人類的和平。

第二、民主制度與法治精神：西洋近代言民治者，必以洛克之《政府論》為大宗，其學說奠定了西洋民主政治的思潮。

美國首任總統林肯，提出民主政治的藍圖，（1）是自由，一種神授的人權；（2）是民主，否認別人自由的人們不該為自己獲得自由，而且在一位公平的上帝之下，也不會長久保持它。（3）是憲法主義，有限制的法治，不斷地周旋於自由與民主之間。橫在「憲法」的後面是「獨立宣言」，這篇宣言闡述人人權利平等。這三種施政原則，為美國的基本政治原理立言立功，也奠定了西洋現代文化由尊重個人而產生的民主政治的思想。我們的　國父所創建的《三民主義》，其思想固然與中國儒家的仁義和平，人文民本，尊生重養相契合，同時也與林肯的見解不謀而合，這的確是融貫中西文化而有所創新的。西洋現代文化強調政治應受理性之支配，並且注重證據，此種法治精神值得我們作為借鏡。（註三十八）臺灣近年來由於政治的解嚴，加上人民對民主制度認知的不夠，使得濫用民主的亂象層出不窮，因而導致民主法治精神的日漸式微。當今撥亂反正之道，除了落實民主法治教育之外，更應效法歐美人民的法治精神，以提昇國民素質。

　　第三、實事求是的科學精神：西洋文化是以追求客觀真理為動機，此種鍥而不舍、實事求是的精神，奠定了現代科學之基礎。歸納和演繹並用的科學方法，使笛卡兒發現了代數的方程式可用幾何圖上的座標曲線表示；牛頓經由「大膽的假設，小心的驗證」後，發表了「萬有引力定律」，他們不僅在數學、物理等基本科學中建立了內容的規範，並從他的發現中體驗出科學方法運用的奧妙。（註三十九）　國父曾倡導「知難行易」的學說，來糾正國人畏首畏尾，缺乏進取的態度。而今，環顧國內許多年輕人好高騖遠，不切實際，只知坐而言，卻不知起而力行的毛病日益嚴重。因此西洋現代文化的科學精神，

的確是我們治學、做事的圭臬，人人發揮實事求是、精益求精、繼續不斷，貫徹始終的科學精神，如此才有成功的希望。

伍、結論

文化的傳承，促使社會的進步；文化的創新，增進人類的福祉。二者相輔相成，使民族文化歷久而彌新。西洋現代文化的癥結就是科技文明逐漸取代了人文精神，而使人們產生內心空虛、精神苦悶的現象。因此英國葛量宏氏曾說：「十九世紀是英國世紀，廿世紀是美國世紀，廿一世紀是中國世紀。」唐君毅先生在〈為中國文化敬告世界人士宣言〉一文中也說：「如果中國文化不被了解，中國文化沒有將來，則這四分之一的人類之生命與精神，將得不到正當的寄拖和安頓；此不僅將招來全人類在現實上的共同禍害，而且全人類之共同良心的負擔將永遠無法消除。」這一番語重心長的話，令我們感愧良深，更肯定了中華文化的命脈，有如源頭活水，永不止息，中華文化必經得起考驗，而永放光芒。

明儒王陽明的一首〈睡起偶成詩〉：

『起向高樓撞曉鐘，猶多昏睡正懵懵，

縱令日暮醒未晚，不信人間耳盡聾。』

這的確是一首足以發人深省的詩。今天我們不必奢言廿一世紀是中國人的世紀，但是「立足臺灣，胸懷大陸，放眼世界」是全民應有的共識。　李總統登輝先生在八十一年國慶文告中昭示國人：「文化的復興與社會的再造，在我們鍥而不捨的努力下逐步實現。今後我們當繼續致力於倫理道德的重整與社會風氣的改善，培養國人優雅的文化氣質與敦厚的倫理觀念。」因此全國同胞應肩負起「為天地立心，為生民立命，

為往聖繼絕學，為萬世開太平」的薪傳責任，來推動國家各項
建設，進而塑造廿一世紀——一個民主政治、富而好禮的文化大
國。

【參考文獻】

1. 戴拉（1871）原始文化。
2. 周伯達著「中華民族文化與世界之將來」（58）幼獅書店。
3. 鄧元忠（80）「認識西洋現代文化」幼獅文化事業公司。
4. 李霜青（58）「躍向進步燦爛之大社會」幼獅書店。
5. 徐文珊（73）「中國文化新探」 大中國圖書公司。
6. 先總統 蔣公（75）「中國之命運」。
7. 桑達克主編 陳寫一譯（46）「西方文化史略」。
8. 魏元珪（82）「六經責我開生面」中國文化月刊。
9. 陳立夫（76）「孔孟學說與人文教育」三民書局。
10. 高級中學公民與道德教學指引（66） 國立編譯館。
11. 中華文化復興論集（56）。

【附註】

一：依據戴拉（1871）所著「原始文化」。
二：依據周伯達著「中華民族文化與世界之將來」，幼獅書店，
　　第十二頁。
三：依據鄧元忠著「認識西洋現代文化」，幼獅文化事業公司，
　　第七頁。
四：依據李霜青著「躍向進步燦爛之大社會」（58），幼獅書
　　店，第五二頁。
五：依據徐文珊「中國文化新探」（73），大中國圖書公司，
　　第四一頁。
六：依據先總統 蔣公著「中國之命運」，第三四頁。（75）
七：依據李霜青著「躍向進步燦爛之大社會」（58），幼獅書

店，第三四頁。

八：依據桑達克主編、陳守一譯「西方文化史略」（46），中華文化出版事業委員會，第三頁。

九：依據鄧元忠著「認識西洋現代文化」（80），幼獅文化事業公司，第廿頁。

十：依據魏元珪著「六經責我開生面」（82），（中國文化月刊）一 六五期，第四頁。

十一：依據李霜青著「躍向進步燦爛之大社會」（58），幼獅書店，第四五頁。

十二：依據吳經熊著「中國哲學之悅樂精神」，（中央日報）。

十三：同註十一，第五二頁。

十四：同註十，第四頁。

十五：依據陳立夫著「孔孟學說與人文教育」（76），三民書局（人文教育十二講），第六頁。

十六：同註九，第一五三頁。

十七：依據高級中學公民與道德教學指引（66）國立編譯館，摘錄顧毓「科學研究與民族復興」一文，第三一三頁。

十八：依據張其昀著「中國文化的前途」（56），（中華文化復興論集），第五十頁。

十九：依據高級中學公民與道德教學指引（66）國立編譯館，西方文化概述，第一八六頁。

二十：同註四，第六二至六五頁。

廿一：依據陳大齊著「中華文化復興運動感言」（56），（中華文化復興論集），第廿九頁。

廿二：依據公民與道德教學指引，「國父一百晉三誕辰暨文化復興節紀念大會致詞」，第一七四至一七五頁。

廿三：依據金耀基著「國父，文化復興、現代化」（56），（中華文化復興論集），第八一頁。

廿四：依據公民與道德教學指引（66），共匪如何破壞文化，第一四七至一五頁。

廿五：依據王大任著「中西文化融合」（56），（中華文化復興論集），第一五七頁。

廿六：依據公民與道德教學指引，中華文化的復興，第一六四頁。

廿七：依據金耀基著「中國現代化的回顧與前瞻」（56），（中華文化復興論集），第一七七頁。

廿八：依據教育部長郭為藩先生「群策群力導正社會價值觀」（78）
　　　之報告，中央日報。

廿九：同註三，第二三九至二四〇頁。

三十：同註廿七，第二〇七頁。

卅一：依據千炳敦著「從哲學思想看現代化（下）」（80），中國
　　　文化月刊，東海大學編，第一三六期，第一二一頁。

卅二：依據林毓生（84）著「創造性轉化的再思與再認」，聯合副
　　　刊，八二年十一月廿九日所載。

卅三：依據先總統　蔣公著「　國父一百晉一誕辰暨中山樓落成紀
　　　念文」。

卅四：依據楊亮功著「人文主義與教育」（76），（人文教育十二
　　　講），第三五頁。

卅五：依據李建興著「展望教育的新紀元」（76），教育與人生，三
　　　民書局，第三三四頁。

卅六：依據教育部長郭為藩先生著「廿一世紀人文教育與教育新藍
　　　圖」，中央日報。

卅七：同註三，第二頁。

卅八：同註八，第二四一至二四二頁。

卅九：同註三，第九四頁。

〔九〕
人生有情淚沾臆
談余秋雨的文化苦旅

> 書　　名：文化苦旅
> 作　　者：余秋雨
> 出版公司：爾雅出版社有限公司
> 出版年份：1992年

壹、前言

　　文化是人類智慧的結晶，生命的泉源，也是民族生活的反映。它開創了宇宙繼起的生命，使人類得以綿延不斷，更增進了人類全體的生活，使國家強盛不衰。英國詩人勃萊克的一首詩：

　　「一花一世界，一沙一天國，君掌盛無邊，剎那含永劫。」

　　這首詩說明從宇宙洪荒，天地玄黃至科技文明發達的現代，一切生滅象徵永恆，無盡的歷史，永遠傳承著瑰麗的文化。我們隨著余秋雨教授的一步一腳印，踏上這趟文化之旅，無需行囊，更無需華麗的裝束，穿越時空的隧道，讓我們神遊於中國文化之精髓與活動之軌跡。

　　作者以悲憫的情懷，引領我們去尋幽訪勝，讓我們不僅見到歷史文化的「宗廟之美，百官之富」，更令人油然而生「千古風流人物已遠，古今多少事，都付笑談中」的滄桑感。跋涉在山水歷史間，咀嚼著歷史文化瑰麗的花朵，使我們佇立良久，不忍離去。

貳、內容概述

歷史是文化活動的軌跡，從歷史的波瀾壯闊中，不僅可以擴展我們的視野，發思古的幽情，更可以增長見聞。文化苦旅一書內容包蘊宏富，從「道士塔」、「莫高窟」「陽關雪」等地啟程，行行止止，遍及中國的大江南北，旅途中的經歷感受，作者以生花的妙筆將歷史、人物、自然渾沌地交融在一起，使讀者有身歷其境的感覺。因為篇幅有限，茲舉其犖犖大者概述如下：

一、陽關雪

隨著王維的〈渭城曲〉：「渭城朝雨浥輕塵，客舍青青柳色新，勸君更盡一杯酒，西出陽關無故人。」我們一塊去尋訪「陽關古址」了。所謂古址，已經沒有什麼故跡，只有近處的烽火還在，眼下是西北的群山，都積著皚皚白雪，層層疊疊，直昇天際。任何站立在這兒的人，都會感覺到自己是站在大海邊的礁石上，那些山全是冰海凍浪。

王維具有唐人溫厚典雅的風範，在他的筆下對於陽關的描述，仍然不露凌厲驚駭之色，而只是纏綿淡雅地寫道：「勸君更盡一杯酒，西出陽關無故人。」面對老友的遠行，在餞別宴席上，他們不會像兒女情長灑淚悲嘆，執袂勸阻。他們的目光放得很遠，他們的人生道路鋪展得很廣。這種風範，在李白、高適、岑參的作品裡，煥發得越加豪邁。

陽關隨著朝代的更迭，也日漸黯然，西出陽關的文人還是有的，只是大多成了貶官逐臣。忍受不住這麼多嘆息的吹拂，陽關坍弛了，坍弛在一個民族的精神疆域中。它終成廢墟，終

成荒涼。朔風野大，胡笳哀鳴，寒峰如浪。登臨其上，誰能想像，這兒，一千多年前，曾經驗證過人生的壯美，以及弘廣的藝術情懷。讀至此，不禁令人想起陳子昂的詩句：「前不見古人，後不見來者，念天地之悠悠，獨愴然而淚下！」

二、柳侯祠

柳侯祠位於柳州，是紀念唐代文人柳宗元的祠堂。堂前有石塑一尊，石塑底座鐫「荔子碑」「劍銘碑」，皆先生手跡。石塑背後不遠處是羅池，羅池東側有柑香亭，西側乃柳侯祠，祠北有衣冠墓。柳宗元是在公元八一五年夏天，被貶官到這偏遠未開化的南荒之地。在此地的柳宗元，宛若一個魯賓遜，開墾、辦學、修廟、放了奴婢，後來因為積勞成疾，四十七歲卒於任所。

柳宗元的政績很有特色，每一件事，都按照一個正直文人的心意，及所遇見的實情作決策的依據，並不考據何種政治規範；做了又花筆墨加以闡釋，疏浚理義，文采斐然，成了一種文化現象。時間增益了柳宗元的魅力，他死後，一代又一代，許多文人帶著崇敬和疑問，仰望這位客死南荒的文豪。

> 「文字由來重李唐，
>
> 如何萬里竟投荒？
>
> 池枯猶滴投荒淚，
>
> 邈古難傳去國神⋯」

這些感嘆和疑問，始終也沒有一個澄明的歸結。世代文人，由此而增添一成傲氣，三分自信。華夏文明，才不至全然黯淡。朝廷萬萬未曾想到，正是發配南荒的御批，點化了民族的精神。

三、洞庭一角

　　中國文化極其奪目的一個部位可稱之為「貶官文化」，隨之而來，許多文化遺跡也就是貶官行跡。貶官失寵，寄情山水與詩文。地因人傳，人因地傳，兩相幫襯，俱著聲名。例如遊洞庭湖，一見岳陽樓，范仲淹借樓寫湖，憑湖抒懷的名作〈岳陽樓記〉映入遊客的眼簾，文章中「先天下之憂而憂，後天下之樂而樂」，已成為大家耳熟能詳之名言。於是浩淼的洞庭湖，一下子成了騷人墨客胸襟的替身。人們對著它，想人生，思榮辱，知使命，遊歷一次，便是一次修身養性。在這裡，儒家的天下意識，比中國文化本來具有的宇宙意識，逼仄得多了。

　　岳陽樓旁側，躲著一座三醉亭，據說是道教始祖呂洞賓來到此地，弄鶴、飲酒，可惜人們都不認識他，他便寫下一首詩在岳陽樓上：

> 「朝遊北海暮蒼梧，
> 　袖裡青蛇膽氣粗。
> 　三醉岳陽人不識，
> 　朗吟飛過洞庭湖。」

　　呂洞賓是唐朝人，題詩當然比范仲淹早。但是范文一出，把他的行跡掩蓋了，後人不平，另建三醉亭，祭祀這位呂仙人。他的青蛇、酒氣、縱笑，把一個洞庭湖攪得神神乎乎。有一個遊人寫下一幅著名的長聯，現也鑴於樓中：

> 「一樓何奇，杜少陵五言絕唱，范希文兩字關情，滕子京
> 　百廢俱興，呂純陽三過必醉。詩耶？儒耶？史耶？仙耶？
> 　前不見古人，使我愴然淚下。讀君試看，洞庭湖南極瀟

湘，揚子江北通巫峽，巴陵山西來爽氣，岳州城東道岩疆。

瀦者，流者，峙者，鎮者，此中有真意，問誰領會得來？」

把洞庭湖的複雜性、神秘性、難解性，描寫出來，眼界宏闊，意象紛雜，現代詩派的意韻表現無遺。

登船前去君山島，小島上樹木蔥蘢，景致優美。尤其文化遺跡之多，令人咋舌。它們雖然南轅北轍，卻平安共居，三教九流而和睦相鄰。是歷史，是空間，是日夜的洪波，是洞庭的晚風，把它們推湧到了一起。島上有古廟廢基，據記載，佛教興盛時，這裡的廟宇櫛比鱗次，香火鼎盛，暮鼓晨鐘，響徹雲霄。呂洞賓既然幾次造訪，因此道教的事業也非常蓬勃。君山走過從前，靜靜地展現著中國文化的無限。

四、西湖夢

「水光瀲灩晴偏好，

　山色空濛雨亦奇。

　欲把西湖比西子，

　淡妝濃抹總相宜。」

蘇東坡這首詠西湖，使西湖的聲名遠播。它貯積了太多的朝代，於是變得沒有朝代。心匯聚了太多的方位，於是也就失去了方位。它走向抽象，走向虛幻，像一個收羅備至的博覽會，盛大到了縹緲。明代正德年間一位日本使臣遊西湖後寫過這樣一首詩：

「昔年曾見此湖圖，

　不信人間有此湖。

　今日打從湖上過，

　畫工還欠費工夫。」

　　可見對許多遊客來說，西湖即便是初遊，也有舊夢重溫的味道。這簡直成了中國文化中的一個常用意象，摩挲中國文化一久，心頭都會有個這個湖。多數中國文人的人格結構中，對一個充滿象徵性和抽象度的西湖，總有很大的向心力。社會理性使命已悄悄抽繹，秀麗山水間散落著才子、隱士，埋藏著身前的孤傲和身後的空名。天大的才華和鬱憤，最後都化作供後人遊玩的景點。景點，景點，總是景點。再也找不到傳世的檄文，只剩下廊柱上龍飛鳳舞的楹聯。再也不去期待歷史的震顫，只見凜然安坐著的萬古湖山以及湖水上漂浮著千年藻苔。

　　西湖勝蹟中最能讓中國人揚眉吐氣的，是白堤和蘇堤。兩位大詩人、大文豪，不是為了風雅，甚至不是為了文化上的目的，純粹為了解除當地人民的疾苦，興修水利，浚湖築堤，終於在西湖中留下了兩條長長的生命堤。清人查容詠蘇堤詩云：「蘇公當日曾築此，不為遊觀為民耳。」稱得上是最懂遊觀的藝術家。就白居易、蘇東坡的整體情懷而言，這兩道物化的長堤還是太狹小的存在。他們有比較完整的天下意識、宇宙感悟、理性思考，在文化品味上，是那個時代的精英，是中國歷代文化良心所能作的社會實績的極致。

　　也許正是對這類結果的大徹大悟，西湖邊又悠然站出來一個林和靖。他參透世俗，不慕名利，隱居孤山二十年，以梅為妻，以鶴為子。他的詠梅詩：「疏影橫斜水清淺，暗香浮動月黃昏」，幾乎成為千古絕唱。群體性的文化人格日趨黯淡，春去秋來，梅凋鶴老，文化成了一種無目的的浪費，封閉式的道德完善導向了總體上的不道德。文明的突飛猛進，也因此被取消，只剩下梅瓣、鶴羽，像書籤一般，夾在民族精神的史冊上。

五、筆墨祭

中國傳統文人有一個共通點：他們都操作著一幅筆墨，寫著一種世界上很獨特的毛筆字。不論是達官貴人，或是市井小民；是豪邁奇崛，還是脂膩粉漬，這幅筆墨總是有的。筆是竹竿毛筆，墨由煙膠煉製。濃濃地磨好一硯，用筆一舔，便簌簌地寫出滿紙黑生生的象形文字來。「古墨輕磨滿几香，硯池新浴燦生光。」這樣的詩句，展現的是對一種生命狀態的喜悅。「非人磨墨墨磨人」磨來磨去，磨出一個堅定不移道地的中國傳統文人。在毛筆文化鼎盛的古代，文人們的衣衫步履、言談舉止，居室布置、交際往來，都與書法息息相關，他們的生命行為，散發著濃濃的墨香。

在這麼一種整體氣氛下，人們也就習慣於從書法來透視各種文化人格。顏真卿書法的厚重莊嚴，歷來讓人聯想到他在人生道路上的同樣品格。李後主理所當然地不喜歡顏字，批評「真卿得右軍之筋而失之粗魯」、「有楷法而無佳處，正如叉手並腳田舍漢。」初次讀到這位風流皇帝對顏真卿的評價，不禁令人莞爾，從他的視角看去，說顏字像「叉手並腳田舍漢」是非常貼切的。這是一個人格化的比喻，比喻兩端連著兩種對峙的人格系統，往返觀看煞是有趣。

書法與主客觀生命狀態的關係，要算韓愈說最生動。他在〈送高閒上人〉序中說及張旭書法時謂：「往時張旭善草書，不治他技，喜怒窘窮，夏悲愉佚，怨恨思慕，酣醉，無聊，不平，有動於心，必於草書焉發之。觀於物，見山水崖谷，鳥獸蟲魚，草木之花實，日月列星，風雨水火，雷霆霹靂，歌舞戰鬥，天地事物之變，可喜可愕，一寓於書，故旭之書，變動

猶鬼神，不可端倪，以此終其身而名後世。」研究高深美學的
宗白華先生，就曾借用這段話來論述中國書法美學中的生命意
識。韓愈的說法今天聽來頗有警策之意，而在古代，卻是千萬
文人的一種共識。

　　事情必須要等到一個整體性變革的來臨，才能出現根本性
的阻斷。終於，有了辛亥革命和五四運動的接踵而至，胡適之
提倡白話文運動，使毛筆文化的一統世界開始動搖了。林琴南
用文言文翻譯了大量的外國文藝作品，用的當然是毛筆。但是
許多新文化的迷醉者，因林譯小說的啟蒙而學了外文，因學外
文而放棄了毛筆，毛筆之外的天地是那麼廣闊，他們變得義無
反顧。過於迷戀承襲，過於消磨時間，過於注重形式，過於講
究細節，毛筆文化的這些特徵，正恰似中國傳統文人群體人格
的映照，在總體上，它應該淡隱了。因此作者希望有更多的中
國人能夠繼續弘揚書法藝術，讓書法之美光耀百世。

參、結論

　　〈文化苦旅〉是大陸著名美學專家余秋教授的名著，本書
在台北出版後，榮獲一九九二年聯合報「讀書人」最佳書獎；
金石堂一九九二年度最具影響力的書；誠品書店一九九三年一
月「誠品選書」。由此可見，本書是一本令人動容的散文集，
透過中國大陸的自然景物，寫這一代中國人心靈中的糾結。這
本書的出版，震撼海峽兩岸的中國人心。

　　培根說：「歷史使人明智」，正說明了生生不息吐納百代
的歷史文化，告訴我們人生的種種不可能，並且指點後代人民
如何在人生座標中，慎擇自己人生的方向，以開創自己璀璨光

明的未來。文化的傳承，促使社會的進步；文化的創新，增進人類的福祉，二者相輔相成，使民族文化歷久彌新。唐君毅先生在〈為中國文化敬告世界人士宣言〉一文中也說：「如果中國文化不被了解，中國文化沒有將來，則這四分之一的人類之生命與精神，將得不到正當的寄託和安頓；此不僅將招來全人類在現實上的共同禍害，而且全人類之共同良心的負擔將永遠無法消除。」這一番語重心長的話，更肯定中華文化的命脈，有如源頭活水，永不止息，中華文化必經得起考驗，而永放光芒。

※佳句

1. 無數的未知包圍著我們，才使人生保留迸發的樂趣。（90頁）

2. 文章憎命達，文人似乎注定要與苦旅連在一起。（104頁）

3. 中國很多地方都長久時行這樣一首兒歌：「搖搖搖，搖到外婆橋。」不知多少人是在這兒歌中搖搖擺擺走進世界的。（147頁）

4. 人生的開始總是在搖籃中，搖籃就是一條船，它的首次航行的目標，必定是那座神秘的橋，慈祥的外婆就住在橋邊。（147頁）

5. 心匯聚了太多方位，於是也就失去了方向。（205頁）

6. 安貧樂道的達觀修養，成了中國文化人格結構中，一個寬大的地窖，儘管有濃重的霉味，卻是安全而寧靜。（211頁）

7. 自然的最美處，正在於人的思維和文字難以框範的部

份。（220頁）

8. 長江的流程也像人的一生，在起始階段總是充滿著奇瑰和險峻，到了即將了結一生的晚年，怎麼也得走向平緩和實在。（221頁）

9. 中國科舉，是歷代知識分子恨之咒之，而又求之依之的一脈長流。中國文人生命史上的升沉榮辱，大多與它相關。（226頁）

10. 科舉制度實在是中國封建統治結構中，一個極高明的部位，它如此具有廣泛的吸引力，又如此精巧地把社會競爭欲挑逗起來，納入封建政治機制。（227頁）

11. 在毛筆文化鼎盛的古代，文人們的衣衫步履、談吐行止、居室布置、交際往來，都與書法構成和諧，他們的生命行為，整個兒散發著墨香。（382頁）

12. 我們今天失去的不是書法藝術，而是烘托書法藝術的社會氣氛和人文趨向。（383頁）

13. 羅曼、羅蘭說，任何作家都需要為自己築造一個心理的單間。書房，正與這個心理單間相對應。一個文人的其他生活環境、日用器物，都比不上書房能傳達他的心理風貌（402頁）。

14. 書房，是精神的巢穴，生命的禪床。（403頁）

15. 是無數的歷史寂寞，鑄就了強悍的歷史承傳。（430頁）

16. 一個學者，為了構建自我，需要吐納多少前人的知識，需要耗費多少精力和時間。（411頁）

17. 西方一位哲人說，只有飽經滄桑的老人才會領悟真正的人生哲理，同樣一句話，出自老人之口比出自青年

之口厚重百倍。（440頁）

18. 語言是我們所知道的最龐大最廣博的藝術，是世世代代無意識地創造出來的無名氏的作品，像山岳那樣偉大。－Edward Sapir···（語言論）（467頁）

19. 華語無疑是最高大幽深的巨岳之一了，延綿的歷史那麼長，用著它的人數那麼多，特別有資格接受E. Sapir給予的「龐大」、「廣博」這類字眼。（468頁）

20. 語言實在是一種奇怪的東西，有時簡直成了一種符咒，只要輕輕吐出，就能托起一個湮沒的天地，開啟一道生命的閘門。（480頁）

過盡千帆～
　　向文學園地漫溯

〔十〕
質本潔來還潔去

壹、引言

> 「美人出南國，灼灼芙蓉姿。
>
> 皓齒終不發，芳心空自持。
>
> 由來紫宮女，忌妒青娥眉。
>
> 歸去瀟湘沚，沉吟何足悲。」

李白〈古風四十九〉

這首詩是形容冰清玉潔的美女，猶如高潔的芙蓉花，清新脫俗，不塵污。正是曹雪芹筆下，「清水出芙蓉，天然反雕飾」的黛玉化身。（在紅樓夢第六十三回黛玉抽中「芙蓉花」籤，第一百一十六回黛玉是「看管芙蓉花的神仙」。）芙蓉花，又叫木蓮花，是蓮花或荷花的一種，猶如舉止高雅的君子，可遠觀而不可褻玩焉。現在我們就尋著芙蓉花的蹤跡，去探訪這位瀟湘妃子。

苦心連—寄人籬下，心怯孤傲

命運之神，未曾眷顧她，在黯淡的生命途程上，黛玉猶如一片浮萍，飄入侯門深似海的大觀園中。

林黛玉的父親林如海，雖然是名門後裔，但已降為一個揚州的鹽政官；雖然是「書香門第」，但已是門衰祚薄的舊家，是不能和王、賈，史、薛等大門閥相比的，自幼父母相繼亡

故，益之以體弱多病，一個十一歲孤苦無依的小女孩，便寄居在充滿勢利的賈府──外祖母家，也步入了她一生悲劇的道路。

　　一個涉世未深，不諳人情事故的小女孩，寄人籬下於複雜而勢利的環境中。身世飄零，感嘆自己無父母的照顧，兄姊的提攜，內心無限悲愴，而造成多愁善感的性格。雖然有外祖母的憐愛，表哥寶玉的體貼多情，但在複雜的環境中，性情孤僻的她，為了保護自己，使她步步留神，時時警惕，以防範他人出其不意的侵犯傷害，因而養成小心眼，言談尖酸刻薄，不懂得逢迎他人，孤傲不合群的個性。

　　有一次，薛姨媽託周瑞家把宮花帶回賈府，送給她們姊妹，在送宮花時，周瑞家絕無先送後遞之意，祇是順路遠近而送。剛巧黛玉住的瀟湘館最遠，所以最後才送給她，黛玉收下了宮花，尚未稱謝，便追問箇中原委，而且冷笑：「我就知道麼，別人不挑下的，也不給我呀！」周瑞家聽了，一聲兒也不敢言語。（第七回）黛玉心直口快，度量狹小，所換得的只是別人深重的反感。

　　黛玉惜花，不忍落花被人踐踏，乃手把花鋤，肩負錦囊，到處收拾落花，裝入錦囊，葬之花塚，不禁勾起傷春的愁思，於是獨自悲吟著：『花謝花飛飛滿天，紅消香斷有誰憐？……儂今葬花人笑痴，他年葬儂知是誰？試看春殘花漸落，便是紅顏老死時。一朝春盡紅顏老，花落人亡兩不知！』……那邊哭的自己傷心，卻不這邊（寶玉）聽的早已痴倒了。（第二十七回）讀完黛玉的葬花吟，誰不潸然淚下呢？

　　黛玉猶如塔裏的女人，終日在作理想而不切實際的美夢，有孤傲而不隨俗的氣質；又如溫室中的花朵；經不起人事的考驗，終日心有千千結，且喜歡為賦新詩而強說愁；她那晴時多

雲而偶陣雨的脾氣，率直而不虛偽，這正是黛玉可愛之處，也是她生命中的致命傷。

芙蓉花─眾芳蕪穢，才情洋溢

上天賦予黛玉聰敏的天資，使她才情洋溢，在賈府中成為一個鋒芒外露、爭強取勝的出眾者；但「高樹多悲風，海水揚其波」，古有明訓人要「寧拙勿巧」，尤其是在封建時代裏，黛玉的作為與「女子無才便是德」的規範相抵觸，結果她以自己的生命去嚐試，受到環境、時代冷酷無情的摧殘，擔任了《紅樓夢》中悲劇的女主角。

黛玉的父親，因為「膝下無兒」，對這位聰明絕頂的小女兒特別鍾愛，姑且當她是個男孩子來教養，並且請了老師來教她讀書，可惜母親早亡，而未接受一般標準的閨範教養。

在大觀園裏所有的同伴中，黛玉的詩才是首屈一指的，連被大家公認博學多才的寶釵，也要禮讓三分。在所有的詩詞集會裏，黛玉每次都是才情洋溢，光芒外露。在第三十八回─林瀟湘魁奪菊花詩中，可以得到明證。

詠菊

「無賴詩魔昏曉侵，繞籬敧石自沉音。

毫端蘊秀臨霜寫，口角噙香對月吟。

滿紙自憐題素怨，片言誰解訴秋心？

一從陶令評章後，千古高風說到今。」

問菊

「欲訊秋情眾莫知，喃喃負手叩東籬：

孤標傲世偕誰隱？一樣開花為底遲？

圑露庭霜何寂寞？雁歸蛩病可相思？

莫言舉世無談者，解語何妨話片時？」

菊夢

「籬畔秋酣一覺清，如雲伴月不分明。

登仙非慕莊生蝶，憶舊還尋陶令盟。

睡去依依隨雁斷，驚迴故故惱蛩鳴。

醒時幽怨同誰訴？衰草寒烟無限情！」

　　上述這些詩句，不但主觀地寄托出黛玉自己身世飄零的感慨，同時也客觀地把詩題刻劃得生動細膩，耐人尋味。

　　中唐大詩人白居易說：「詩者，根情、苗言、華聲、實義。」正因為黛玉擁有豐富的感情、善感的心靈、卓越的詩才、幽美絕俗的精神生活，才能昇華為情真語摯、飄然不群、情麗典雅的詩篇。或許是自古以來，才命兩相妨吧！黛玉的恃才傲物，孤芳自賞，只換來了同輩排擠，內心的孤寂與陰鬱也日益加深了。

木蓮花─形圓性全，唯美愛情

　　有人說：「人與人之間的相遇是緣起，相識是緣續，相知是緣訂，相離是緣盡。」黛玉與寶玉緣起於大觀園，進而哀怨的戀曲，惜姻緣簿上未能緣訂三生，以致於成為「緣盡情未了」的悲歌。

　　在《紅樓夢》第二十九回「痴情女情重愈斟情」中，寫的是因「金玉」之說和金麒麟引起的一場小風波，雙方在愛情的「你證我證，心證意證」中產生的「瑣瑣碎碎」的口角之爭。其中有一最寫黛玉當時的內心獨白，就知道她因何流淚了。她想：

「你心裏自然有我，雖有『金玉相對』之說，你豈是重這邪說不重我的！我便時常提這『金玉』，你只管了然自若無聞的，方見得是待我重，無毫髮私心了。……」看來兩個人原本是一個心，卻多生了枝葉反弄成兩個心了。」脂硯齋評曰：「一片哭聲，總因情重。」

黛玉的一生顛躓於愛情的旅程上，一連串的追尋，有時「柳暗花明又一村」，像和風甘露，滋潤她孤寂的心靈，有時「頃刻風波數萬里」，像寒風苦酒，摧折她纖弱的身軀，但是，她仍然孤傲的將全部生命，投入感情的泓流中。情到深處無怨尤，直到驚聞「寶玉要結婚，新娘不是她」時，此時的黛玉猶如「春蠶到死絲方盡，蠟炬成灰淚始乾。」她的生命，也隨著愛情的結束，而奏上休止符了。

黛玉唯美式的愛情故事，是理想而超現實的。也有許多人在傳誦著：

> 「閬苑仙葩是黛玉，美玉無瑕是寶玉。
>
> 若說無奇緣，此生偏又相遇在一處；
>
> 若說有奇緣，如何兩人好事多磨，
>
> 心事成空？寶玉枉自嗟呀！
>
> 任那黛玉空勞牽掛，
>
> 一箇是水中月，
>
> 一箇是鏡中花。」

上述詩，是改自第五回的「枉凝眉」詩，這首詩說明了黛玉、寶玉的相識、相知，似有緣又像無緣，真箇「一種相思，兩處閒愁。此情無計可消除，才下眉頭，卻上心頭。」

古今誰免餘情繞，每次讀完《紅樓夢》，不禁會掩卷太息，「自古多情空遺恨」，人生於世要以「冷靜的頭腦，正視

問題；以善感的心靈，欣賞人生。」尤其在處理感情問題上，要學習徐志摩的灑脫：「得之，我幸，不得，我命，如此而已」，能有這種襟懷，才不會為情所困，而心有千千結。黛玉的愛情觀是執著而專注的，完美而無缺的；缺點是她將整個生命沈浸在感情的泓流中，而缺乏理性的支配，讓猜疑、忌妒之心不斷侵蝕自己，因此注定了她在情場上失敗的命運。

貳、結論

現實之於人生，好比水之於魚，一日不可或缺，世上有幾個人能離群而索居呢？黛玉，她具有隱士飄然不群的性格，卻缺乏了隱士豁達大度的襟懷，以致傷春悲秋，吟詩葬花，器量狹小，不能容納異己。

王國維在《人間詞話》中說人生有三個境界，第一是「昨夜西風凋碧樹，獨上高樓望盡天涯路；第二是衣帶漸寬終不悔，為伊消得人憔悴；第三是「眾裏尋他千百度，驀然回首，那人卻在燈火闌珊處。」的確，在似水的年華中，我們豈能留住鏡中的紅顏，我們會走過多愁善感的年歲月，走過哀樂參半的中年，走向鬢髮星星的晚年。但，人生猶如大煉爐，唯有在痛苦中磨鍊出堅強的意志，經過了漫長的冬天，經過了嚴寒的冰霜，人生才會顯得更有成就。誠如《紅樓夢》中作者告訴我們的：「世事洞明皆學問，人情鍊達即文章。」更讓我領悟到人生於世，莫汲汲營求虛約的榮華富貴，人生唯一永恆不變的自我的磨鍊，與日新又新的期許，如此才能在衣帶漸寬終不悔的執著與迷茫中，了悟人生「假作真時真亦假，無為有處有還無」的真諦。

【參考書目】

1：紅樓夢　　　　　　　　曹雪芹撰饒彬校訂　　三民書局

2：中國小説美學　　　　　葉朗　　　　　　　　里仁出版社

3：紅樓夢人物論　　　　　王大愚　　　　　　　長安出及社

4：中國古典小説藝術欣賞　賈文昭・周策縱等著　里仁出版社

5：曹雪芹與紅樓夢　　　　余英時・周策縱等著　里仁版社

6：論紅樓夢　　　　　　　靈均　　　　　　　　台灣準書局

7：紅樓夢研究　　　　　　王關仕　　　　　　　文坊出版社

8：紅樓夢的重要女性　　　梅苑　　　　　　　　商務印書館

9：紅樓夢人物介紹　　　　李書俠　　　　　　　商務印書館

10：小説名著專題研究講義　楊師昌年教授

〔十一〕
國文教學與人文素養

壹、前言

　　橫邁古今，跨越西東，學習的天空，是無限的寬廣，兩千多年前，孔子以「有教無類、誨人不倦」的精神，引領莘莘學子，成就七十二高徒，更樹立了以儒家思想為主流的中華文化。中華文化，經緯萬端，源遠流長，猶如不盡長江天際流，為中國歷史的傳承，澎湃奔騰。時代的輪軸運轉不息，國際化，資訊化的時代翩然來臨，多元化的教育思潮，也隨著日新月異的科技文明，深深牽動著臺灣的未來。

　　電腦的發明，使人類邁向資訊新世界，電腦網路（Internet）的出現，更引領世界成為溝通頻繁的地球村。在科技文明一日千里的時代，利用網路傳遞訊息，利用虛擬實境（VR）讓學生有身歷其境的感受；電子郵件（E-mail）的使用，不僅可以「寓教於娛樂」，更可以「寓教於生活」的目的，不但縮短城鄉教育的差距，更使得社區化的學習更為普遍，進而滿足全民終身學習的需求。（註一）

　　「水能載舟，亦能覆舟」，網路對現代人而言，正是如此的寫照，其負面的影響，卻不容我們掉以輕心。網路的E世代來臨，網路交友的訊息，使青年學子們趨之若鶩，由初次的網路邂逅到一年半載後的相約會面，結果是後遺症層出不窮。而網路援交、色情網站的蔓延，不斷燃燒著莘莘學子純潔的心

靈，繼之而起的是性侵害、性氾濫，不但戕害青少年的心靈，
更使得青少年犯罪率節節高昇，形成社會最大的隱憂。因此每
位教師應該負起人文教育清流的責任，落實資訊科技與人文教
育融合願景，以健全青少年的人格，消弭青少年犯罪問題，進
而營造和諧溫馨的社會。

貳、人文素養的真諦與啟示

　　什麼是人文主義呢？英文中之人文主義HumanIsm一詞，
源自羅馬字之Humanitas，其意義就是文化。易言之，就是以
『人』為中心的文化；用之於教育上，就是以「人」為中心的
教育。（註二）以人文主義為中心思想，透過教育所建立的一
種文化素養，就是所謂的人文素養。人文精神是中華文化的支
柱，也是維繫倫理道德的基石。人文一詞，最早見於易經，所
謂：「觀于人文，以化成天下。」孟子滕文公上篇說：「人之
有道也，飽食煖衣，逸居而無教，則近於禽獸。聖人有憂之，
使契為司徒，教以人倫，父子有親、君臣有義、夫婦有別、長
幼有序、朋友有信。」又說：「夏曰校，殷曰序，周曰庠，學
則三代共之，皆所以明人倫也。」因此自至聖先孔以來，歷代
的思想家，都特別重視「以人為本」的教育思想。

　　我們中國自孔子以來的歷代先哲，大都主張心物並重，而
且認為心為物主，役物而不役於物。國父說：「倫理、民主、
科學為三民主義的本質。」；先總統蔣公更昭示：「倫理應為
民主與科學的基礎。」都在闡明了人文精神足以指引科學發展
的方向，更進一步說明在發展科技文明時，必須重視人文教育
的價值。（註三）所以美國現代歷史哲學家杜蘭博士說：「中

國歷史可以孔子學說影響來撰述。孔子著述，經過歷代流傳，成為學校課本，所有兒童入學之後，即熟讀其書領會之。此一古代聖哲的正道，幾乎滲透了全民族，使中國文化的強固，歷經外力入侵而巍然不墜；且使入侵者依其自身影響而作改造。即在今日，猶如往昔，欲療治任何民族因唯智教育以致道德墮落，個人及民族衰弱而產生的混亂，其有效之方，殆無過于使全國青年接受孔子學說的薰陶。」這一段深中肯綮的言論，證明孔孟學說中的倫理道德，的確具有新時代的意義，而我們的文化復興運動，絕非抱殘守缺，固陋不通，而是要讓人文與科技二者合流，以實現三民主義的新文化。基本上人文教育涵蓋了文學、哲學、歷史、美學等方面的課程。在教學方面，則著重在創造力的啟發、經驗的學習以及情意的陶冶，其最終的目的，是達到個人之自我實現，使個人更富人性化，以增進人際之間的關係。（註四）

參、國文教學的方向與目標

依據教育部所頒定的高級中學國文教學目標：

1. 提高學生閱讀及寫作語體文之能力。
2. 培養閱讀淺近古籍興趣，及寫作明易文言文之能力。
3. 輔導學生閱讀優良之課外讀物，以增進其欣賞文學作品之能力與興趣。
4. 灌輸傳統文化，啟迪時代思想，以培養高尚品德，加強愛國觀念，宏揚大同精神。

由上述四項教學目標來看，國文教學的任務不僅止於傳遞固有文化為滿足，更應積極強調創新的功能。在科技文明一

日千里的時代中，國文教學應該具備相當的實用性，才能應付
變化多端的大千世界。國文教育的目標，首先應該訓練學生有
犀利的言辭（包文章的寫作在內），進一步訓練他們具有敏銳
的觀察力和思考力，能深入的探討問題，且要舉一反三，觸類
旁通。進而培養學生具有清明的智慧，民主的風度，科學的精
緻，能夠以冷靜的頭腦正視問題，以善感的心靈欣賞人生，在
社會上成為一個知書達禮、文質彬彬的優秀青年。

肆、加強國文教學有助於人文素養的培育

　　「風俗之厚薄奚自乎？一二人心之所嚮。」環顧國內社會
的發展，功利之風猖獗，價值體系低俗，暴戾之氣甚囂塵上，
多數人民身陷於「心靈閉鎖」及「精神貧窮」之困境。當今我
們欲挽救頹靡的人心，刻不容緩的要途，乃是落實人文教育，
以提高國民素質。因此前教育部長郭為藩先生剴切的指出：
「二十一世紀將是高科技的時代，但高科技的發展必須配合人
文的省思，隨時從整體的利害檢視其對人類福祉的影響，因此
人文素養的陶冶將是二十一世紀最重要的課題。」（註五）的
確，在因應未來更具開放性的與多元化的社會發展趨勢，我們
應該加強國文教學，引領學生開啟中國文學的堂奧，給予他們
倫理道德的涵養，進入傳統優良文化的領域，重新塑造中華文
化的價值觀。所以每位國文教師應負起人文教教育的清流，洗
滌功利主義的污染，以提昇學生的人文素養。茲述國文教學的
方向與任務，如下：

一、文藝佳作,以引導正確之人生觀

在高中職的國文教材中,選錄了頗多具有老莊哲理思想,崇尚自然的篇章,可以淨化人類的心靈,提昇人生的境界。在現實擾攘的世界裡,一個人想要免除自我的掙扎與痛苦,以及外界人事的紛爭,歸向山川園林,是一種很美的意境。以今天的社會風氣看來,老莊思想對社會人心,對國家政治仍有許多正面的意義,譬如教導我們要降低慾望,知足常樂;要把知識智慧用在反省自己及認清人生的方向上,而不要爭名奪利。

例如蘇軾所寫的〈赤壁賦〉,是作者於宋神宗元豐五年七月十六日,與客泛舟遊赤壁,見江山風月之美,感悟宇宙人生之無常;文中借曹操來說明宇宙人生「盛衰消長」的道理,這種道理即是受了莊子「物固自化」思想的影響。(註六)東坡才氣縱橫,可惜一生宦海浮沈,頗不得志,但他卻能從痛苦中挺拔出來,養成開朗豁達的胸襟,因而寫出豪邁飄逸的不朽作品。在赤壁賦一文中,以「寄蜉蝣於天地,渺滄海之一粟」,對比「一世之雄」,提供了我們一個值得省思的問題,究竟如何界定生命的意義?是藉三不朽—立德、立功、立言以成名,所謂:「君子疾沒世而名不稱」,於是古往今來迷失在名利的漩渦中,而無法自拔的人比比皆是,在爾虞我詐競爭激烈的社會裡,甚至於因而精神崩潰,這不就是「煩惱皆因強出頭」所致嗎?研讀赤壁賦一文,可以培養學生「淡泊以明志,寧靜以致遠」的襟懷,進而成為有智慧而又快樂的現代人。

二、闡揚儒家思想,以發揚中華文化

儒家思想是中華文化的主流,自孔子、孟子建立了完整體

系以後，迄今已歷兩千餘年。在世界文化史上，一直居於重要地位。我們可以從《論語》、《孟子》、《大學》、《中庸》四書中，瞭解到儒家學說不僅具有完整的理論體系，而且提示了切實可行的為人治事的原則。（註七）梁啟超先生曾說：「中國民族之所以存在，因為中國文化存在，而中國文化離不了儒家，若把儒家抽出，中國文化恐怕沒有多少東西了。」正說明了儒家思想，不僅是我精神生活的全部，而且是我們修齊治平的準繩。

孔子的教學理念中，最重視個人品德性情的修養，以及倫理道德的實踐。在個人品德性情之修養方面，孔子稱述最多的是「仁」，例如孔子說：「富與貴，是人之所欲也，不以其道得之，不處也；貧與賤，是人之所惡也，不以其道得之，不去也。君子去仁，惡乎成名？君子無終食之間違仁，造次必於是！顛沛必於是！」《論語、里仁篇》又如顏淵問仁，孔子回答說：「克己復禮為仁。」《論語、顏淵篇》孔子告訴子貢說：「夫仁者己欲立而立人，己欲達而達人。」《論語、雍也篇》由以上所引述孔子的言論，可以知道「仁」是孔子的中心思想，包涵了立身處世的各種美德。而所謂的「克己」、「己立」，是指自我品德的完成，正是「忠」的表現；「復禮」、「立人」，乃是社會群體和諧的表現，也是「恕」道的發揚。可見仁是一個人圓滿人格的表現，一個能愛人的人，一定能夠在人群中和別人維持良好的關係。孟子說：「親親而仁民，仁民而愛物。」《孟子、盡心上》這是儒家倫理道德最偉大的思想，乃是把仁愛的精神由父母之愛推廣到全人類及普天下的萬物。學生研讀論語、孟子，不僅要熟讀而且要身體力行「仁」的真諦，是在尊重他人的前提之下，來關心別人，隨時隨地，

都設身處地為別人著想，如此一來世間的紛擾可以銳減，天下的和平指日可待。

三、優美詩篇，以培養高雅情操

中華民族五千年的悠久歷史源遠流長，載浮著古聖先賢的智慧結晶，孕育了亮麗璀璨的詩篇，優美動人的韻律，更憑添中華文化綠意盎然的色彩。古代先王原是以詩來「經夫婦，成孝敬，厚人倫，美教化，移風俗」的；中唐大詩人白居易說：「詩者，根情、苗言、華聲、實義。」說明了詩歌乃是言情、達義而具有音樂性、感染性的韻文。的確沉潛在詩詞的領域中，那綺麗的千古絕唱導入心田，可以怡情養性，啟迪人生。孔子說：「溫柔敦厚，詩教也。」所以在詩詞的教學上，鑑賞與分析不但可以陶冶學生的性靈，並且可以使學生在潛移默化中，培養高雅的情操及發思古的幽情。

例如《詩經‧蓼莪篇》：

「蓼蓼者莪，匪莪伊蒿，哀哀父母，生我劬勞！

蓼蓼者莪，匪莪伊蔚，哀哀父母，生我勞瘁！

缾之罄矣，維罍之恥。鮮民之生，不如死之久矣！

無父何怙？無母何恃？出則銜恤，入則靡至。

父兮生我，母兮鞠我，拊我畜我，長我育我，

顧我復我，出入腹我。欲報之德，昊天罔極！」

這首詩是描寫孝子思念親人，有感而發的作品。首章藉蓼、莪起興，開啟下兩句父母生我育我的辛勞。二章章法、意義都與首章相同，只是把韻換了，反覆詠嘆同一主題，使孝子思親的感情更加深刻。三章以「缾之罄矣，維罍之恥」起興，敘述為人子女未能終養父母的悲痛。四章直述父母養育

子女的辛勞，點出作者傷痛的原因，是由於「欲報之德，昊天罔極！」這首詩內容真摯感人，可以引起學生情感和意志的反應。所以孔子勉勵弟子學詩之言：「詩可以興，可以觀，可以群，可以怨；邇之事父，遠之事君，多識于鳥獸草木之名。」正說明了詩教的功效，不但可以培養溫柔敦厚的氣質，更能培育知書達禮，孝親忠君，具有民族意識、愛國情操的好國民。

四、經典義理，以激勵愛國意識

一個國家的興盛衰敗，取決於民族文化的興滅繼絕，而固有文化的榮枯，又繫於教育的成敗，此乃千古顛仆不破的真理。所以在日常教學上，要格外注意心理建設教育的加強。國父說：「人心就是立國的根本，自來革命事業的成就，無不以心理建設為其關鍵，為其契機。」先總統蔣公也說：「心理建設所懸的鵠的，是要每個人培養國家民族的思想，具備光明磊落的襟懷，陶鑄高尚健全的人格，發揚即知即行積極進取的精神。」為了達成上述目標，在教材內容上就應選取有關民族精神、倫理道德方面的課程，以激發學生忠勇愛國與努力進取的精神。

例如、文天祥的〈正氣歌〉，全文的主旨在說明宋景炎三年文天祥在五坡嶺兵敗被俘，元人威逼利誘，勸之投降，他一本孟子「富貴不能淫、威武不能屈的」精神，義無反顧，堅守浩然之氣，守節不移「以國家興亡為己任，置個人身死於度外」，故能「殺身成仁」、「捨生取義」為千古的忠臣。文天祥以忠義奮發之氣，發而為詩，其悲壯之處，可歌可泣，垂範千古。不但發揚了「凜冽萬古，貫通日月、不顧生死」的民族正氣，也為我們千秋萬世的後代子孫，立下忠勇不屈、捨生取

義的典型,更足以激發青年學生忠勇愛國與努力進取的精神。

五、結論

國父說:「有道德始有國家,有道德始成世界。」正說明了要改善庸俗、功利、貪婪等特質,為了挽救文化斷層的危機,就應該以人文精神喚起人的自覺,提昇人類的地位與價值。教育是引領國進步的標竿,面對知識經濟發展的時代,而每位教師應該以終身學的理念,來推動教育改革,建構以人文為本,以科技為用的新世紀。

孔子說:「人能弘道,非道弘人。」而國文教育不能墨守成規,應該推陳出新,發揚傳統文化的精華,擷取西方科學的長處,使西方的科學精神和中國傳統的人文精神鄉相互交流;讓古典文學與現代文學兩者相輔相成,為國文教育開拓新天地。因此每位國文教師,應該隨時充實白我的專業知能,以宏觀的視野,掌握世界的脈動,體察時代的需要,作前瞻性的規劃,以落實人文教育與科技教育融合的願景,進而培育具有全方位能力的時代青年。

【附註】

一:見王建華《教學媒體的發展趨勢》,社教雙月刊第六頁,一九九八年四月出版。
二:見《人文教育十二講,人文主義與教育》楊亮功義,教育部主編三民書局,民國ㄴ十六年,第三十五頁。
三:見劉真《科技發展與人文教育》,人文教育十二講,三民書局,第一七四頁。
四:見陳立夫《孔孟學説與人文教育》,人文教育十二講,第六頁。

五：見郭為藩《二十一世紀人文教育與教育新藍圖》，八十二年
　　五月二十四日中央日報。

六：見師大國文學系張學波教授《蘇軾前後赤壁賦的心靈境
　　界》。

七：見劉真先生《對紀念孔子誕辰的省思》。

〔十二〕
弘揚倫理道德應熟讀《論語》
為紀念孔子誕辰而作

「天不生仲尼，萬古如長夜」，至聖先師孔子猶如一顆慧星，照亮中華文化的前程，開啟了我國私人講學的先河，奠定為人師表崇高的地位。我們紀念孔子誕辰和慶祝教師節，首先必須了解孔子在思想、學術上，對後世的影響和重大的貢獻。

中國文化的主流向以儒家思想為中心，要認識儒家思想，必先研讀孔孟學說。孔孟學說「致廣大而盡精微，極高明而道中庸」，是我國學術思想的主流，代表了中華民族最高的人生智慧。尤其是《論語》一書，記載著孔子豐富的人生體驗，章章孕育著深刻的人生哲學，所以成為垂教萬世的金科玉律及為人處世的典範。

壹、孔子之精神及教學

孔子的中心思想為「仁」，主張把仁愛精神由父母之愛推廣到全人類，由親親、仁民以至於愛物，進而達到世界大同的目的。這一崇高偉大的儒家倫理道德思想，正是中華文化精神的所在，也是中華民族所以克大克昌，悠久綿延的根基。孔子在教育上，非常重視個人德性的修養，尤其是孝弟之行，孔子上承五倫之教，教導弟子要做到「入則孝，出則弟，謹

而信，汎愛眾，而親仁。行有餘力，則以學文。」而且孔門四科，「德行、言語、政事、文學」，以德行科居首，視孝弟之德教，重於文學之涵養。孔子在教育上最偉大之主張及貢獻，就是「有教無類」之精神。凡是學生願意執弟子之禮者，無論貧、富、貴賤、智、愚、賢、不肖，孔子均欣然接納，循循善誘。孔子門徒三千，身通六藝者七十二人，蓋得力於孔子「因材施教」之得法。孔子教學，善用啟發方式，誘導啟迪學生，使學生反省體認，豁然貫通；尤其重視個別差異之教學，如弟子問孝，孔子回答不一其辭，孔子答孟懿子則曰：「無違」；答孟武伯則曰：「父母唯其疾之憂」；答子游則曰：「能養且敬」；答子夏則曰：「色難」，由此可見孔子在施教上重視個人才質、志趣之差異。

貳、中華文化歷久彌新

中華文化的巨流，幾經更朝換代，卻是歷萬劫而彌新，這一立國安命的穩固磐石，就是儒家的倫理道德思想。三十多年來，自由中國寶島臺灣，在大有為政府及英明睿智的領袖領導之下，全國軍民上下一致，萬眾一心，同心同德，使我國在經濟建設上有了輝煌的成就，工商繁榮，人民生活水準提高，但，國民道德卻未能隨之增進，倫常觀念也日趨淡薄，益之以西風東漸，崇洋媚外之士，竟不知中華文化的精髓為何？不但把古聖先賢的嘉言宏論束諸高閣，而且譏為老生常談，長此以往，不僅影響民族精神，抑且動搖國本。這一現象，值得我們深思研討，亟謀補救之道。

參、好道德應固守發揚

接受新文化，是時代的潮流，也是必然的趨勢。但是，值得我們深思的是，接受新文化是不是必須放棄舊傳統呢？ 國父曾昭示我們說：「因為我們中國的道德高尚，故國家雖亡，民族還能夠存在；不但自己的民族能夠存在，並且有力量能夠同化外來的民族。」又說：「新文化的勢力，此刻橫行於中國。一般醉心新文化的人，便排斥舊道德。以為有了新文化，便可以不要舊道德。不知道我們固有的東西，如果是好的，當然是要保存，不好的才可以放棄。」由此可見，國父不反對接受新文化，還主張學習歐美的長處，以期迎頭趕上，但是也不主張捨棄舊道德，四維八德是我國固有的倫理道德，也是民族精神之所託，國家命脈之所繫，所以固有的倫理道德，應該加以發揚光大，是絕對不可以輕言放棄的。

肆、多讀《論語》弘揚道統

中共佔據大陸以來，為了消滅中華文化，極力排斥儒家思想，大倡「批孔揚秦」之說，蔑視歷代古聖先賢的學說，雖然如此，孔子的思想學說，至今還活在每一個中國人的心裏。因為儒家的思想，不但是中國文化的特徵，而且是中國現代思想的主流。我們紀念孔子，除致深深的崇敬之意外，更要多讀《論語》，效法其偉大的師道，真正做到尊師重道，注意下一代的教育問題。一方面要弘揚倫理道德，復興國家力量，加速反共復國勝利的來臨，這才是紀念孔子誕辰和慶祝教師節的真諦。

〔十三〕

從有子曰：「孝悌也者，其為仁之本與！」─談孝道的現代觀

壹、前言

中華文化源遠流長，博大精深，而其所以能夠歷久彌新，維繫五千年而不墜的主因，乃是由於數千年來中華民族一貫地篤守著倫理道德，作為建立群己關係，和維持社會秩序的緣故。《孝經》上說：「教民親愛，莫善於孝；教民禮順，莫善於弟。」因此要樹立仁愛之風氣，必須從孝順父母親做起；樹立敬長之典範，從兄友弟恭開始，再擴而充之，推廣到夫婦之和順相處，朋友之講信重義，社會人心之敦厚善良，可見一切的倫理道德都是以孝悌為根本。所以孔門弟子有子也說：「其為人也孝弟，而好犯上者，鮮矣。不好犯上而好作亂者，未之有也。君子務本，本立而道生。孝悌也者，其為仁之本與！」《論語·學而篇》正說明了孝悌是家庭倫理及社會教化的根源，同時也是一切善行的始基。在家庭裏能夠孝順父母、友愛兄弟；在學校中能夠尊師敬長、友愛同學；在社會上能夠愛國守分，明禮知恥，講信修睦，那才算是符合孝悌的真諦。

為紀念先總統 蔣公畢生行孝，並以身教全國同胞之至意，自民國六十五年起，政府乃明文規定每年的四月為教孝月，這是一項意義深長且富有教育理念，足以發揚倫理道德的活動。

貳、孝順為倫理道德的根本

　　我國傳統社會很注重五倫－父子有親、君臣有義、夫婦有別、長幼有序、朋友有信，這五種人際關係是維繫家庭和諧、社會安定的基石。而五倫中，父子、夫婦、兄弟，都屬於家庭倫理。羔羊有跪乳之恩，烏鴉有反哺之義，更何況是身為萬物之靈的我們，怎麼可以不「朝念父志，夕思母恩」，而及時行孝呢？但是，在功利主義大行其道的時代裏，世風日下，人心不古，孝道的式微，是大家有目共睹的。從許多資料顯示，大多數的青少年犯罪，都來自於不幸福不美滿的家庭。他們的不當行為不但植根於家庭，更顯現於學校，惡化於社會，這的確是值得大家痛下針砭的社會教育問題。

　　在今年四月一日，中國時報刊登一篇足以發人深省的短文：「教出懂得感恩的博士－內容是描寫一位一生含辛茹苦，培育了三個有錢的博士、碩士兒子，卻沒有一個兒子願意付老爸爸每個月200美金的養老金，使得老人晚景淒涼，一生的血汗，付諸流水，令人噓唏不已。」看完這則報導，給我們很大的啟示，培養孩子感恩的心，勝過培養博士的兒子。所以孔子說：「弟子入則孝，出則弟，謹而信，泛愛眾，而親仁，行有餘力，則以學文」《論語、學而篇》正說明了做人比讀書重要。當代名作家羅蘭女士說「我羨慕《紅樓夢》中的「賈母」，她是中國儒家倫理「百善孝為先」的一個最高高在上的首席。她在晚輩面前有無比的尊嚴，她一生氣，晚輩趕緊下跪，誰也不敢對她有所違逆。現代在父母面前經常「一言九頂」、「大小聲」的年輕人，的確應該善體親心，知所反省。

　　年輕的朋友們，你們可曾想過，當面容慈祥、衣著樸素

的父母親，面對著不吃早餐就出門上學的孩子，面對著中沉迷於電玩或網咖，只吃漢堡、炸雞、泡麵當正餐的孩子；對於只問名牌而不知道價值的孩子，內心定在吶喊：「孩子，我有話要說。」，為人子女是否願意接納父母的心願，及激起感恩的胸懷呢？《紅樓夢》中有一首好了歌：「世人都曉神仙好，只有兒孫忘不了，癡心父母古來多，孝順兒孫誰見了。」此一歌訣，足以發人深省，為人子女更應該引以為戒。否則，等到「子欲養而親不在時」，才後悔莫及，已為時太晚了。

我們今日談孝，絕不是要效法古人「割股療親」或「臥冰求鯉」等行為，也不是執著於昏定晨省，冬暖夏涼，出告反面，奉養無虧的節文而已。而是要恪遵父母的教訓，順意承志，繼志述事，而且要出之以誠，行之以敬，最終要做到「立身行道，揚名於後世，以顯父母」，這才是孝道的真諦。例如二十四孝中，記載漢代的黃香，在夏天的夜晚，先到父親的臥榻上扇涼，且讓蚊子叮咬他的皮膚，使吃飽的蚊子不再咬他的父親，讓父親睡的安穩舒適，此種孝行的確感人，但是，在今日登革熱、各種傳染病流行的時代，此種行徑絕對不可以傚效之。萬一染上疾病，非但無法達到孝親目的，而且讓父母為你的身體而擔憂，所以孔子才會說：「父母唯其疾之憂」啊！

參、孝道之現代觀

「百善孝為先」，「孝」是中華民族源遠流長的美德，也是中華文化的核心。「教孝」顧名思義，是以孝為中心的教育，也是當今家庭教育、學校教育所應該加強實施的重要課題。在當今物慾橫流的時代裡，一顆孝順的心，比任何物質生

活都重要。〈曾子大孝〉中說：「大孝尊親，其次不辱，其下能養。」這句話的確寓意深遠。本文將闡述曾子的言論及個人的淺見，來敘述孝道的現代觀，如下：

第一：是愛惜自己，保持健康的身體，不使父母操心煩心。

《孝經》開宗明義章上說：「身體髮膚，受之父母，不敢毀傷，孝之始也。」孔子也說：「父母唯其疾之憂。」正說明為人子女要善體親心，愛惜青春好年華，不要染上不好的生活習性，例如、吸食毒品或搖頭丸一類的藥物，而危害了自己身體的健康。在世風衰敗的今日，有顏色的狼，行為乖僻的青少年到處可見，所以你們對於陌生人，要有「害人之心不可有，防人之心不可無」的心理，夜晚少出門，行不由徑，以免父母操心、憂心。在結交異性朋友上，更要小心謹慎，潔身自愛，以免一失足成千古恨，再回頭已百年身。平日注意自己的儀態要端莊大方，穿著要樸素高雅，不可以標新立異，譁眾取寵，以免自取其辱，所以希望你們要好好愛惜自己，鍛練強健的身體，不要讓父母操心。

第二是努力奮發向上，學業有成，讓父母喜歡快樂。

「望子成龍，望女成鳳」，這是普天之下父母共同的心聲，《孝經》上說：「立身行道，揚名於後世，以顯父母，孝之終也。」所以為人子女，在家應該善體親心，孝順父母，幫忙做家事，以減輕父母的負擔，不可以茶來伸手，飯來張口。並且要友愛兄弟姐妹，大家相親相愛，使父母親高興。在學校做個能夠用功讀書，敦品勵學，尊敬師長，品學兼優的好學生，使父母感到光采。將來出社會能夠學以致用，發揮所長，以報效國家，做個頂天立地的好公民，使父母歡喜快樂，以你

的成就為榮，這也就是曾子所說的：「大孝尊親」的真諦。

第三點是每一個人都有一顆孝順的心，共同建立淳厚、溫馨的社會。

《孝經》有句話：「君子教孝也，非家至而日見也。教以孝，所以敬天下之為人父母者也。教以悌，所以敬天下之為人兄者也。」說明了教導人民孝悌之道的重要。人之所以成為萬物之靈，就在於天賦的情感和偉人的情操。知恩，是人類情感的昇華；感恩，是人類情操的表現。由孝道衍發的感恩圖報之情，是人類完美、優異本質的最高表現。人人體會到父母生我、育我之恩是如何的重要，師長教我、誨我之澤是如何的深，這樣發自內心的感恩之情，擴而充之，使成為對國家、民族的敬愛，對人類、萬物的博愛，這也就是儒家所推崇的：「親親而仁民，仁民而愛物。」的偉大襟懷。

第四點就是要發揮「孝順為齊家之本」的真諦。

所謂：家和萬事興，齊家就是使家庭和諧、溫暖，為人子女要善體親心，承歡膝下，使父母衣食無缺。俗話說：「瓜有藤，樹有根，最深父母恩，自幼懷中抱，叮嚀到成人。」正說明父母的恩情比山高海深，父母親的關愛是無微不至的。所以孟郊的〈遊子吟〉詩說：「誰言寸草心，報得三春暉。」《詩經》〈蓼莪〉篇說：「欲報之德，昊天罔極。」正說明要報答父母浩瀚的恩德，除了在物質上回饋父母的養育之恩，更應該讓父母擁有愉悅的精神生活，以延年益壽。父慈、子孝、兄友、弟恭，闔家過著和樂融融的生活。如此，不僅父母高興，社會也會更和諧、安定。例如、春秋時代的閔子騫，自幼失母，父親娶了一位後母。後母生性狠毒，常常虐待閔子騫，而只疼愛自己親生的二個兒子。在寒冷的冬天，兩個弟弟穿著

鋪有絲棉的棉襖，而他穿的卻是內敘蘆花的棉襖，表面雖然一
樣，實際卻是冷、暖不同。鄰居感到不平，紛紛對他說後母和
兩個弟弟的壞話，但閔子騫不為所動，對他們照常和好。有一
天，父親叫閔子騫駕馬車，卻發現他雖穿上棉衣仍然在發抖，
父親用馬鞭抽打他，才發現原來棉衣內鋪的是蘆花，而不是棉
花，就非常生氣，要把後母趕出家門，閔子騫卻懇求父親要留
住後母，並且對父親說：「母在，一子單；母去，三子寒。」
父親認為有理，勉強答應。後母聽完此言，非常感動，從此對
待三個兒子一視同仁，並且挽回了這個即將破碎的家庭，從此
全家上下，和樂融融。由此可以證明，孝順的確是齊家之本。

肆、結論

　　《孝經》上說：「夫孝，德之本也；教之所由生也。」
正說明了孝道是維繫家庭倫理、社會安和、國家富強的根本。
《大學》上也說：「家齊而后國治。」所以今日教孝首先應
該從加強家庭教育做起，進而使孝親之心由親及疏，由近而
遠的擴張。當然，學校教育及社會教育也要互相配合。從而達
到「老吾老以及人之老，幼吾幼以及人之幼。」的道理，使家
庭社會祥和，國家富強康樂，於是「老有所終，幼有所長」、
「矜寡孤獨廢疾者皆有所養」，這便是淳厚、溫馨的大同世界
的實現。

　　母親節的創始人，美國公民安娜、賈維斯女士，為了紀
念她逝世兩週年的母親，決定要發起一個「讓天下的子女們，
記住孝敬母親的運動」。她說：「母親受苦多而享福少，當
她健在時，兒女們偏不懂事；當兒女們欲孝養時，母親已不在

人間。」這番話和中國的名言：「樹欲靜而風不止，子欲養而親不待。」有異曲同工之妙，可以證明人類的孝心是與生俱來的，施諸四海皆準，互古不變的。

　　縱使時間如流，空間有限，因為時代的變遷，行孝的方式雖有不同，但是父母的恩德卻無窮無邊、昊天罔極，說一丈不如行一尺，知之深不如行之著，我們坐而論孝，不如起而行孝，應該從日常生活中體認孝道的真諦，把「愛父母口難開」的孝心表現在行動上，用功讀書，修養高尚品德，做個知書達禮的好學生，感念父母的深恩大德，將來學有所成，能發揮所學，為國效勞，進而發揚中華民族五千年來的優良傳統美德。

過盡千帆～
　　向文學園地漫溯

〔十四〕
淺談孝道的現代觀

　　為紀念先總統　蔣公畢生行孝，並以身教全國同胞之至意，自民國六十五年起，政府乃明文規定每年的四月為「教孝月」，這是一項意義深長且富有教育理念，足以發揚倫理道德的活動。

　　五月，輻射著母愛的光輝，萱草及康乃馨綻放出嬌豔的芳姿，更帶來母親節的訊息，而大地也湧動著感恩的歌聲。從母的懷胎十月，到幼兒的呱呱落地，父母親茹苦含辛的教養子女，兩鬢斑白，換來了子女的成長，青春不再，換來了子女的茁壯，箇中滋味，也只有如人飲水，冷暖自知了，養兒方知父母恩，絕非虛言。

　　羔羊有跪乳之恩，烏鴉有反哺之義，更何況是身為萬物之靈的我們，怎麼可以不「朝念父志，夕思母恩」，而及時行孝呢？但是，在功利主義大行其道的時代裏，世風日下，人心不古，孝道的式微，是大家有目共睹的。並且，現代「孝子」的新定義，用在父母身上將更為恰當，傳統強調的倫理綱常因應時代的改變，已有新的詮釋，父母服侍子女，好比盡義務，反哺上一代的養育之恩，以為回饋。記得有一個廣告，描寫一個苦悶的青年，沒有人願意聽他內心的告白，最後他只好無奈的說：「來片斯迪麥口香糖吧！」這則廣告隱含了「孩子你沒錯，錯的是大人」，「叛逆是一種個性」，「母親的叮嚀

不過是一連串的嘮叨」等等暗示，這種廣告的後遺症，使現代的年輕人產生了以自我為本位的錯誤觀念，他們常要求上一代的長輩要了解年輕的一代，但他們卻不會善體親心，試著去了解父母的心意，卻一口咬定這是「代溝」。年輕的朋友們，你們可曾想過，當面容慈祥，衣著樸素的父母親，面對著不吃早飯就出門的孩子，面對著沉迷於電動玩具的孩子，面對著只吃漢堡、炸雞、泡麵當正餐的孩子，對於只問名牌而不知價值的孩子內心定在吶喊著：「孩子，我有話要說」，為人子女是否願意接納父母的心意，及激起感恩的胸懷呢？紅樓夢中有一首好了歌：「世人都曉神仙好，只有兒孫忘不了，痴心父母古來多，孝順兒孫誰見了。」此一歌訣，足以發人深省，為人子女者更應該引以為戒。否則，等到「子欲養而親不在」時，才後悔莫及，已為時太晚了。

我們今日談孝，絕不是要效法古人「割股療親」或「臥冰求鯉」等行為，也不是執著於晨昏定省，冬溫夏涼，出告反面，奉養無虧的節文而已，而是要恪遵父母的教訓，順意承志，繼志述事，而且要出之以誠，行之以敬，最終要做到「立身行道」，揚名於後世，以顯父母。這才是孝道的真諦。例如二十四孝中記載漢代的黃香，在夏天夜晚，先到父親的臥榻上扇涼，且讓蚊子咬他的皮膚，使吃飽的蚊子不再咬他的父親，讓父親睡的安適，此種孝行的確感人，但是，在今日登革熱流行的時代裏，此舉絕不可傚效之，萬一染上登革熱，非但無法達到孝親的目的，且讓父母為你的身體而擔憂，所以孔子才會的：「父母唯其疾之憂」啊！

「百善孝為先」，「孝」是中華民族源遠而流長的美德，也是中華文化的核心。「教孝」，顧名思義，是以孝為中心的

教育，也是當今家庭教育、學校教育所應該加強實施的重要課
題。

在當今富裕的社會中，在「錢在燒」的時代裡，一顆孝順
的心，比任何物質生活都重要。曾子大孝中說：「大孝尊親，
其次不辱，其下能養。」這一句話，和今年四月省主席邱創煥
先生在孝行獎頒獎典禮上所講的幾句話，有異曲同工之妙。現
在僅將邱主席的一番話，益之以個人的淺見，敘述如下：

邱主席說行孝有三個層次：

首先是侍奉父母，愛惜自己，不使父母操心煩心－－這
句話說明了孝順父母，除了膝下承歡，讓父母衣食無缺外，
更要使父母在精神上得到快樂與安慰。當然尚在求學的你們，
還不會賺錢奉養父母，但是你們課餘在家時，要幫忙父母做家
事，來分擔父母的憂勞，不可以茶來伸手，飯來張口。並且要
友愛兄弟、尊敬兄姊，互相禮讓，不爭吵，相親相愛，使父母
高興。在學校，能用功的讀書，敦品勵學，做個品學兼優的好
學生，使父母感到光采。如果你在學校不用功，成績單上的成
績是萬叢藍中數點紅，甚至是滿江紅，當你遞上成績單給父母
親看時，父親不禁「怒髮衝冠」，母親卻在「瀟瀟雨歇」，而
你只好「仰天長嘯」了，尤其你不用功讀書，就是虛度年華，
浪擲青春，浪費父母的血汗錢，這就是不孝順父母的表現。
又如在物慾橫流，世風衰敗的今日，有顏色的狼，行為乖僻的
青少年到處可見，所以你們對於陌生人，更要小心謹慎，潔身
自愛，以免一失足成千古恨，再回頭已百年身。平日注意自己
的儀態要端莊大方，穿著要樸素高雅，不可以標新立異。《孝
經》上說：「身體髮膚，受之父母，不敢毀傷，孝之始也。」
所以希望你們要好好愛惜自己，不要讓父母操心。

　　其次是努力奮發向上，讓父母喜歡快樂－望子成龍，望女成鳳」，這是普天下父母共同的心聲，《孝經》上說：「立身行道，揚名於後世，以顯父母，孝之終也。」所以為人子女，在家應該善體親心，幫忙做家事，以減輕父母的負擔。在學校做個知書達理，文質彬彬的好學生，在社會上做個奉公守法的好公民。例如李遠哲博士獲得諾貝爾化學獎，人人稱讚他的父母教子有方、家教良好，所以希望在座的各位同學要及時用功，將來發揮所學，以報效國家，做個頂天立地的人，使父母喜歡快樂，這也就是曾子所說：「大孝尊親」的真諦。

　　第三點是每一個人都要有一顆孝順的心，共同建立淳厚、溫馨的社會，人之所以成為萬物之靈，就在於天賦的情感和偉大的情操。知恩，是人類情感的昇華；感恩，是人類情操的表現。由孝道衍發的感恩圖報之情，是人類完美、優異本質的最高表現。人人體會到父母生我、育我之恩是如何的重，師長教我、誨我之澤是如何的深，這樣發自由衷的情恩，擴而大之，使成為對國家、民族的敬愛，對人類、萬物的博愛，這也就是儒家所推崇的：「親親而仁民，仁民而愛物」的偉大襟懷。

　　第四點－青年守則第二條上說：「孝順為齊家之本。」齊家就是使家庭和諧、溫暖，我們要善體親心，承歡膝下，使家庭充滿和樂的氣氛。父慈、子孝、兄友、弟恭，闔家過著樂融融的生活。如此，不僅父母高興，社會也會更和諧、安定。例如，春秋時代的閔子騫，自幼失母，父親娶了一位後母。後母生性狠毒，常常虐待閔子騫，而只疼愛自己親生的二個兒子，在寒冷的冬天，兩個弟弟穿的是內絮絲棉的綿襖，而給他穿的卻是內絮蘆花的棉襖，表面雖然一樣，實際卻是冷、暖不同。鄰居感到不平，紛紛對他說後母和兩個弟弟的壞話，但閔子騫

不為所動，對他們照常和好。有一天，父親叫閔子騫駕馬車，卻發現他雖穿上綿衣仍然在發抖，父親用馬鞭抽打他，才發現綿衣內鋪的是蘆花，非常生氣，要把後母趕出家門，閔子騫卻懇求父親要留住後母，並且對父親說：「母在，一子單；母去，三子寒。」父親認為有理，勉強答應。後母一聽此言，大為感動，從此對待三個兒子一視同仁，而且挽回了這個即將破壞的家庭，從此，全家上下和樂融融。由此可以證明，孝順是齊家之本。

先總統　蔣公說：「中國立國之道，自來皆以孝為本。」孝是家庭倫理的基本道德，也是幸福家庭的重要泉源。為人子女，的確要在父母有生之年，及時行孝，以回報父母的厚恩於萬一。

《大學》上說：「家齊而后國治。」所以今日教孝首先應該從加強家庭教育做起，進而使孝親之心由親及疏，由近而遠的擴張。當然，學校教育及社會教育也要互相配合。從而達到「老吾老，以及人之老，幼吾幼，以及人之幼」的理，使家庭社會祥和，國家富強康樂，於是，老有所終，幼有所長，鰥寡孤獨廢疾者皆有所養，這便是淳厚，溫馨的大同世界的實現。

母親節的創始人，美國公民安娜‧賈維斯女士，為了思念她逝世兩週年的母親，決定要發起一個「讓天下的子女們，記住孝敬母親的運動」。她說：「母親受苦多而享福少，當她健在時，兒女們卻偏不懂事；當兒女們欲孝養時，母親已不在人間。」這番話和中國的「樹欲靜而風不止，子欲養而親不待」完全相同。可以證明人類的孝心是與生俱來的，亙古不變的。

縱使時間如流，空間有限，但是父母的恩德卻無窮無邊昊天罔極，說一丈不如行一尺，知之深不如行之著，我們坐而論

孝，不如起而行孝，把「愛父母在心口難看」的孝心，表現在
行動上，用功讀書，修養高尚品德，做個堂堂正正的中國人，
最後能移孝作忠，報效國家，獻身社會，來發揚我中華民族
五千年來的傳統美德。

〔十五〕
淺談現階段高職國文教學的困境

壹、前言

在社會結構瞬息萬變的時代裡，由於我國的教育制度，脫離不了升學主義的窠臼，使得教育理念偏重智育的灌輸，而忽略了情意的陶冶，再加上西方文化的輸入，出現了許多「轉型期」的陣痛。急功近利，投機取巧，好逸惡勞的風氣充斥整個社會，使得美麗寶島被冠上「經濟巨人，文化侏儒」的惡名。以財富作為生活目標的價值取向，導致民族意識，倫理觀念，法治精神的日漸式微，甚至藐視法令，顛倒是非，鬧分裂，搞臺獨，以逸出常軌的政治活動來譁眾取寵。青年學子也受到此種意識型態的污染，以為民主就是自由，有了自由就可以為所欲為，不受限制，這種社會脫序現象，為整個國家帶來動盪與不安，使得中華文化的精髓也受到嚴重的衝擊與考驗，而傳承中華文化命脈的國語文教育也不受重視。

在考試引導教學的理念下，青年學子的心目中只有英、數、專業科目，對國文課所抱持的態度是上課時，老師「讀」、「講」課，學生光「抄」，多半心有旁騖不專心聽講，老師稍微不注意，就低頭偷看英、數書籍，真可稱得上是「言者諄諄，聽者藐藐。」考國文時，就變成了「背多分」，只要背背注釋、默寫、看看參考書的翻譯就可以應付了。《禮記・學記》上有句話說：「記問之學，不足以為人師。」但

反觀今日社會的趨勢，高職教育雖然以培育學生的職業技能
為主，但是仍然無法擺脫升學主義的陰影，文憑至上的心態仍
然存在每位高職學生的腦海中，因為高職國文教材、二專國文
考試試題及保送甄試的國文題目，百分之六十屬於記問之學，
於是國語文教育便流於填鴨式、注入式的傳統教學的窠臼，而
忽略了智能的啟發、情意的陶冶、寫作的提昇，所以學生的國
文程度越來越低落，更遑論開啟中國文學「崇廟之美，百官之
富」的堂奧了。

　　依據教育部所頒定的高職國文的教學目標：

　　（一）提高學生閱讀及寫作語體文之能力。

　　（二）培養學生閱讀及欣賞淺近古籍之能力。

　　（三）指導學生熟悉應用文之寫作及陶冶愛好書法之興趣。

　　（四）養成學生思考、創造及能充分表達意見之能力。

　　（五）培育學生正確倫理觀念，激發其愛國情操。

　　由上述五項教學目標來看，國語文教育的任務不僅止於傳
遞固有文化為滿足，更應積極強調創新的功能，使學生在理解
自己的傳統文化之後，也應該培養恢宏的世界觀，才能面對未
來充滿「挑戰性」、「多樣性」、「新奇性」的社會，而成為
一個身心健全的時代青年。（註一）

貳、現行高職國文教材編輯之探討

　　「工欲善其事，必先利其器。」要想使青年學子多了解中
華文化，而不致數典忘祖，就必須培養學生閱讀古籍—四書、
五經、唐詩、宋詞的興趣，教師必須引導學生對中華文化的
寶典由「知之」、「好之」而進昇到「樂之」的地步，如此學

生涵泳於優美的古典文學中，久之定可以培育出溫柔敦厚、端莊典雅的氣質。當然此項工作並非立竿見影的事，所以在教材方面，高職國文教科書教育廳開放給各書局自行編印，經國立編譯館審定公告後，各校方可採用。七十九年度國立編譯館公告准許採用的書局有：正光書局、東大圖書公司、復興書局、世界書局、正大書局、正中書局、海國書局、維新書局等十六家。由於出版的書局頗多，因此全省各類職業學校所採用的教科書版本略有不同。筆者才疏學淺，謹就本校所採用之東大本加以探討，並略抒管見於後：

一、題材取捨方面之優點

茲以第二冊，依據東大高職國文本教科書編輯目標，除配合課程標準，提高學生閱讀與寫作能力，啟迪固有文化意識，培養倫理道德觀念，砥礪愛國報國情操外，並重視時代需要之配合，積極精神之激發，職業道德之陶冶，以化育國家經濟建設之生力軍。茲列舉第二冊的篇目為例：

第二冊：

    一、楊宗珍：自知與自信

◎ 二、陶淵明：桃花源記

    三、王永慶：只有勤勞與奉獻才能自強

◎ 四、司馬遷：史記晏子傳

◎ 五、李白等：近體詩選

    六、夏丏尊：生活的藝術

◎ 七、歐陽脩：送徐無黨南歸序

◎ 八、王安石：歐陽文忠公文

    九、潘希珍：母親的書

◎ 十、司馬光：訓儉示康

十一、豐子愷：楊柳

應用文教材：便條、名片、啟事、題辭

附錄：

戰國策：馮諼客孟嘗君

蔣士銓：鳴機夜課圖記

由以上所列舉的篇目來看，可知東大本國文教科書在選材方面的優點，能夠兼顧到國語文教育—「縱的傳承，讓古典文學往下紮根；橫的移植，使現代文學萌芽茁壯」的任務，並且能適度配合時令季節，以提昇學生學習的興趣。例如：配合五一勞動節，講授王永慶先生—「只有勤勞與奉獻才能自強」一文，更能讓學生體認「一勤天下無難事」、「一生之計在於勤」的重要性。更應效法他勤勞、奉獻的精神，奮力自強，期能發揮個人最大的潛力以造福人群。

二、題材取捨方面之缺點

（一）教材內容，教條意味濃厚

依據高職國文第二項的教學目標，在於培養學生閱讀及欣賞淺近古籍之能力。因此範文教材分配比例：

1. 各學年文言文與語體文之比例

文別百分比＼學年	一	二	三
語體文	50%	50%	40%
文言文	50%	50%	60%

說明：

A. 上列比例可作百分之十增減之。

語體文除現代作品外，可酌採古人近於語體之作。

B. 文言文宜採古代明白通暢，含有嘉言懿行，足堪表
率之篇章。先近代，再上溯古代採擇之。

2. 各學年各類文體之比例

文別百分比　　　學年	一	二	三
記敘文	35%	35%	33%
論說文	35%	30%	33%
抒情文	30%	35%	33%

說明：　上列比例可作百分之五增減之。翻開高職國文
六冊的文言文教材，有頗多教條意味濃厚的篇
章。例如：第二冊所選錄的王安石的〈祭歐陽
文忠公文〉、第五冊所選錄的史可法的〈復多
爾袞書〉、第六冊的李綱的〈請立志以成中
興疏〉等，這些篇目引經據典，內容繁複，老
師即使口沫橫飛的講述典故的由來及義理的探
究，學生仍然有隔靴搔癢搔不著癢處的缺失。
高職國文所選的文言文教材，大半是篇幅較長
的作品，因此任課老師在逐字逐句講解字義、
文義，已經耗費了好幾個小時，受限於每週授
課的時數，使得學生在老師填鴨式、注入式的
教學法引導下，根本無法深入了解文章之旨趣
為何？更遑論發思古的幽情及「佈乎四體、形
乎動靜」了。
根據台北市某高職對國文科教師所做的問卷調
查，選出您認為學生反應最佳的六課，依次是

　　—〈赤壁賦〉、詩選、〈桃花源記〉、〈正氣
歌並序〉、〈岳陽樓記〉、詞選；而反應最差
的六課，依次是—〈戊午上高宗封事〉、〈論
貴粟疏〉、〈報國與思親〉、〈先妣事略〉、
〈復多爾袞書〉、〈祭十二郎文〉（註三）由這
個調查報告顯示，文學性愈高的作品，愈受同
學歡迎，尤其詩詞普遍受到學生的喜愛，學生
在心領神會之後，進而提昇到「讀書之樂，樂
趣無窮，綠滿窗前草不除」的境界。

（二）教材的安排設計，有重覆之處

　　依據高職國文課程標準，應用文已列入選修課程，教材內
容包括公文、書信、契約、電報、規章、便條等部分，這些教
材內容與附錄在高一、高二、高三國文教材內的應用文雷同，
毫無創意，這就是教材的安排設計，有重覆之處。高二、高
三既已另設應用文，何不將三年國文教材後所選錄的應用文教
材刪除，以免教材一再重覆。對學生而言，所附錄的應用文教
材，毫無益處。即使高一課程可以依照規定去講授應用文，但
因授課時數的限制，根本無法深入探究其內容及作法，蜻蜓點
水式的教法，不但難窺全豹，學生在應用文習作上，難以有進
一層的突破，更遑論提昇寫作能力了。

　　應用文教材的內容也有些不合時宜之處，例如：書信範
例中的用語（闊別語、頌揚語、開頭應酬語、結尾應酬語……
等）頗多是八股式的文言文，對於國文程度不是很深厚的學
生而言，簡直像有字天書。胡適提倡白話文運動，主張「我手
寫我口」，因此學生在應用文習作上，應以白話文繕寫為宜。

但有少數學生喜歡依樣畫葫蘆，寫一些文白夾雜的書信，令人有畫虎不成反類犬的感覺。又如：電報的習作，對高職學生而言，實用性不大，因為在科技文明發達的今日，傳真比電報更實際有用。應用文顧名思義，是人人在實際生活中所必需應用的各種特定形式的文字，因為它是取材於人類當前的實際生活。因此，隨著時代的變遷，一切社會結構，無不隨之改變，而各種新思潮、新資訊，也紛至沓來，應用文的內容與對象，也要配合時代潮流趨勢，要有新的格式與用語，不可以食古不化，一成不變。

參、高職國文教學法之缺失

發展學生思考能力是學校教育主要目標之一，早在二千多年前，我國至聖先師孔子在《論語》一書中便說：「學而不思則罔，思而不學則殆。」宋儒程四頤也說：「博學、審問、慎思、明辨、篤行，五者缺一不可。」這是勉勵學生求學時務必學思並重，杜威（John Dewey）也說：「學由於行，得由於思。」美國教育家克柏萊強調，優良的教學貴在能培養學生良好的讀書習慣以及獨立思考的能力。的確，思考方法是可以學習的，思考能力可以經由教育而予以提高，因此創造思考教學是非常重要的。發問技巧與思考教學有密切的關係，因為發問之後，學生作答須運用心智，尋求答案，這也就是孔子所說的：「不憤不啟，不悱不發，舉一隅，不以三隅反，則不復也。」因此每位教師要突破傳統注入式教學法的瓶頸，運用創造思考教學法，來提昇學生對問題的思辨能力。根據張玉成先生所歸納的幾項原則：教師發問技巧良莠直接影響學生思考能

力的發展以及學業成績的高低，因此創造性思考教學法，的確對學生未來的發展有頗大的影響力。

現階段高職國文教學法，難以突破傳統注入式教學法窠臼之原因有二：

一、授課時數被刪減，無法充分發揮教學功能

由於高職國文授課時數縮減—高一每週四節，範文研讀及中國文化基本教材問總時數的四分之三，作文及應用文占四分之一；高二、高三每週三節，範文研讀及中國文化基本教材占總時數三分之二，作文及應用文占三分之一。（註三）由於授課時數的驟減，任課老師常有「小學而大遺」之遺憾，所謂小學者，乃是一般學生在上文言文時，無非是認為只要能語譯文句、解釋語詞、了解成語典故即可；而「大遺」者，就是對於義理的探討、情意的陶冶、智能的啟發均等閒視之。反正是上課時「講光抄」、考試時「背多分」就好了。總認為上課時「講光抄」，考試時「背多分」，就可以從容應付月考、期考了。尤其是在文言文部分，當老師講述語譯時，多數學生均會專心聆聽、振筆疾書，但是在字詞的解析、文義的闡釋、深究鑑賞篇章時，卻有大半學生心茫茫、視茫茫，一問三不知，以致文言文的講述，無法突破傳統注入式的教學法。

中國文化基本教材以儒家學說為代表，對孔子的仁愛學說、孟子的義利之辯、性善學說均有詳細的闡述。但是受限於受課時數問題，只能擇要概略的講述，無法深入探討，有些篇章是「過其門而不入」，走馬看花、蜻蜓點水，既無法啟發學生心志，更難窺孔孟學說「宗廟之美，百官之富」的堂奧了。因為中國文化基本教材，在高職國文教材中，所扮

演的角色，猶如大餐中的清粥小菜，學生只是淺嚐則止，且所研讀的篇章，僅限於考試要考的範圍，未列入考試的篇章，往往是視而不見，見而不察，三年課程結束後，問他們中國文化基本教材的內容為何？往往是一問三不知或答非所問，令人慨嘆儒家倫理道德教育，日漸式微，其來有自。在語體文教材方面，依據課程標準第一項目標─「指導學生閱讀及寫作語體文之能力」，就現今教材所選取之範文而言，有些談政治立場，強調民族精神，如心理建設自序；有些言倫理哲學，闡述人生真諦，如這一代青年的新希望，此外如〈藝術與科學〉、〈為學與做人〉等文章，內容宏富，取材多方，也足以啟發學生思路，激勵士氣。但因授課時數有限，在文言文篇章的講授上耗費大半的時間，在截長補短的情況下，白話文往往被列為自學輔導的教學活動上，上課時老師只能提綱挈領的概略敘述，以平衡教學時數的不足。事實上，語體文雖然淺顯明白，但卻是寓意深遠，限於授課時數問題，無法淋漓盡致的發揮。再加上所選的範文內容，流於教條化、政治化，易引起學生強烈的排斥感，既無法提高學生研讀的興趣，要想提昇寫作能力也成為天方夜譚了。

二、受升學主義的影響，教學目標流於形式

在多元化的社會中，科技文明突飛猛進，多媒體的教學設備，被廣泛的使用，假如教室像電影院的美夢已成真，投影片、幻燈片、錄音帶、錄放影機、電視機……等教學媒體正蓬勃發展，使呆板的教學活動，變成無活潑而生動。但是在考試引導教學的前提下，這一切生動活潑的教具，仍然法刺激學生研讀國文的濃厚興趣，因為依據全省高職學生的生涯規劃，百

分之七十以上以升學為首要目標。由於升學主義的大行其道，傳統注入式教學法仍然難以取代啟發式及創造性思考教學法。剖析歷屆升二專、技職院校、大學聯考的國文試題，命題趨勢偏重記憶層次的問題，例如：綜合測驗、文意測驗、常識測驗……等都是以電腦來閱卷，學生也順應潮流，機械式地背誦字詞解釋、國學常識、字形字音等考試範圍，至於文章的賞析、詞藻的運用、中華文化的探究，幾乎是以走馬看花的方式瀏覽幾遍就了事。至於寫作文，更是高職學生上國文課的最怕，因為書到用時方恨少啊！課外讀物閱讀得太少，記誦的佳作不多，以至於寫作文時，搜索枯腸，絞盡腦汁，搔短數根髮，才寫成一篇文章，文句不順暢，文不對題的現象常常出現，令人慨嘆現在高職學生的國文程度是每況愈下。聯考試題標準答案，限制了學生的思考空間，升學主義沖淡了青年學子探究中國文學的濃厚興趣，所以國文科的教學目標高懸，這也是每位上課老師感到心有餘而力不足的地方。

肆、改善高職國文教學困境的芻議

孔子說：「人能弘道，非道弘人。」在國語文教育的天地裡，我們要如何引領學生一掬黃河水，一飲唐詩酒，一品宋詞茶？在天光雲影共徘徊中，探訪孔子的機智、孟子的雄辯、文天祥的正氣……讓古聖先賢的智慧結結晶，滋潤充實學生的心靈。現代文學，與時推移，我們不能墨守成規，只做考古文化的沈箱，應該發聾振聵，做世代的心聲（註四），讓學生優游於現代文學的園地中，以啟迪心智。茲述如何改善高職國文教學困境的管見，如下：

一、國文科授課時數應重新加以釐定

師大王更生教授在國文教學新論中強調：「如何提高學生作文能力？一是『知本』，二是『明法』。而『知本』尤重於『明法』。」又說：「何為『知本』？學生作文之本是什麼？教師教學之本又何在？我覺得一切都在國文的範文讀講。」這的確是深中肯綮之論。如果老師在課堂的範文讀講，只限於剖析字詞，追趕進度，而無法在審題立意、取材謀篇、探究義旨上，隨時進行「作文指導」的工作，那麼學生對課文的旨義如霧裡看花，如何能達到提昇寫作能力的目標。（註五）

高職國文科的授課時數，一再被刪減，使得每位任課老師有巧婦難為無米之炊的遺憾。一方面既想要提昇學生國文程度，另一方面又要縮減國文科授課時數，南轅北轍，真是令人大惑不解？更何況高職學生的素質普遍比高中學生略遜一籌，在先天失調，後天不足的客觀環境下，又如何能達到古典文學往下紮根、現代文學萌芽茁壯的高遠目標呢？課程緊湊，時數有限，所以國文課程一直穿梭在追趕進度的範疇中，學生一味的囫圇吞棗，容易產生學問胃弱的症候。因此懇切的建議教育部、教育廳要重視高職國文科授課時數不足的問題，並且重新釐定合宜的授課時數，以發揮國文教學的功效。

二、教材的多元化，具開放性，兼顧文學的流變

高職學生的國文程度低落，原因固然很多，但教材不盡適當，卻是責無旁貸的主因。面對多元化的社會變遷，國文科的教學目標始終「擇善固執」、「處變不驚」堅持著教條式的教育內容，一元化的儒家思想，塑造整齊畫一的模型（註六）。教

材的內容，跳脫不出升學主義的窠臼，高職國文教材擺脫不了高中國文課本的陰影。國文教材應該如何面對多元化社會的變遷？茲述管見如下：

（一）古典文學的選材要多樣化，多選些文學性較高之作品

要改善現代社會人心庸俗、物質、功利等特徵，為了挽求文化斷層的危機，就應該重視古典文學往下紮根的重要性。根據吳宏一教授將古典文學教育的功用歸納為三大類：一、認識固有文化；二、培養優美情操；三、加強語文能力。（註六）所以在教材的編選上，應該重視文化傳承的功能，給予學生豐富且純正的薰陶，以美化人生，進而促進五育的均衡發展，以達成培育健全人格之目標。

英國牛津大學副校長黎芬司東（Livingstoned）在他所著《一個動盪世界的教育》一文中說：「教育應以養成德操為第一要務；而德操的養成在使學子多看人生中偉大的事情，多識人性中上上品的東西。人生和人性的上上品，見於歷史和文學中的很多，只要人們知道去找」。所以在教材方面，應多引用對社會人心有助益之人物傳記為典範，且以實際生活作直接的編譯，切忌陳腐教材，免得學生有隔靴搔癢且陳義過高的感覺。

透過傳記文學優美生動的妙筆，將偉人的人格狀貌、行誼、功業、人生理想等項，一一呈現讀者眼前，使學生由認知層次，提升為篤實踐履。並且可藉由古聖先賢的智慧結晶及字字珠璣，引領學生開啟中國文學的堂奧，了解到張潮所說：「文章是案頭山水，山水是地上文章」之真諦，例如李霖燦所寫的〈山水與人生〉，說朋山水是大自然的代表，古代高人

雅上，賦性澹泊者，無不以嘯傲林泉為樂。物質文明發達之今日，仍應該偷得浮生半日閒，徜徉在山水林泉間，因為山水不但能醫病，兼可醫俗，細細欣賞山水，時時出外旅行，山高水長，海闊天空，有益於境，有美於人生，小可達於一身，大則兼善天下，所以孔子說：「仁者樂山，智者樂水；仁者壽，智者樂。」的確欣賞這篇文章可以引起學生對自然的鑑賞，及愛好青山綠水的共鳴。對於文化的鑑賞，在教材上應該多選些文學性較高的作品，尤其是古典詩歌一定要加以重視，古代先王原是以詩來「經夫婦，成教敬，厚人倫，，美教化，移風俗」的，中唐大詩人白居易說：「詩者，根情、苗言、華聲、實義。」說明了詩歌乃是言情、達義而具有音樂性、感染性的韻文。的確沈潛在詩詞的領域中，那綺麗的千古絕唱導入心田，可以怡情養性，啟迪人生。孔子說：「溫柔敦厚，詩教也。」所以在詩詞的教學上，鑑賞與分析不但可以陶冶學生的性靈，並可以使學生在潛移默化中，培養高雅的情操及思古的幽情，更能培育知書達禮，孝親忠君，具有民族意識，愛國情操的好國民。例如：李白的〈送友人〉：

「青山橫北郭，白水繞東城，此地一為別，孤蓬萬里征。

浮雲遊子意，落日故人情。揮手自茲去，蕭蕭班馬鳴。」

這首詩的關鍵詞語是「孤蓬」、「浮雲」、「落日」，都有典故。作者借物抒懷，從用典的角度去欣賞這首詩，全篇充滿安慰、惆悵、勉勵之情懷，相當感人。可以引起學生情感和意志的反應，以達到潛移默化的功效，進而培養溫柔敦厚的氣質。

又如：蘇軾所寫的〈前赤壁賦〉，是作者於宋神宗元豐五年七月十六日，與客泛舟遊赤壁，見江山風月之美，感悟宇

宙人生之無常；文中借曹操來說明宇宙人生「盛衰消長」的道理，即是受了莊子「物固自化」思想的影響。高中學生研讀赤壁賦一文，可以培養「淡泊以明志，寧靜以致遠」的襟懷，可以使我們成為真正聰明而又快樂的現代人。

（二）白話文的編選，應配合時代潮流且具現實性之特質

由於資訊的發達及教育的普及，口語化的現代文學，在高級中學的國文教材中，扮演舉足輕重的地位。因此現代文學的講授，除了章法的解析，對於言外之意的深究鑑賞，是不容我們輕忽的。而且每位國文老師更應負起指導學生研讀現代文學的能力。

依據教育部所頒定的高職國文第一項教學目標：「提高學生閱讀及寫作語體文之能力」，因此在教材的編選，就應該擺脫以往範文中教條化、政治化、一元化說教意味濃厚的窠臼。

胡適說：「文學有三個要件：第一要清楚明白，第二要能夠動人，第三要美。」正說明了現代文學不僅是用我手寫我口，而且要求淺顯明白，讓人一目瞭然，並且內容要真實生動，具有優美的內涵，耐人尋味。例如：東大本第二冊第一課所選錄楊宗珍的自知與自信一文，說明社會猶如一座大的舞台，每個人就是舞台上不可或缺的一分子，每個人要靠自知與自信，扮演好自己的角色，發揮自己應有的功能，社會才能正常地運作。學生們讀完這篇文章，可以啟發心智，並且了解在人生大海中，自知之明是有其必要的，它使你冷靜靈明，它使你勇敢進取，卻不會怯懦或盲動，所以，自信必以自知為基礎，如此才能航向成功的彼岸。（註七）

又如：東大本第二冊第十一課，選錄豐子愷的〈楊柳〉

一文，作者透過楊柳的美感興味和道德意義的描繪，抒發自己對人生的洞察和體味，並且說明人不受外在環境的拘牽，也不會被主觀的欲念所奴役，如此才能完全而徹底的主宰自己的生命，使生活充滿怡悅詳和，不再有焦躁暴戾。在功利主義的時代裡，並且可以培養人們淡泊名利的襟懷。（註八）

總之，現代文學的賞析，從解讀範文到智能的啟發、情意旳陶冶，並不是立竿見影的事。不過學生在耳濡目染下，的確可以從潛移默化中，樹立正確的人生觀及優美的情操，因此在國文教學中，不可忽視現代文學的功能，對於範文的取捨，更不可以掉以輕心。

三、發揮人文主義教育之功能

「風俗之厚薄奚自乎？一二人心之所嚮。」環顧國內社會的發展，功利之風猖獗，價值體系低俗，暴戾之氣甚囂塵上，多數人民身陷於「心靈閉鎖」及「精神貧窮」之困境。因此前來教育部長郭為藩先生剴切的指出：「廿一世紀將是高科技的時代，但高科技的發展須配合人文的省思，隨時從整體的利害檢視其對人類福祉的影響，因此，人文素養的陶冶將是廿一世紀教育最重要的課題。」（註九）的確在物慾橫流，人心陷溺而倫理道德日趨衰頹的現代過程中，我們應該通過中國文學的理念，教育的觀點，帶領青年學生進入傳統文化的領域，給他們倫理道德的涵養，引導他們認識儒家思想的精髓，重新塑造固有文化的價值觀，為每一個中國人尋找安身立命的地方，進而恢復民族的自尊、自信心。

高級中等學校的國文應該如何發揮人文教育的功能呢？

首先以中國文化基本教材為例，四書為其主要內容，涵蓋

了孔子思想的精髓，希望籍著孔子的求仁，孟子的取義，來教導學生「修己善群，居仁由義」之理，進而成為「己立立人，己達達人」，「見利思義，博施濟眾」，「當仁不讓，成仁取義」的君子，易言之，也就是成為一愛國家、愛同胞，合群服務，負責守紀，知書達禮，且足以表現中華民族道德文化的中國人。又如：文天祥的正氣歌，不但發揚了「凜冽萬古，貫通日月，不顧生死」的民族正氣，也為我千秋萬世的後代子孫，立下忠勇不屈、捨生取義的典型，更激發青年學生忠勇愛國與努力進取的精神。如果每位學生都能深入的研讀台灣通史序，就可以了解到血緣親情是一脈相承的，臺灣同胞的根是海峽對岸的大陸先民從大陸飄洋過海，來臺墾殖，篳路藍縷，以啟山林的心路歷程，可從臺南鄭成功祠的陳列館中，保存有沈葆楨的一幅對聯「開萬古得未曾有之奇，洪荒留此山川，作遺民世界」的上聯中了解，今天臺灣能夠經濟繁榮，民生樂利，都是拜受先民胼手胝足，開創草萊所賜的成果。但卻有一小撮臺獨分子，他們居心叵測，創造了一種荒唐的謬論，硬說臺灣同胞不是中國人，這種數典忘祖，妄圖分化中華民族的根源，真是其心可誅，其行可恥，歷史的根源，豈是台獨陰謀分子三言兩語就可以抹煞的呢？所以加強青年學生的愛國教育，也是振興民族精神教育的要項之一。

要想使青年學子了解中華文化，而不致數典忘祖，就必須培養學生閱讀古籍─四書、五經、唐詩、宋詞、元曲……的興趣，教師必須使學生對中華文化的寶典由知之、好之而進昇到樂之的地步，如此學生涵泳於優美的古典文學中，久之定可培育出溫柔敦厚、端莊典雅的氣質。

伍、結論

教育是百年樹人的興國大計，也是民族精神文化的標竿，負有綿延發皇傳統文化與推動國家進步的神聖使命。環顧國內各級學校的校園倫理隨著社會的變遷，已日益式微，因此教育部郭部長提出人文素養的陶冶將是廿一世紀教育最重要的課題，而加強國語文教育，更是落實人文教育的基礎。（註十）

在人文氣息普遍低彌的時代裡，國文教師應抱著振衰起弊的宏願，來力挽狂瀾，加強國語文教育的功能，在縱的傳承上，能讓古典文學往下紮根；在橫的移植方面，使現代文學萌芽茁壯，進而培育學生成為知書達禮、文質兼備的時代好青年。

明儒王陽明的一首〈睡起偶成詩〉：

> 「起向高樓撞曉鐘，猶多昏睡正懵懵，
>
> 縱令日暮醒未晚，不信人間耳盡聾。」

這首詩，足以發入深省，令我心有戚戚焉。今天我們不敢奢言國文教師能完成「為天地立心、為生民立命、為往聖繼絕學、為萬世開太平」的神聖使命，但是身為國文教師，走過古典文學的蹊徑，邁向現代文學的途程，的確應該有「兩肩負重任，心懷千萬年」的使命感，繼往開來，讓中華文化的花朵，不但在國文天地裡綻放，更須喚醒青年學子的民族意識，一方面傳承並延續民族文化；　方面更能適應多元化社會發展的趨勢（註十一），進而推動國家的文化建設。

【附註】

一：依據前教育部長部郭為藩先生（民82），〈二十一世紀人文教育〉的演講稿中央日報刊載。

二：依據黃文吉（民78），〈古典文學往下紮根〉，國文天地5卷6期第25頁。

三：依據高職國文課程標準，第109頁。

四：依據魏元珪〈鳥鳴嚶嚶求友聲〉，中國語文月刊。

五：依據呂武志（民83），〈文眼與國文教學〉，中等教育，6期第79頁。

六：依據楊鴻銘（民78），〈去除國文教育的七大心態〉，國文天地，4卷10期第48頁。

七：依據吳宏一（民78），〈古典文學往下紮根〉，國文天地，5卷6期，第17頁。

八：依據楊宗珍，〈自知與自信〉，高職國文第二冊，東大圖書公司，第11頁。

九：依據豐子愷，〈楊柳〉，高職國文第二冊，東大圖書公司，第105頁。

十：依據前教育部長郭為藩先生〈二十一世紀人文教育與教育新藍圖〉（民82），中央日報載。

十一：依據黃銘俊（民80），〈紮根在今日，結果在未來—教育部工作的回顧與與展　望〉，國魂月刊，549期，第25—26頁。

〔十六〕

從九十三年四技二專統測國文試題
淺談如何提昇國文應考能力

壹、前言

在廿一世紀知識經濟高漲的時代，再加上「萬般皆下品，唯有讀書高」的傳統觀念驅策下，本以培育技職人才為主軸的高職教育，也以升學為辦學的導向，以九十三年四技二專統測近二十萬人參加，我們就可以看出其中的端倪，足證升學主義仍然是台灣教育的主流，因此對升學科目應該全力以赴，以爭取良好的成績。綜觀九十三年國文考科試題，題型基本上仍沿襲九十二年的架構而略作調整，參考東大本所作的試題分析，可以歸納出幾個結論：

一、題型多樣且靈活

綜觀題型涵蓋了字形、字音、字義、句意、文意、閱讀測驗等，題型包羅萬象，不但多元而且靈活可以訓練同學們的思考及辨析能力，所以傳統囫圇吞棗的讀書方式已無法應付多元且靈活的考題。

二、現代白話文比重勝於古典文

就取材內容而言，現代文學的比重約佔三分之二；古典文學的比重相對減少，此種現象足證時代需求與生活必備的文章

日受重視，符合「教育即生活的需求」。

三、記憶性題目銳減

　　就題型分配而言，記憶性題目只佔六分而已，其餘均屬比較、理解、分析、統整的題型，已逐漸擺脫傳統背多分的方式，是學生的一大福音，也是聯考試題進步的表徵。

四、文意閱讀部分增多

　　就配分比重而言，光是閱讀測驗就佔了廿二分；另外看圖會意佔六分；句意理解、詩意分析、文意理解三項合計廿分；以上幾項都可視為文意閱讀，合計四十二分，足證閱讀能力測驗在近幾年的大學學測及四技二專的統測上均具有指標性的影響力。

五、符合一綱多本原則

　　在文言文部分包括〈黃州快哉亭記〉、〈醉翁亭記〉、〈赤壁賦〉、〈出師表〉、〈師說〉、〈勸學〉、〈桃花源記〉、〈六國〉……等，上列古文均為坊間各大版本（如、三民書局東大版、龍騰版、翰林版）皆收錄的名篇。可見出題教授的用心良苦，力求公平而不會有厚此薄彼的現象出現。因此同學們在平日就要熟讀教材內的範文，不可以有「好讀書而不求甚解」的心態出現。

貳、提昇國文應考能力之方法

　　在教材一綱多本、各項資訊開放且多元的時代，因此聯考

試題朝現代化、生活化、靈活化的方向發展,乃沛然莫之能禦
的趨勢。考試引導教學一直是目前教育問題的癥結,考什麼就
讀什麼,已成為一種約定俗成的默契,自從實施教材一綱多本
的政策以後,使得許多學生產生看書無用武之地的無力感,因
為內容繁多以致無從準備,成績不如預期的理想。如何因應考
試的需求,透過什麼樣的教學內容及讀書方法來提昇應考的關
鍵能力,是今天所要探討的主題。要如何提昇應考的能力,茲
分析條列如下:

一、基本能力

1. 熟讀範本

　　根據教育部所頒布職業學校國文課程教學目標之五:「指
導學生思考、組織、創造與想像之能力。」由此可見創意思考
已成為現階段國文教育之重要目標,因為傳統注入式的教學法
及背多分的答題方式,已無法順應多元化的考題方式。因此每
位同學對於教科書內的範文,對於每一課的形、音、義;課文
內容、作者寫作的動機、時代背景、文學的流變,均應熟悉,
並且通過思考力的統整,讓腦海中有清晰的概念,如此答題定
可以左右逢源。

　　「工欲善其事,必先利其器。」研讀國文必須以課程標準
為基礎,要想使青年學子多了解中華文化,而不致數典忘祖,
就必須培養學生閱讀古籍—四書、五經、唐詩、宋詞的興趣,
教師必須引導學生對中華文化的寶典由「知之」、「好之」而
進昇到「樂之」的地步,如此學生涵泳於優美的古典文學中,
久之定可以培育出溫柔敦厚、端莊典雅的氣質。

　　熟讀範本可以提昇統整教材內容的能力,例如、研讀「雜

記體」體之文章，通常可分為（1）臺閣名勝記－如、范仲淹的〈岳陽樓記〉、曾鞏的〈墨池記〉、蘇轍的〈黃州快哉亭記〉，上述三篇是指古人修築亭臺、樓觀，以及觀覽某處名勝古蹟時所寫下的文章；（2）山水遊記－以描寫山川勝景、自然風光，表現自然美為其內容和藝術特徵，如、柳宗元的永州八記、王安石的遊褒禪山記；（3）人事雜記－專以記人敘事為內容的文章，如、歸有光的項脊軒志、錢公輔的義田記。如果熟讀這些體例之範文，不但可以了解文體之特色、作者寫作之動機、背景，作者文章風格，觸類旁通對答題定有頗大的助益。

範例： 24題閱讀下列《人間詞話》的文字，推測作者認為李後主詞的特色如何？

「詞人者，不失其赤子之心者也。故生於深宮之中，長於婦人之手，是後主為人君短處，亦即為詞人所長之處。」

答案是（A）感情真摯

解析： 清朝、王國維《人間詞話》此段文句是描寫李後主未脫赤子純真之感情，雖生於帝王之家，在後宮嬪妃寵愛眷顧下成長，在宮中歌舞昇平，笙歌達旦，終日與大周后、小周后春遊春從夜專夜，享受著只羨鴛鴦不羨仙的生活，不懂得國計民生，未勤修內政，這是他作為國君失職之處，可是作為詞人卻能表現出他渾然天成，感情真摯字字血淚的作品。所以本題的答案就是（A）感情真摯。

這類的濃縮閱讀測驗題，從91至93學測均有類似的題型出現，所以平日就要養成熟讀範本的習慣，進而增進自己理解及

分析能力。

2. 旁搜博覽

　　在科技文明日新月異的知識經濟時代，人人都要學習商湯在其盤銘上所記的：「苟日新，日日新，又日新。」的精神去廣博涉獵課本以外的讀物，包括其他版本的教科書，課本以外的天空是無限的寬廣。尤其在一綱多本的考試原則下，平日多研讀課外讀物，在旁搜博覽中定可以受益無窮。

　　朱熹〈觀書有感詩〉：「半畝方塘一鑑開，天光雲影共徘徊，問渠那得清如許，為有源頭活水來。」的確除了熟讀範本之外，應該多涉獵其他版本的教材，尤其是白話文是當今國文教材不可偏廢的重要一環。因此應該在平日養成旁搜博覽各出版社出版的國文課本，或者利用數位教學《網路展書讀》的中文教材，來增加自己的國語文能力，如此融會貫通，在考試答題時，才能夠左右逢源對答如流。

範例：11題試題閱讀下文，並推斷「羲皇上人」是比喻何種生活態度？

　　少學琴書，偶愛閑靜。開卷有得，便欣然忘食。見樹木交陰，時鳥變聲，亦復歡然有喜。常言五、六月中，北窗下臥，遇涼風暫至，自謂是羲皇上人。

　　（A）恬淡寡欲（B）熱衷利祿（C）志濟天下（D）豪邁不羈

解析：此題詩意是：我年輕時學琴讀書，偶而喜歡閑靜，開卷讀書，沉潛讀書之樂，若有心得，便高興得忘了吃飯。見大自然草木茂盛，在季節變化之際，鳥鳴聲也有所改變，心中也緩歡喜雀躍。常在五、六月中，清風徐來之際，躺臥在北窗下休息，便自稱自己是伏羲氏以前

的人。此首詠人之詩透露出作者淡薄名利，不願為五斗
米折腰，與世無爭的悠閒情懷。分析至此，答案已呼之
一出，「採菊東籬下，悠然見南山」，「但識琴中趣，
何勞弦上音」的陶淵明是本題答案的主角。此題可以從
〈桃花源記〉衍申出其中的旨趣，足證多讀書可以激發
出聯想力。

3. 熟練考題

俗話說：「只要工夫下得深，鐵杵磨成鏽花針。」觀察
近幾年來學測重要的考試題型，題組已成為獨領風騷的聯考國
文題型，因為題組可以朝多元方向發展，因此平日多作此種題
型的練習，可以測驗學生綜合統整的思辨能力。題組的特色，
是「一綱入乎其內」、「延伸多本出乎其外」，設計精良的題
組應該融合生活經驗與學習心得，又能引導學生辨正思考的能
力，更重要的是可以確立正確的人生觀。而題組的重要目標，
應在文化知識與文化體悟方面，以提昇學生對於傳統文化與現
代社會實用關係的認知能力。

例如，九十三年四技二專統測國文試題就有26－27近體詩
分析題組；28－30題組；31－32題組；33－37題組；48－49題
組，共十五題，約佔三分之一。

範例： 26－27題為題組，閱讀下圖對話，回答26－27題。

　　甲、戰退睡魔功不少，助成吟興更堪誇；

　　　　亡家敗國皆因酒，待客何如只飲茶？

　　乙、瑤台紫府薦瓊漿，息訟和親意味長；

　　　　祭祀筵賓先用我，何曾論及淡黃湯？

　　丙、汲井烹茶歸石鼎，引泉釀酒注銀瓶；

　　　　家且莫爭閒氣，無我調和總不成。

26、依據上文，甲、乙、丙依序應為何物？

答案是（A）茶/酒/水

解析： 本題是出自明人樂天大笑生《解慍篇》中「茶酒爭高」
的一則故事，來測驗學生的國學能力。甲所述詩句已
明確點出具有戰退睡魔功效的就是茶，詩末待客何如只
飲茶這一句，更明顯的點明「茶」即是答案；乙所述瓊
漿是古人對酒的美稱，黃湯是今人對酒的俗稱，所以乙
詩是指「酒」就不言而喻了；丙詩末句表明「烹茶、釀
酒」，無我調和總不成，答案自然就是「水」了。

二、加強能力

1. 加強閱讀課外讀物之能力

國家圖書館館長莊芳榮先生說：「閱讀是一扇打開通往古
今中外的大門，可以跨越時空、打破人際藩籬、打造心靈地球
村，而且通過閱讀可以激發想像力與創造力、創造無限寬廣的
成長空間。」（2003年4月、全國新書資訊月刊）前任教育部
長曾志朗先生也說：「多元智慧要推展成功，最重要的一點，
就是閱讀習慣的普遍化。」（2000年9月29日）由上述可見，
閱讀是多元智慧，成功的基本要件，同時可以刺激大腦神經的
發展，使你的大腦不會退化；另一個好處是增加個體受挫的能
力，減少心理上因無知而造成的恐懼感。更可以增強自己的組
織能力，將前人或別人的智慧結晶，轉化為自己的知識，的確
閱讀可以使源頭活水來，使人智慧花朵開。（洪蘭、〈閱讀與
個人發展〉）

讀與寫二者必須相輔相成，沒有進行足夠的閱讀課外讀
物，從中獲得一些背景知識、思想啟蒙、情感觸發，是無法寫

出文情並茂的文章，更無法提昇自己語文方面的認知能力，所以杜甫說：「讀書破萬卷，下筆如有神。」紅樓夢上也有句名言：「世事洞明皆學問，人情練達即文張。」都是說明閱讀的好處。而聯考的閱讀能力測驗，可以稱得上是學生語文表達能力的全面檢測，也是不容忽視的重要題型。

就以九十三年四技二專統測國文試題為例，閱讀測驗佔了廿二分，看圖會意佔了六分，句意理解、詩意分析、文意理解三項合計廿分，由上述可見閱讀能力測驗已日受重視，足證平日養成良好的閱讀習慣是重要且必要的。

範例： 25題閱讀下列《紅樓夢》的文字，推測文中的「她」是指：

丫鬟們素日知道她的性情；無事悶坐，不是愁眉，便是長歎，且好端端的，不知為著什麼，常常便自淚不乾的。

答案是（A）林黛玉

解析： 此類詠人或詠物的詩文考題，從詩文中所透露的蛛絲馬跡可以訓練學生的思辨能力及語文表達能力。閱讀完此段文句大家腦海中馬上可以出現《紅樓夢》中十二金釵的圖像，多愁善感者，首推林黛玉。黛玉惜花，不忍落花被人踐踏，乃手把花鋤，到處收拾落花，從黛玉葬花詞中可以嗅出其風貌：「花謝花飛飛滿天，紅消香斷有誰憐？……儂今葬花人笑痴，他年葬儂知是誰。試看春殘花漸落，便是紅顏老死時，一朝春盡紅顏老，花落人亡兩不知。」黛玉猶如溫室中的花朵，經不起人事的考驗，終日心有千千結，且喜歡為賦新詩強說愁。

《紅樓夢》是一本內容包羅萬象，思想豐富深刻，情節細

密完整，人物刻畫入微，文字爐火純青，已躋身世界文學之林的名著，中外學者紛紛研究，形成所謂的紅學。《紅樓夢》的豐富內容一直是大學學測、四技二專統測的常客，因此同學應該對此本小說的主旨、人物、內容情節有深入的認知。

2. 加強本土語文認知能力

在促進文化多元，族群互相尊重的時代裡，本土語文已逐漸受重視。為因應九年一貫課程的實施，本土語文課程已成為目前台灣語文教育的重要一環，並且成為當代語文教育的顯學。而其教學資源，主要包括教學資料庫和教學人才庫，內容相當豐富，教學資料包括古今詩詞吟唱，俗語、俚諺、神話故事猜謎等。本土語文的教育目的，使生於台灣，長於台灣的學生們了解自己母語的特色，並且能使用簡單的日常生活用語，以提昇對本土語文的認知能力。而溝通式教學法，可以讓學生以互相問答的方式，來增進學生對本土語文的理解能力及表達能力。

例如、台灣諺語：「時到時擔當，無米煮蕃薯湯」—比喻船到橋頭自然直；圓人會扁，扁人會圓—比喻人生如榮枯無常；生雞卵無，放雞屎有—比喻沒有帶來好處，只帶來害處；雞蛋打豆腐—比喻欺軟怕硬；雞巢裡的鳳凰—比喻至高無上。

範例：23題請依據下列甲、乙、丙三則提示，推斷何組是可能的作者？

甲、作品文字樸實

乙、語言風格具有區域性

丙、展現台灣日治時期社會文化的特色

答案是（C）賴和、吳濁流

解析：賴和與吳濁流二人皆是日治時期從事抗日活動與文學創

作的作家；賴和是台灣省彰化縣人，曾經擔任臺灣民報文藝欄，積極推展台灣新文學運動，其代表作〈一桿稱仔〉，屬於短篇小說，描寫日據時代台灣農民秦得參（諧閩南語「真得慘」）受到殖民政府警察的欺壓，為維護人格尊嚴，忍無可忍，憤而付出生命為代價的故事。吳濁流是台灣省新竹縣新埔鎮人，曾參加詩社，民國二十五年開始寫作，為台灣早期之鄉土文學作家，前期之小說以日據時代之生活為背景，代表作為《亞細亞的孤兒》，後期之作品以反映戰後台灣社會為主，代表作有《波茨坦科長》、狡猿。

　　92年統測也考過類似的題目：「何者不是『臺灣現代文學家』，今年更進一步限定在『台灣日治時期』」，可見在本土化的教育政策下，此種題型定會陸續出現，因此應該多留意相關題目。

3. 加強觀察時勢認知能力

　　二十一世紀是知識經濟的時代，世界管理大師彼得、杜拉克（Peter Drucker）曾經指出：「人類的歷史上，再也沒有比此時更重視知識的價值了。」的確，臺灣要迎向二十一世紀的國際競爭，就要落實終身學習的教育目標，全面推展學習型組織，培養能夠終身學習的國民，並積極推動全民閱讀運動，以提昇知識競爭力。為了因應新世紀資訊科技的快速變遷，傳統的學習教育已無法滿足學生的需求，因此前任教育部曾志朗部長為了貫徹終身學習的教育政策，有效推動全民學習的風氣，積極提倡兒童閱讀運動，最近更推而廣之，擴展到國小、國高中班級讀書會，形成一股澎湃的全民閱讀運動。

　　俗話說：「秀才不出門，能知天下事。」說明多閱讀書報

雜誌可以增長見聞，在網際網路蓬勃發展的今日，只要開啟電腦，古今中外的資訊在彈指之間，就可以映入眼簾，所以大家應該好好利用如此便捷的資訊工具，而不是浪擲在交網友、打電玩上。目前數位科技與教育結合是全球性的自然須趨勢，網路虛擬教室已成為學習新知最佳的網站，例如《網路展書讀》是大家應該多利用的網站，內容包括：古典詩詞館、古典小說館、名家名聯館、搜文解字等，可說是包蘊宏富。

範例： 48－49為題組，閱讀下文，並回答48－49題

（甲）SARS網路視訊系統，（乙）除了可透過網路攝影機傳遞即時畫面與聲音，窺視隔離病房內患者的狀況，（丙）醫護人員□可利用PDA結合無限上網的方式，（丁）在醫院各角落進行同步關察隔離病房內的情形。

48、（丙）句□內不適合填入的詞語是：答案是（B）方。

49、下列關於甲、乙、丙、丁句的修改方式，何者最恰當？答案是（B）乙句以「掌握」替代「窺視」，改成「掌握病房內……此題材

解析： 此兩題綜合「文句改寫、字詞替換、贅詞、語病」等諸項來命題，不但可以測驗學生語文認知及辨析能力，並可以引導學生關心時事以增長見聞。由去年題目容有關人人聞之色變的SARS，可見大家平日應該養成「讀書事、學校事、天下事」，事事關心的求知態度。

而今年大家應該關心的議題是：全球環境保護公約—「京都議定書」，主要內容是推動跨國性的二氧化碳減量，以減緩地球暖化速度的「京都議定書」，已在今年二月生效。早

在1997年，就在日本的京都召開的「聯合國氣候變化綱要公約締約國」第三次大會時被提出，但由於議定書希望所有簽約國的二氧化碳排放總量，必須佔全世界排放總量的百分之五十以上，所以一直等到俄羅斯去年十一月十八日同意參加後，才決定從今年二月十六日生效。台灣雖非締約國，二氧化碳排放量卻高居世界排名二十二，不論是為保護地球的永續發展，或是為本國的環境污染、經濟發展、產業結構著想，我們都不能不正視這個問題的嚴重性。

4. 加強創意思考辨析能力

　　發展學生思考能力是學校教育主要目標之一，早在二千多年前，我國至聖先師孔子在《論語》一書中便說：「學而不思則罔，思而不學則殆。」宋儒程頤也說：「博學、審問、慎思、明辨、篤行，五者缺一不可。」這是勉勵學生求學時務必學思並重，教育家杜威（John Dewey）也說：「學由於行，得由於思。」美國教育家克柏萊更強調，優良的教學貴在能培養學生良好的讀書習慣，以及獨立思考的能力。的確，思考方法是可以學習的，思考能力可以經由教育而予以提高，因此創造思考教學是非常重要的。發問技巧與思考教學有密切的關係，因為發問之後，學生作答須運用心智去尋求答案，這也就是孔子所說的：「不憤不啟，不悱不發，舉一隅，不以三隅反，則不復也。」因此每位教師要突破傳統注入式教學法的瓶頸，運用創造思考教學法，來提昇學生對問題的思辨能力。根據張玉成先生所歸納的原則：「教師發問技巧良莠，直接影響學生思考能力的發展，以及學業成績的高低」，因此創造性思考教學法，的確對學生未來的發展有頗大的影響力。

範例：9、閱讀下文，選出最適合填入＿的文句：

　　張三熱情邀約李四飲酒，李四客套說：「萍水相逢，何
敢叨擾？」張三急忙回應：「說那裡話！＿。」
　　答案是：（C）四海之內，皆兄弟也。

解析：「四海之內，皆兄弟也」，語出《論語.顏淵篇》司馬
　　　牛曰：「人皆有兄弟，我獨亡！」子夏曰：「商聞之
　　　矣：『死生有命，富貴在天。』君子敬而無失，與人
　　　恭而有禮，四海之內，皆兄弟也。君子合患乎無兄弟
　　　也？」此題是將《論語》書中的話語，加以生動靈活
　　　化，運用思考力將文句加以融會貫通，就可以輕鬆作
　　　答。將我國傳統經典通過現代語言的詮釋，成為今後聯
　　　考考題的必然趨勢，就九十三年統測的考題，出現2題
　　　與《論語》內容有關的題目，所以希望老師要多引領學
　　　生探究中國文化基本教材的內容。

　　中國文化基本教材以儒家學說為代表，對孔子的仁愛學
說、孟子的義利之辯、性善學說均有詳細的闡述。但是受限於
受課時數問題，只能擇要概略的講述，無法深入探討，有些篇
章是「過其門而不入」，走馬看花、蜻蜓點水，既無法啟發學
生心志，更難窺孔孟學說「宗廟之美，百官之富」的堂奧了。
因為中國文化基本教材，在高職國文教材中，所扮演的角色，
猶如大餐中的清粥小菜，學生只是淺嚐則止，且所研讀的篇
章，僅限於考試要考的範圍，未列入考試的篇章，往往是視而
不見，見而不察，二年課程結束後，問他們中國文化基本教材
的內容為何？往往是一問三不知或答非所問，令人慨嘆儒家倫
理道德教育，日漸式微，其來有自。

　　由上述可知：「讀書百遍，其義自見」是中肯之言，因此
平日又就要養成「日知其所無，月無忘其所能」的讀書習慣，

以增長自己的見聞及開闊自己的視野，並且要多做試題以訓練
自己的思考能力，在熟能生巧的鞭策下，相信在聯考時定會大
有斬獲。

三、結論

　　《天下》雜誌263期開宗明義篇就說，全世界的先進國家
在為進入二十一世紀所做的準備，都將教育列為國家最優先的
議題，而教育的改革沒有捷徑，只有方法，那就是「藉由閱
讀的養成，培養公民終身學習的能力，作為知識經濟競爭的基
礎」。的確，為了因應資訊革命帶來的知識進步，閱讀運動已
經在全求如火如荼的展開，散布全球的圖書館則扮演推動閱讀
風氣的關鍵性角色。美國圖書館協會會長、麥可戈曼說：「圖
書館是一個學習與文化的處所，並表現出社會良善的一面，必
須鼓勵所有人民經常涉足。」因此，如果每個人都能善用圖書
館，一定可以改善社會的讀書風氣。

　　明儒張潮說：「有功夫讀書謂之福。」閱讀的習慣在年
輕時就要養成，寫作的種子，也應在年輕時代就埋下。因為有
思想的人，才有內涵，有智慧的人才有品味，唯有多看多學，
才能使智慧增長。有一句話說：「昨日已成歷史，明日仍是未
知，而當下是上天給的禮物。」活在當下，更可以超越時間的
局限，而在時代的洪流中，留下屬於自己的印記，「師傅引進
門，修行在個人。」「說一丈，不如行一尺；知之深，不如行
之著」，希望大家能深體力行之，並且掌握良好的讀書方法，
熟讀教材範本及旁蒐博覽課外讀物，努力充實自我，使自己成
為知書達禮具有全方位能力的時代青年，進而開創自己璀璨光
明的未來。

〔十七〕

問渠那得清如許，為有源頭活水來
善用圖書館，以營造優良閱讀風氣

壹、前言

> 「半畝方塘一鑑開，天光雲影共徘徊。
>
> 問渠那得清如許，為有源頭活水來。」
>
> ──宋、朱熹、＜觀書有感＞

在知識經濟蓬勃發展的時代中，知識已成為運籌帷幄決勝千里的關鍵。多元化的教育思潮，不斷衝擊著臺灣的未來，因此終身學習已成為前瞻未來的指標。閱讀書籍、探索知識，乃是激發自己潛能及創造思考的原動力。英國哲學家培根不但提出「知識就是力量」的名言，更說明勤展良書卷的益處是：「歷史，令人聰明；詩，令人機靈；數學，令人精巧；倫理，令人莊重；邏輯、修辭，令人能說善道。」這的確是深中肯綮的言論。足證閱讀書籍，可以擷取書中的精華，充實自我的見聞，在餘情迴盪中，使得源頭活水來，智慧花朵開。

「風俗之厚薄奚自乎？一二人心之所嚮。」環顧國內社會的發展，功利之風猖獗，價值體系低俗，暴戾之氣甚囂塵上，多數人民陷於「心靈閉鎖」及「精神貧窮」之困境。人文精神沒落，教育功能的逆文化取向，導致倫理道德的低落與社會價值觀的偏頗。面對知識經濟時代的來臨，社會的結構瞬息萬變，傳統的學校教育已無法因應時代的需求，網際網

路（Internet）的推出，實現遠距教學的夢想，開啟了學習的
另一個視窗，成為人類互通訊息最便捷的工具；在滑鼠指點之
間，浩瀚的知識盡入眼簾，更拓展了人類的知識領域與生活的
視野。但其負面的影響，卻不容我們掉以輕心。網際網路的誕
生，縮短了時空與人們之間的距離，卻也形成心靈的隔閡；而
網路上色情與暴力的氾濫，不斷燃燒著莘莘學子純潔的心靈，
繼之而起的是性侵害、性氾濫，不但戕害青少年的心靈，更使
得青少年犯罪率節節高昇，形成社會最大的隱憂。

　　據今年大學學測中心指出，今年國文的作文有關「香米
碑」的題目，一般考生的表現平平，表達能力尚佳，但是思緒
僵化，缺乏創見之佳作，足見當今的青年學子，奉聯考科目為
寶典，課外讀物甚少涉獵，休閒時間大半虛擲在網路上。至於
各校的圖書館，多半形同虛設，學生只是偶而閱覽報章雜誌，
或視為溫習課業的場所，以致提筆寫作時腹笥甚窘，無法左右
逢源刺激豐沛的想像力。面對校園文化的癥結，各級學校應該
痛下針砭，發揮圖書館之功能，來推動全民閱讀運動，以提昇
學生的素質。

貳、圖書館的功能

　　圖書館對國家社會而言，它蘊藏國家文化的資源，推展
社會教育；對個人而言，它指導讀書的門徑和研究的方法，所
謂「大漢文章出魯壁，千秋事業藏名山」正說明了圖書館是發
揚文化，傳播知識最重要的基層事業。「人生也有涯，而知也
無涯」，在今日科技文明發達的時代裡，圖書館更是民眾吸取
新知的良好場所。曾任美國國會圖書館館長的一位美國學者，

曾撰文指出：「像電視、廣播這些媒體所提供給我們的，往往只是短暫的資訊；惟有書本，才能提供給我們長期的智慧和知識。」這段言論足以發人深省。目前政府有關單位，天天呼籲地球只有一個，人人要做好環保，在空氣、大地的環保工作上，臺灣社會已逐步推展，但在心靈的環保上，仍然是留白天地寬，宋儒黃庭堅說：「三日不讀書，便覺言語無味，面目可憎。」的確，在知識經濟時代裡，不讀書、不追求新知，又如何迎向國際，作一個現代的國民呢？

要如何來發揮圖書館的功能呢？首要之途就是加強圖書館軟體設施，如圖書館資料全面電腦化，使讀者借書還書、查閱資料，都能節省時間。其次，教育行政單位應該努力從小學、中學開始培養學生閱讀課外書籍的良好習慣，愛讀書的孩子不會變壞，因此用心的家長們，讓大家一起關掉電視，引領全家人，走進浩翰無邊的書香世界中。長此以往，青少年可以在良好的讀書環境中，發展完美的品格，而減少了逗留在街頭巷尾和穿梭在網咖及電動玩具店的時間。記得林語堂博士在勵志文集勉勵青少年的一段話說：「一般青年人，無意多讀書，多思想，而不想在報章雜誌、書籍中，儘量攝取各種寶貴的知識，真是最可憐，最可惜的一件事，他們不明白，他們所拋擲的東西，在別人得之，可以成為無價之寶，可以使生命成為無窮豐富的種種資料呀！」因此每位青年學子應該抱著「學到老，活到老」的精神，多以新知充實自己，使自己「日知其所無，月無忘其所能」，如此才能日新又新。

參、閱讀的好處

電腦科技文明一日千里，網際網路的推出，實現遠距教

學的夢想，在「人人會電腦，個個會上網」的目標下，電腦走入了家庭、學校及社會，成為人類互通訊息最便捷的工具。在眩目的聲光世界中，古老樸拙的溝通形式－文字和書本，卻重新成為聚光焦點。從英、美到日本、紐澳，各國都積極推動閱讀運動，新一波的知識革命正悄然開展。英國教育部長布朗奇（David Blunkett）說：「每當我們翻開書頁，等於開啟了一扇通往世界的窗，閱讀是各種學習的基石。在我們所做的事情中，最能解放我們的心靈的，莫過於學習閱讀。」（《天下雜誌》、263期、2002年11月15日）正說明了閱讀是心與心的交流，是保持生活躍動，永不寂寞的妙方。

閱讀的好處是什麼，簡述如下：

一、增長見聞，開闊視野。

臺灣Ic教父張忠謀說：「一輩子最難忘的，還是美國哈佛大學第一年的人文教育。不但開啟了西洋古典文學的堂奧，更體驗了什麼才是『活的學問』，也就是透過觀察、閱讀、學習、思考和嘗試這五部曲，不斷在現實中找線索，發掘問題、思索對策，進而完成任務。」因為博雅的閱讀，不但使張忠謀成為一個全方位全方位的企業領袖，更證明了閱讀是可以帶走的饗宴（海明威）（2002年11月15日）因此在科技文明一日千里的時代裡，多元的閱讀不但可以增長見聞，更可以拓展宏觀的視野。例如、閱讀商業周刊雜誌，可以了解 IBM董事長葛斯納的管理哲學與實務：「我們該做的每一件事，都由市場指引」、「我深信品質、強大的競爭策略和計劃、群策群力、績效報酬及道德責任十分重要。」、「我要的是勇於解決問題和幫助同事的人。鉤心鬥角的政客會被我拿來開刀。」這的確

是一針見血的高論，可以提供大家為人處世的借鏡。（商業周刊、787期、2002、12、23－12、29）

二、怡情養性，變化氣質。

　　美國耶魯大學教授、卜倫說：「閱讀的用處之一，就是讓我們對生命的變化有所準備。」講義雜誌的刊頭詞上也說「生命的幸福饗宴，一篇文章就可能改變你的一生。」的確，開啟良書卷，透過大量的閱讀，不但可以增長見聞，累積學識，更可以培養高雅的情操。例如、閱讀靜思講義：「微笑是最祥和的語言」、「用愛面對每一天、每一個人、每一件事，心中就不會堆積煩惱，世間紛爭也會減少。」、「不要因一句無心的話而傷了別人，也不要因別人無心的一句話就被傷害。」（講義雜誌、2002年12月、66頁）讀了聖嚴法師的靜思語，不但可以法喜充滿，懂得自我省思及自我要求，更可以啟發更多的慈悲心，以及培養高雅的素養及涵養，使自己的人生日趨完美。

三、增加辭彙，提昇寫作能力。

　　唐朝詩人杜甫說：「讀書破萬卷，下筆如有神。」正說明了多閱讀課外讀物，可以增加學生組織資料的能力，尤其在廿一世紀知識經濟發達的今天，每位青年學生應該珍惜青春年華博覽群籍，並且吸取書中的精華加以融會貫通，如此才能學有所得，培養批判性思考（critical thinking）的能力，進而表達在寫作及應對進退上。宋朝大儒歐陽修說讀書有三多：「三多就是看多、做多、商量多」，書是知識的泉源，也是古聖先賢智慧的結晶，猶如長江水滾滾東流，灌溉我們的心田，希望大家能勤啟良書卷，以激發「風簷展書讀，古道照顏色」的思古

幽情。例如、今年大學學測的作文：「香米碑」，如果平日經常閱讀書報雜誌，並且融會貫通書中的知識，就可以學會「統整」知識的能力，寫出一篇紀念「益全香米」的創始人「郭益全」博士所研發出來的一種香米，是臺灣農業科技的一大成就，進而融會人物、農業發展、國際經濟等面向，統整、分析，及個人的見解，加以深入發揮，定可以把這篇文章寫得更傳神且深入。（國語日報、92、1、25、第二版）

肆、結論

　　為了因應資訊革命帶來的知識進步，閱讀運動已經在全求如火如荼的展開，散布全球的圖書館則扮演推動閱讀風氣的關鍵性角色。《天下雜誌》對全國所做的「全民閱讀大調查」中指出，臺灣民眾每天讀書的時間平均不到一小時。調查還顯示，臺灣民眾休閒時間時寧可在家看電視，比例近二成八，比選擇閱讀的人口多了近一倍。雖然臺灣每年出版三萬多種新書，但從文建會二〇〇二年出版市場研究報告顯示，臺灣十五歲以上的民眾從來不看書或幾個月才看一次的比例近四成（三八、七％），半年內，不曾購買圖書或雜誌的民眾更超過半數（五一、二％）（天下雜誌、2002、11、15），由上述的調查報告，可知推動臺灣人民的閱讀，乃是提昇國民競爭力的重要指標。美國圖書館協會會長、麥可戈曼說：「圖書館是一個學習與文化的處所，並表現出社會良善的一面，必須鼓勵所有人民經常涉足。」因此，如果每個人都能善用圖書館，一定可以改善社會的讀書風氣。

　　明儒張潮說：「有功夫讀書謂之福。」閱讀的習慣在年

輕時就要養成，寫作的種子，也應在年輕時代就埋下。因為有思想的人，才有內涵，有智慧的人才有品味，唯有多看多學，才能使智慧增長。有一句話說：「昨日已成歷史，明日仍是未知，而當下是上天給的禮物。」活在當下，更可以超越時間的局限，而在時代的洪流中，留下屬於自己的印記，因此希望大家善用圖書館的資源，努力充實自我，使自己成為知書達禮具有全方位能力的時代青年，進而營造一個溫馨和諧的書香社會。

國家圖書館出版品預行編目

過盡千帆：向文學園地漫溯 / 謝淑熙著. -- 一版.
　臺北市：秀威資訊科技, 2005[民 94]
　　面；　公分. -- (語言文學類；PG0136)
　參考書目：面
　ISBN 978-986-7263-31-5(平裝)

　1. 中國語言 – 教學法

802.03　　　　　　　　　　　　　94007791

語言文學類　PG0136

過盡千帆－向文學園地漫溯

作　　者 / 謝淑熙
發 行 人 / 宋政坤
執行編輯 / 詹靚秋
圖文排版 / 莊芯媚
封面設計 / 羅季芬
數位轉譯 / 徐真玉　沈裕閔
圖書銷售 / 林怡君
網路服務 / 徐國晉
法律顧問 / 毛國樑律師
出版印製 / 秀威資訊科技股份有限公司
　　　　　　台北市內湖區瑞光路 583 巷 25 號 1 樓
　　　　　　電話：02-2657-9211　　　傳真：02-2657-9106
　　　　　　E-mail：service@showwe.com.tw
經 銷 商 / 紅螞蟻圖書有限公司
　　　　　　台北市內湖區舊宗路二段 121 巷 28、32 號 4 樓
　　　　　　電話：02-2795-3656　　　傳真：02-2795-4100
　　　　　　http://www.e-redant.com

2005 年 5 月 BOD 一版
定價：330 元

讀　者　回　函　卡

感謝您購買本書，為提升服務品質，煩請填寫以下問卷，收到您的寶貴意見後，我們會仔細收藏記錄並回贈紀念品，謝謝！

1. 您購買的書名：＿＿＿＿＿＿＿＿＿＿＿＿＿＿＿＿

2. 您從何得知本書的消息？

　　□網路書店　□部落格　□資料庫搜尋　□書訊　□電子報　□書店

　　□平面媒體　□ 朋友推薦　□網站推薦　□其他＿＿＿＿＿＿

3. 您對本書的評價：(請填代號　1.非常滿意 2.滿意 3.尚可 4.再改進)

　　封面設計＿＿　版面編排＿＿　內容＿＿　文/譯筆＿＿　價格＿＿

4. 讀完書後您覺得：

　　□很有收獲　□有收獲　□收獲不多　□沒收獲

5. 您會推薦本書給朋友嗎？

　　□會　□不會，為什麼？＿＿＿＿＿＿＿＿＿＿＿＿＿＿＿＿

6. 其他寶貴的意見：＿＿＿＿＿＿＿＿＿＿＿＿＿＿＿＿＿

＿＿＿＿＿＿＿＿＿＿＿＿＿＿＿＿＿＿＿＿＿＿＿＿＿＿

＿＿＿＿＿＿＿＿＿＿＿＿＿＿＿＿＿＿＿＿＿＿＿＿＿＿

＿＿＿＿＿＿＿＿＿＿＿＿＿＿＿＿＿＿＿＿＿＿＿＿＿＿

讀者基本資料

姓名：＿＿＿＿＿＿＿＿＿　年齡：＿＿＿＿　性別：□女 □男

聯絡電話：＿＿＿＿＿＿＿＿　E-mail：＿＿＿＿＿＿＿＿＿

地址：＿＿＿＿＿＿＿＿＿＿＿＿＿＿＿＿＿＿＿＿＿＿

學歷：□高中(含)以下　　□高中　□專科學校　　□大學

　　　□研究所(含)以上 □其他＿＿＿＿＿＿＿

職業：□製造業 □金融業 □資訊業 □軍警 □傳播業 □自由業

　　　□服務業 □公務員 □教職　□學生 □其他＿＿＿＿＿

（請沿線對摺寄回,謝謝!）

秀威與 BOD

BOD（Books On Demand）是數位出版的大趨勢，秀威資訊率先運用 POD 數位印刷設備來生產書籍，並提供作者全程數位出版服務，致使書籍產銷零庫存，知識傳承不絕版，目前已開闢以下書系：

一、BOD 學術著作—專業論述的閱讀延伸
二、BOD 個人著作—分享生命的心路歷程
三、BOD 旅遊著作—個人深度旅遊文學創作
四、BOD 大陸學者—大陸專業學者學術出版
五、POD 獨家經銷—數位產製的代發行書籍

BOD 秀威網路書店：www.showwe.com.tw
政府出版品網路書店：www.govbooks.com.tw

永不絕版的故事・自己寫・永不休止的音符・自己唱